아라포 **현자**의
이세계생활일기

8

Kotobuki Yasukiyo

코토부키 야스키요

≫ 세레스티나

≪ 크로이사스

≪ 츠베이트

Characters

코토부키 야스키요 지음

JohnDee 일러스트

김장준 옮김

Contents

프롤로그	루세이의 기억	007
제 1 화	아저씨, 황도 아슬라에 도착하다	013
제 2 화	아저씨, 왠지 성에 가다	031
제 3 화	아저씨, 루세리스 출생의 비밀을 알다	055
제 4 화	아저씨, 폭주 중	076
제 5 화	크로이사스의 연구 발표	092
제 6 화	데인저 월드 재림	114
제 7 화	성법 신국의 수난	139
제 8 화	아저씨, 오해를 사다	157
제 9 화	아저씨, 루세리스에게 출생의 비밀을 설명하다	172
제 10 화	아저씨, 멜라사 사제장과 대면하다	188
제 11 화	아저씨, 멜라사 사제장과 동행하다	205
제 12 화	아저씨, 또 생각 없이 의뢰를 받다	232
제 13 화	아저씨, 에어 라이더를 즐기다	251
제 14 화	꼬꼬, 천벌을 내리다	268
제 15 화	아저씨, 아도와 재회하다	290
제 16 화	아저씨, 아도를 끌어들이다	313

프롤로그 루세이의 기억

소녀는 이 날이 오기만을 기다렸다.

등에 난 조그만 날개를 부산스레 파닥이며 돌바닥 복도를 열심히 달렸다.

노을로 물든 기둥을 제치며 사랑하는 어머니에게로.

급한 마음은 저만치 앞서는데 몸은 생각만큼 빠르지 않았다. 단순한 감각의 문제지만, 아직 어린 소녀는 그런 사실을 이해하지 못했다.

그저 빨리 가야 한다는 생각에 정신이 팔려 몇 번이나 넘어질 뻔하면서도 소녀는 하염없이 어머니가 있는 방으로 뛰었다.

이날, 소녀는 누나가 된다.

어젯밤 어머니가 산기를 보여 집안사람들이 온 집을 휘젓고 다녔다.

한 달 전, 소녀를 봐주는 시녀가 『곧 동생이 생기실 거예요. 루세이 님이 누나가 되시겠네요』라고 알려줬다.

그 말을 들은 소녀— 루세이는 침상 위에서 방방 뛰며 기뻐했다.

동생이 생긴다는 말을 들었을 때부터 루세이는 이날을 얼마나 기다렸나 모른다.

말해주고픈 이야기가 있었다. 들려주고픈 노래와 음악이 있었다. 데리고 가서 보여주고픈 곳이 있었다.

남동생일지 여동생일지 모르지만, 소녀는 어린 나이에도 많은 것을 배우고 빠짐없이 외워서 이날에 대비했다.

낯가림이 심한 루세이가 웬일로 적극적으로 행동한다며, 주변 사람들은 소녀를 훈훈한 눈길로 지켜봤다.

원래 르페일 족은 정신 성장이 빨라서 마음이 육체보다 먼저 성숙한다.

세 살이 되면 인간족 열 살 수준의 지능과 맞먹는다. 그렇기에 소녀는 동생이 태어나는 이날까지 많은 계획을 짤 수 있었다.

하지만 아이는 아이인지라 자기 계획에 큰 구멍이 있다는 것은 깨닫지 못했다.

바로 갓난아기는 이야기를 들려줘도 알아듣지 못한다는 것이었다. 말문은 일찍 트일지 모르나, 결국은 당장은 의미가 없는 행동이었다.

그래도 태어날 동생을 위해 뭐라도 해주고 싶은 소녀의 다정함이 엿보였다.

세 번 넘어지고 사람과 부딪치면서도 소녀는 마침내 어머니 방에 도착했다.

문 앞에서 가쁜 숨을 가라앉히고 천천히 문을 밀었다.

아이에게는 조금 무거운 문이었다.

『아버지, 어머니!』

평소에는 얌전한 루세이가 드물게 기운찬 소리를 내며 사랑하는 부모님을 불렀다.

아버지, 【라폰 에마라】는 머리를 부여잡고 루세이가 지금까지 본

적 없는 무서운 표정을 짓고 있었다. 다른 사람들도 어쩔 줄 모르고 눈치 살피기만 급급했다.

『대체 왜……. 이게 어떻게 된 영문이냐!』

『모르겠습니다……. 하지만 이건…….』

『메이아도 황족이다. 허가 없이는 외출도 못 하는 몸…… 하물며 인간족을 들였다는 건 말이 안 된다.』

『사용인을 매수…… 했을 리는 없겠군요. 재산은 재무관 직할 직원과 시녀가 관리합니다. 외출할 때는 항상 호위병도 대동하고요. ……그렇다면.』

『요정의 장난인가…….』
_{체인질링}

루세이는 어른들의 이야기를 알아듣지 못했다.

어려운 말을 모르는 루세이는 살금살금 구석으로 가서 막 세상에 나온 동생을 보았다.

그리고 어른들이 심각한 얼굴이 된 이유를 알았다.

아니, 알아 버리고 말았다.

『날개가…… 없어?』

태어난 동생— 여동생에게는 르페일 족의 특징인 날개가 없었다.

아버지도 어머니도 날개가 있는데 어떻게 그럴 수 있을까?

그래서 어른들이 당황한 것이란 걸 루세이는 깨달았다.

이날부터 에마라 가문에 관한 뜬소문이 퍼지고 무분별한 비방을 공공연하게 입에 담는 자들도 나왔다. 어머니의 친가인 황가도 간과하지 못할 정도가 되자 곧 모든 죄를 어머니가 덮어쓰게 되었다.

추방은 1년 후로 결정됐지만, 추방일이 오기 전에 메이아는 사람들 앞에서 홀연히 자취를 감추었다.

그 후, 그녀의 소식을 들은 사람은 아무도 없었다.

◇　◇　◇　◇　◇　◇　◇

'꿈이었나……. 왜 이제 와서 그런 꿈을…….'

그리우면서도 슬픈 꿈이었다.

그날 이후, 아버지 라폰은 일에만 몰두했고 루세이도 가주 직을 잇기 위해 엄격한 수행과 면학에 힘썼다.

언제부터인가 어머니인 메이아를 잊은 것처럼 살아왔다.

'무슨 미련이 남았다고……. 이미 우리에게는 의미 없는 과거다. 하지만…….'

당시 에마라 가문으로 시집온 황족 메이아가 간통하여 인간족 아이를 낳았다는 소문은 황실까지 퍼져 있었다.

하지만 그것은 이미 아무런 증거도 없는 억측이었다고 판명됐다.

메이아는 황족 출신이며 호위 없이는 외출이 허락되지 않아 언제나 동족이 곁에 붙어 있었다. 게다가 비밀 수행원이 상시 대기하므로 기본적으로 외도는 불가능했다.

메이아 주변 사람이 모두 한통속이 되어 말을 맞추면 가능이야 하겠지만, 도저히 현실적이지 않았다.

하지만 세간의 평가는 달랐다. 결국 의심의 눈초리를 잠재우기 위해서 황가는 그녀를 추방형에 처했다.

'어머니는 지금 어디에…… 아니, 내가 그걸 알 권리는 없지…….'

【흑천 장군】이란 이름은 장식이 아니었다. 지금 루세이에게는 첩보부를 움직일 권한이 있었다.

이 지위를 이용하면 어머니의 행방을 조사할 수도 있겠지만, 그녀는 아직까지 한 번도 그러지 않았다.

진실을 알기 무섭다는 이유도 있었다.

하지만 그보다도 어머니가 이미 이 세상 사람이 아닐지도 모른다고 생각하면 알아볼 엄두가 나지 않았다.

생각만 해도 마음이 무거웠다.

"루세이 장군님. 황도에서 긴급 연락이 왔습니다. ……주무시고 계셨습니까?"

"미안하다. 잠깐 졸았어."

"아닙니다. 최근 바쁘셨으니까요. 피로가 한 번에 몰려왔는지도 모르지요."

"피로가 풀릴 탑승감은 아니지만 말이지. 그래서 무슨 연락이었나?"

"여기 있습니다. 아마도 마물에 관한 사안 같습니다. 자세한 내용은 두루마리를 봐주십시오."

루세이는 부하가 꺼낸 두루마리를 받아 그 자리에서 펼쳐 보았다.

"사신의 손톱자국에서 재앙급 마물이 이동했다고? 게다가 고속으로 움직인다면…… 그놈인가? 또 성가신 게 찾아왔군."

사신의 손톱자국은 구시대에 사신의 공격으로 생긴 지형 및 그지역 일대를 가리킨다.

산맥을 일직선으로 관통한 공격의 흔적은 지금도 당시 모습을 간직하며 사신의 강대함을 말해줬다.

그리고 이 손톱자국은 지금 파프란 대산림 지대에서 마물이 흘러드는 통로이기도 했다.

"그놈…… 말인가요. 어떻게 하시겠습니까?"

"일단 경계태세만 취해라. 그러면 신의 사도님인지 뭔지가 처리해주겠지."

"전멸하지 않겠습니까? 스토말 요새로는 막아내지 못할 텐데요."

"적국이라도 미안할 지경이군. 하지만 나도 그놈과는 싸우고 싶지 않아……."

"저도 그렇습니다."

긴급 사태라고 하면서도 루세이와 부하는 크게 염려하는 기색이 아니었다.

사신의 손톱자국에 세운 방어 진지에서 일상적으로 재앙급 마물과 싸우는 르페일 족은 이 정도 일로 동요할 민족이 아니었다.

최강 종족이란 명성이 어디 괜히 생겼겠는가.

"그보다도 지금은 손님 응대가 중요하지 않나? 이제 휴식도 끝이야. 나는 용사들의 마차를 감시하도록 하지."

"그럼 전선에 경계 명령을 전달하겠습니다."

부하는 다시 보고를 전하러 날아갔다.

루세이의 말대로 지금은 솔리스테어 마법 왕국에서 온 손님을 무사히 황도로 안내하는 것이 우선이었다.

왜냐면 그들과는 앞으로 가까운 이웃이 될 테니까.

제1화 아저씨, 황도 아슬라에 도착하다

하늘은 먹구름으로 자욱했다.

천둥이 치고 비가 억수같이 쏟아지는 가운데, 그것은 하늘에서 지상을 내려다봤다.

징그럽게 꿈틀대는 거대한 살덩이는 마치 내장으로 만든 추악한 인간의 머리 같았다. 훗날 사신으로 불릴 저주받은 생명체였다.

그 아래를 수만의 강철 군단이 막아서서 살덩이에게 격렬한 빛을 발사했다.

다리 여섯 개 달린 강철 마도 전차와 폭음을 내며 비행하는 전투기. 공격하는 모든 것이 마도 기술의 정수를 모아 만든 궁극의 병기지만, 사신 앞에서는 아무런 의미도 없었다.

미사일도 포탄도 모두 보이지 않는 벽에 막혀 버렸다.

살덩이가 거대한 입 같은 개구부에 방대한 마력을 모아 강대한 파괴력을 내포한 빛을 쏘자 지상에 있는 강철 군단은 눈 깜짝할 사이에 불길 속으로 사라졌다.

일방적인 싸움이었다. 아니, 싸움조차 되지 않는 일방적인 유린이었다.

코끼리가 땅을 기는 개미를 밟듯이 그 거대한 살덩이는 지상의 군대를 무자비하게 섬멸했다. 전 인류의 악몽이었다.

화마가 대지를 휩쓸고 불과 열로 발생한 파이어 스톰이 지상에 있는 병사들을 집어삼켰다. 무기를 소진한 전투기는 자폭을 감행해 공중분해 됐다. 어떻게든 침공을 막으려고 필사적으로 저항하나, 사신은 병사들을 비웃는 것처럼 그곳에 존재했다.

비통한 마음과 결의조차 허물어지며 병사들은 개죽음당했다.

그런 전사들의 한을 풀려는 것처럼 궤도상 위성에서 무수한 빛의 화살이 떨어졌다. 핵탄두에 필적하는 거대한 폭발과 충격파가 전장을 휩쓸었다.

하지만 아무리 강력한 병기일지라도 사신에게 타격을 주지는 못했다.

폭염 속에서 끔찍한 모습을 드러낸 사신을 보고 많은 병사의 얼굴에 절망이 번졌다.

다시 사신의 개구부에 모인 빛은 대지를 찢으며 전장을 관통했고, 인구 수만 명을 자랑하는 도시를 지상에서 지워 버렸다. 고열로 녹은 땅은 용암이 되어 해일처럼 지표를 덮었다.

그 파괴력은 도시 하나를 소멸시키는 것으로도 모자라 뒤에 있는 산맥까지 꿰뚫었다.

그리고 이어진 2차 공격.

괴물이 쏜 일격이 이번에는 무수하게 갈라져 행성 각지에 있는 군사 시설을 정밀 타격했다. 거대한 폭발과 함께 해당 시설은 소멸했고, 그 광경은 군사 위성을 통해 각 도시의 중추 시스템에 기록됐다. 추후 판명된 사실이지만, 폭격당한 군사 시설에는 용사 소환 마법진이 있었다고 한다. 그것들이 발동한 탓에 전후 대륙 전체에서 사막화가 진행된다. 자연계 마력의 과도한 소실로 인해……

그렇게 제3 방어선이라고 불리던 이 땅에서의 싸움은 불과 세 시간 만에 다종족 연합군의 패배로 막을 내렸다.

이것이 훗날【사신 전쟁】이라고 불리는 고도 문명기 최후의 전투를 담은 기록이었다.

이세계에서 소환된 용사가 사신을 봉인한 당시의 기록은 남아 있지 않으나, 용사 소환으로 극심한 마력 고갈이 발생한 것은 엄연한 사실이었다. 그 증거로 전후 각지에서 비정상적으로 성장한 생물이 나타나며 인류의 생활권이 좁아졌다.

그 이후 문명도 급속히 쇠퇴했으나, 인류는 한정된 영역에서 질기게 살아남아 현재에 이르렀다.

"""""이딴 괴물을 무슨 수로 이겨!?"""""

"앗, 역시 그렇게 생각하나요? 저도 그랬죠~. 강한 것도 정도가 있어야지, 원⋯⋯."

영상을 본 용사 전원이 입을 모아서 소리쳤다.

그들이 본 것은 이더 란테에 보존된 고대의 전투 기록이었다. 제로스가 도시 관리자 권한을 얻어서 반출한 것이다.

영상은 제로스가 손에 쥔 수정 구슬에서 투영되고 있었다.

마차 안에서 시간이 남아돌아 영화라도 보는 기분으로 용사들과 감상했는데, 다시 봐도 영상 속 사신은 인간이 감히 대적할 존재가 아니었다.

그리고 원래 용사들은 이 사신과 싸우기 위해 소환됐을 테지만, 아무리 생각해도 그들에게 승산이 있을 것 같지는 않았다. 아니,

없었다. 있을 리가 없다.

"이건 레벨의 문제가 아니잖아……."

"대체 뭐야……. 이런 거랑 싸울 바에야 메티스 성법 신국에 혁명을 일으키는 편이 훨씬 쉬워."

"나…… 도망치고 싶어. 포로가 돼서 다행이야, 준."

"나도야, 유카리. 이런 걸 어떻게 이겨? 강해도 너무 강해."

용사들은 사신의 상상을 초월하는 위험성을 알고 자신들이 무엇과 싸워야 하는지 새삼스럽게 깨달았다. 판타지의 단골 소재인 성검이나 대마법으로도 이길 가망은 없어 보였다.

무기의 우열이나 레벨 차이 따위는 무의미할 정도로 사신의 힘은 압도적이었다.

"다 싫어졌어~. 나, 그냥 원래 세계로 돌아가고 싶어……."

"유카리……. 돌아가고 싶은 건 누구나 마찬가지야."

"타시로 말이 맞아. 나도 이딴 괴물이랑 싸우기는 싫어."

"칸나기……. 너, 사신을 해치우겠다고 안 했어?"

"못 해……. 이건 이미 생물 병기잖아. 그것도 궁극의 최종 병기가 폭주한 수준이야."

용사 【칸나기 사토루】, 【사카모토 코우타】, 【야마자키 유카리】, 【타시로 준】은 용사라는 지위에서 벗어나고 싶었다. 이런 기록 영상을 봤는데 누구라고 도망치고 싶지 않겠는가.

사신은 용사가 쓰러뜨릴 수 있는 존재가 아니었다. 신관들의 말처럼 검과 마법으로 쉽게 이길 상대는 더더욱 아니었다.

고도 문명의 병기들을 한 방에 날려 버리는 강력함은 이미 인류의 이해를 넘어섰다.

"4신교가 성검이나 성유물 같은 이야기는 안 하던가요? 용사 전설에서는 성스러운 일곱 무기로 힘을 봉인했다는데."

"성스러운 무기로 힘을 봉인? ……그런 이야기 처음 들었어요. 성검을 보여준 적은 있지만, 낡아 빠져서 강력한 힘이 있어 보이지는 않았어요."

광범위 섬멸 마법을 아득히 능가하는 입자 병기에 직격하고도 사신은 죽기는커녕 오히려 멀쩡했다.

검과 마법, 신을 향한 기도로 사신에게 이길 수 있다면 4신교는 이미 세계를 정복하고도 남았다.

"용사의 무기는 사신을 해치우기 위한 도구가 아니라 봉인구란 뜻일까요?"

"아마도 그렇겠네요. 적어도 생산직의 정점인 【신공(神工)】이라도 이런 걸 잡을 무기는 못 만들어요."

【신공】이란 직업 스킬을 신급까지 올린 생산직을 말하며, 당연히 제로스도 이 클래스에 해당했다. 하지만 그런 고도의 기술을 가지고도 사신을 해치울 만한 무기는 떠오르지 않았다. 【소드 앤 소서리스】에서 사신에게 이길 수 있었던 이유는 아마 다른 섭리가 작용하는 세계라서 사신이 본연의 힘을 발휘하지 못했기 때문이리라.

그렇지 않으면 아무리 대현자급 마도사라도 고작 다섯 명으로 이길 수 있을 리가 없었다.

"사신…… 안 나오겠지? 이미 부활했다고 들었는데."

"글쎄…… 우리야 모르지. 실제로 어디 산기슭이 날아갔다고는 하지만."

"……."

용사들이 언급한 사건은 최근 제로스가 쏜 중력 마법, 【폭식의 심연】으로 발생한 피해였다. 하지만 여기서 『아저씨가 범인이랍니다~』라고 자진 납세할 수도 없는 노릇이었다.

심지어 사신은 현재 배양액 속에서 무럭무럭 자라는 중……. 마음이 무척 불편했다.

"사신이라…… 정말 나타나면 우리는 뼈도 못 추리겠군."

용사들을 감시할 목적으로 동승한 루세이도 그렇게 중얼거렸다.

일족을 멸망 직전까지 몰고 간 사신의 위용에 그녀의 표정에는 공포가 묻어났다.

"구시대는 고도의 마법— 아니지, 마도 과학 문명이라고 해야 할까요? 그런 고도의 문명에서 만든 병기가 모두 안 통했다…… 그렇다면 봉인할 수밖에 없었다고 보는 게 맞겠죠?"

"그건 그렇고, 저자는 괜찮은가? 아까부터 한마디도 하지 않는군."

"""""……""""".

루세이의 말을 듣고 모든 시선이 【히메지마 요시노】에게 집중됐다.

그녀는 현재 새하얗게 불타 있었다.

"죽었다고 생각한 첫사랑이 살아 있는 건 다행이지만, 걔가 적국 공주랑 사랑에 빠졌고, 심지어 외모가 로— 앳되었다는 게 정신에 지대한 피해를 줬나 보네요. 설마 소꿉친구가 그런 취향이었을 줄은 몰랐겠죠……."

"당신…… 지금 로리라고 말하려고 안 했어?"

복수심을 원동력으로 지금까지 살아왔건만, 그 마음이 잔인하게 박살났으니 오죽하겠는가. 극복하려면 시간이 좀 걸릴 싶었다.

조금 전에 정신을 차린 그녀는 시간이 지날수록 우울해하더니 지금은 불타 버린 권투 선수 같은 상태였다. 만족스러운 싸움이 아니라 깊은 절망 때문이지만.

"내가 해서는 안 될 말을 했나? 하지만 사실인 것을 어쩌겠나……."

"당사자는 그렇게 딱 잘라서 생각하지 못해요. 아무리 진실이라도 받아들일 수 있고 없고는 다른 문제죠. 목숨 걸고 매달리던 일이라면 더더욱……."

현실은 상상 이상으로 잔혹했다. 그리고 상상 이상으로 하찮았다.

"카자마 그 녀석…… 살아 있으면 연락이라도 하지. 그보다 그 자식 로리콤이었어?"

"동감이지만, 연락할 방법이 없었겠지. 그래도 이걸로 히메지마는 프리…… 좋았어!"

"학생, 칸나기라고 했나요? 이 세상에는 일부다처제나 일처다부제가 존재합니다. 저 사람이 카자마의 부인 2호가 될 가능성이 있는데요?"

""뭐, 뭐라고오오오오오?!""

이 이세계에는 연애 증후군이 있었다. 그래서 아내와 남편이 여러 명 있는 가정은 제법 되고, 경우에 따라서는 하렘도 만들 수 있었다. 지금까지 그 사실을 몰랐던 칸나기 사토루와 사카모토 코우타는 무심결에 주먹을 불끈 쥐었다. 남자의 꿈 앞에서는 한없이 순수해지는 것 같았다.

하지만 히메지마 요시노와 사귄다는 목표는 삽시간에 물거품이 됐다. 그들은 하반신에 솔직한 나이였다. 참고로 메티스 성법 신국에서는 일부일처가 일반적이며 연애 증후군이 발병할 때마다 고액 배상금을 물어야 했다. 그것도 피해자가 아니라 왠지 신전에.

신전은 신의 가르침을 어겼다는 명목으로 자연의 섭리에 사로잡힌 백성들에게서 막대한 돈을 쓸어 담고 있었다. 당연하지만 그에 대한 불만은 상당히 쌓인 상태였다.

"나, 나한테는, 유카리뿐이야."

"준, 기뻐!"

""""커플들은 빠져!""""

아저씨를 포함한 남자 세 명은 남의 행복을 두고 보지 못하는 질투의 화신으로 변했다. 몹시 추했다.

솔로들의 심보는 흉흉했다.

"곧 아슬라에 도착한다. 용사들은 심문을 받게 될 거야. 우리는 그대들에게 아무 원한도 없지만, 그대들은 그렇지 않을 테지. 무턱대고 참수하지는 않겠지만, 행동은 모쪼록 주의하도록. 우리의 문화는 그대들과 달라. 사소한 오해로 검을 뽑는 사태는 피했으면 좋겠군."

"압니다. 우리는 메티스 성법 신국에 속았어요. 앞으로 어떻게 할지 생각할 시간도 필요하고요."

"좋다. 우리도 그대들은 함부로 대하지는 않을 거다. 그대들의 의사를 최대한 존중하지."

알톰 황국은 인도적이었다.

원래 세계를 떠올리게 하는 인권 존중에 용사들은 모두 안도했다.

"나는 왕궁에 도착하면 더 볼 일도 없으니까 관광이나 하고 갈까~?"

"네?! 제로스 씨, 가시게요?"

의외로 가장 빨리 반응한 사람은 불타 버렸던 요시노였다.

"저는 이르한스 백작님을 호위하는 의뢰를 받고 왔을 뿐이에요. 도시에 도착하면 자유롭게 행동하라고 하더군요. 특이한 물건이라도 있으면 선물이나 사서 가렵니다."

"안타깝지만, 이 나라에 그런 특산품은 없어. 우리는 생활하기도 빠듯하네. 하지만 앞으로는 풍족해질 테지."

"산악 지대라서 뭐라도 있을 줄 알았는데…… 정말로 특산물이 없어요?"

"기껏해야 치즈나 요구르트 정도야. 고기도 좋지. 최근에는 아이스크림이라는 것도 만들고 있네. 그 외에는 생 캐러멜이었나?"

"무슨 체험형 목장인가요? 세탁기로 땅을 파면 온천이 나올지도 모르지만, 관광지로는 안 어울리려나……."

"""""왜 세탁기로?"""""

용사들은 제로스가 시험 제작한 세탁기로 온천을 판 사실을 몰라서 말뜻을 이해하지 못했다. 사실 당연한 반응이었다.

당황하는 용사들을 태우고 마차는 이윽고 산으로 둘러싸인 도시에 당도했다.

◇　◇　◇　◇　◇　◇　◇

알톰 황국의 황도【아슬라】.

그곳은 서양과 동양풍 건축 양식이 혼합된 무척 독특한 거리 풍
경을 자랑했다.

굳이 비유하자면 중화풍에 가깝겠지만, 지구의 문화 중 어느 것
과도 일치하지 않았다.

거대한 성벽 위에는 동양풍 건축물이 있었고, 쌓아 올린 붉은 벽
돌은 실로 아름다웠다.

성문을 지나자 그곳에는 사방이 벽으로 둘러싸인 정사각형 공간
이 있었다. 그 문 안쪽에는 또 다른 문이 있고 침공받았을 때 사방
에서 적을 칠 수 있는 구조물을 곳곳에 설치해 놓았다.

만화에 나오는 사이비 중국 양식이라고 말하면 이해하기 쉬울
까? 병사 장비도 서양식 갑옷에 동양 문화가 접목된 디자인처럼
보였다. 게임에나 나올 그런 국적 불명의 장비였다.

"칸나기, 이거 당나라풍 건축 양식이지? 벽돌을 쓴 점이 다르지
만……."

"잘 아는데, 사카모토? 나는 교토에서밖에 본 적 없지만. 혹시
거리도 바둑판 구조인가?"

"바둑판이라고 해서 생각났는데 바둑이랑 장기를 팔더군요. 혹
시 용사 중 누가 팔았나요? 상품에 따라서는 꽤 고가던데."

"아뇨? 저희는 모르는 일인데요?"

"친구들끼리 체스를 팔면 돈이 되지 않을까, 하는 얘기는 했지

만 이미 팔고 있었어요."

"그렇군요. 그렇다면 선대 용사들인가? 어쩌면 그 전 용사들일 지도 모르고."

용사가 하는 생각은 거기서 거기 같았다.

그런 가운데 닭살 커플인 타시로 준과 야마자키 유카리는 두 사람의 세계에 빠져 있었다.

『저 옷, 유카리한테 어울리겠다』, 『아이~, 부끄러워서 못 입어~』, 『괜찮아, 치파오라고 생각하면 평범해』, 『그래도 다리가 다 보이잖아~, 잘못하면 속옷도 보여……』, 『그건 안 좋은데? 보여주려면 나한테만 해』, 『뭐야~, 변태 같아♡』라는 둥 아주 깨를 쏟고 있었다.

"왜 화가 나지……."

"나도야, 칸나기……. 저것들 어디 묻어 버리면 안 되나?"

"우후후후…… 야마자키는 행복해 보이네. 내 불행을 조금 나눠주고 싶어……."

풋풋한 젊은 커플은 독신과 마음에 상처를 입은 사람에게 분노를 유발했다.

본인들에게 악의는 없지만, 질투의 불꽃과 다크 포스를 내뿜기에는 충분했다.

아저씨도 눈꼴사나워서 보고 싶지 않았다.

"흠, 이렇게 들어보면 이사라스 왕국보다는 풍족해 보이네요. 온 김에 특이한 요리라도 먹고 싶군요. 루세이 씨, 추천하는 요리 있습니까?"

"실을 뽑고 남은 누에 번데기를 튀긴【번데기 튀김】은 어떤가?

【킬러 비】나 【자이언트 앤트】 유충을 삶은 수프도 맛있지."

"아, 튀겨서 빵빵하게 부푼 유충 요리가 있었지⋯⋯."

【소드 앤 소서리스】에도 엽기 요리는 있었지만, 의외로 맛있었다는 기억이 있었다.

애벌레 튀김은 색도 튀긴 빵처럼 노릇노릇해서 벌레처럼 보이지 않고 거부감이 덜했다. 모르고 먹으면 빵으로 싼 야채수프로 착각할지도 모른다.

'음⋯⋯ 기억에 있는 요리가 나왔군. 역시 【소드 앤 소서리스】는 이 세계에 기반을 뒀나? 하지만 거기에는 용사 같은 게 없었는데⋯⋯ 응?'

순간 제로스는 용사에 관한 한 가지 의문이 떠올랐다.

"카자마는 마도사라고 했죠? 마법은 어떻게 배웠죠? 마도사를 혐오하는 메티스 성법 신국이 마법 스크롤을 반입하지는 않았을 테고⋯⋯."

"응? 마법은 레벨이 오르면 저절로 배우는 거 아니었어요?"

요시노는 아저씨의 소박한 의문을 질문으로 되받았다.

"게임도 아니고 그럴 리가 없잖아요. 자세한 설명은 생략하겠지만, 스크롤을 사서 마법을 기억해야 해요. 흠⋯⋯ 자력으로 마법 스크롤을 조달해서 배웠나? 카자마라는 학생도 제법이네요. 무슨 주인공이야?"

마도사는 마법 스크롤을 구입해서 마법을 배운다. 하지만 메티스 성법 신국에서는 마법 스크롤 자체가 금지되어 카자마 타쿠미가 새로운 마법을 배울 방법이 막혀 있다.

그렇다면 어딘가에 숨겨 둔 마법 스크롤을 찾아서 남몰래 강해지지 않았을까? 아저씨의 말대로 소설 속 주인공 같은 행동이었다.

"그런데…… 제로스 씨는 저희보다 레벨이 높죠? 어느 던전에서 레벨을 올리셨나요? 효율 좋은 레벨 업 방법이 있으면 배우고 싶어요."

"제가 이 세계에 온 조건은 학생들과 달라요. 처음부터 고레벨이었죠. 웬만한 던전은 단독으로 공략되지 않을까 싶네요. 사신에게는 못 이기겠지만."

"'"용사의 존재 이유는 뭘까……."'"

용사들이 제아무리 뛰어난 능력을 가진다 한들 소환될 때는 레벨1로 시작한다. 게다가 아무리 신체 레벨이 높아도 기능 스킬 레벨이 낮으면 전생자보다 약할 수밖에 없었다. 그러므로 용사라도 스킬 레벨을 올리기 위한 적절한 수련이 필요했다.

결국 용사들은 신체 레벨이 500이나 되어도 스킬 레벨이 낮아서 레벨 보정을 온전히 누리지 못해 어중간하게 강했다.

만약 기능 스킬도 Max까지 올렸다면 이 세계에서 초인적인 힘을 발휘했을 것이다.

"스킬 레벨이 정말 올리기 힘들죠. 전투직이라면 그나마 낮지만, 생산직은 실패를 되풀이할 수밖에 없고 돈도 들어요. 이제 보니까 기능 스킬이 낮아서 보정 효과도 별로 받지 못했나 보군요? 그러니까 약하죠. 칸나기는 검사인데도 너무 약하다 싶었어."

"뭐라고 할 말이 없네……. 어느 정도 강해지고부터 온갖 잡일을 떠맡기는 통에 던전을 돌 여유도 없었어. 직업이 생산직이었던 애들한테도 억지로 싸우는 법부터 가르쳤고."

"네? 처음부터 기능 스킬을 못 올리게 하려던 수작 아닙니까? 부려 먹을 인간이 자기들보다 강해지면 불리하잖아요."

용사는 처음부터 토사구팽당할 처지였다고 제로스는 생각했다. 그리고 『그 자리에서 좀 깨닫지. 왜 용사라는 수상한 역할을 맡은 거야? 애초에 생산직이면 아무리 노력해도 본업 이상으로 못 강해지는데』라고도 생각했다.

용사들은 기능 스킬이 오르면 이 세계 일반인보다 약 두 배로 보정을 받지만, 그래도 전생자에게는 미치지 못했다. 역시나 용사와 전생자 사이에는 큰 격차가 있었다.

여담이지만, 르페일 족은 이 세계에서 유일하게 레벨 1,000을 넘을 수 있는 종족이었다. 이는 그들이 신화시대에 최초로 창조된 종족으로서 신을 대신해 세계를 관리하는 역할이었기 때문이라고 전해졌다.

사실인지 아닌지는 태곳적 이야기라서 확인할 방도가 없지만, 사실 레벨 900을 넘는 사람도 있다고 하니까 적어도 성장 스킬 【한계 돌파】는 존재하는 것으로 추정된다.

물론 이것도 이 세계가 【소드 앤 소서리스】와 관계가 있을 때의 이야기지만.

"제로스 공, 이제 왕궁으로 가려고 하네. 긴 여행으로 피곤할 테니까 도착하는 대로 방을 마련하지."

"신경 안 쓰셔도 됩니다. 왕궁에 도착하면 호위 임무도 끝이니까요. 그냥 관광이나 하고 돌아갈 거예요."

"무슨 소리인가? 그대도 왕궁으로 따라와야 해. 습격 상황을 설명해줘야지. 용사들의 처우도 결정해야 하고."

"에엥? ……또야?"

아저씨의 일은 끝나지 않는다.

어김없이 사건에 휘말려 귀가는 다시 한 번 미루어지고 말았다.

【4신교 혈련 동맹】.

긴 세월 속에서 태어난 비공식 조직으로, 자신들이 신의 사도라는 중2병 망상에 사로잡힌 맹신자 집단이다.

이들은 타 종족을 멸시하며 자기들이야말로 가장 우수한 종족이라고 믿는 오만하고 덜떨어진 파벌이지만, 공개적인 파벌 활동은 하지 않고 각지 교회나 신전으로 파견되어 일반 신관들 속에 숨어서 행동했다.

그들이 가장 많이 소속한 부서는 이단 심문부였다. 표면적으로는 이단자를 바른길로 이끈다는 목적을 가지지만, 실태는 단순한 청소부였다.

교의에 반한 신관들을 단속한다는 명목으로 거슬리는 인물에게 누명을 씌워 사형 선고를 내리는 암살자나 다름없었다.

또한, 그들에게는 면죄부가 발행되어 온갖 더러운 일을 도맡으면서도 문죄받지 않았다. 쉽게 말하면 『더러운 일을 맡기는 대신 죄는 묻지 않을게』라는 암묵적 규칙이었다. 그 때문인지 혈련 동맹에는 제정신인 인물이 없었다.

그리고 이곳, 【스토말 요새】에도 그런 맹신자가 몇 명 머물고 있었다.

"그래서…… 용사들이 놈들에게 잡혔다고?"

"네……. 히메지마 암살도 실패로 끝났고 전생자로 보이는 마도사도 확인됐습니다."

"뭐?"

그들은 4신 이외의 신을 모두 사악한 신이라고 규정하고 전생자를 그 첨병으로 간주했다.

그들에게 전생자란 일종의 재난이었다.

"멀리서 확인했지만, 히메지마와 【흑익의 악마】 사이에 끼어들어 싸움을 멈춘 것으로 보아 둘보다도 강하리라 판단됩니다. 심지어 그는 솔리스테어 측 호위병이었습니다."

"그 나라인가……. 가증스럽군. 네 눈에 그 전생자라는 자는 어떻게 보였나?"

"마도사 같았으나, 근접 전투에도 소양이 있는 듯했습니다. 용사의 검투에 끼어들어 생채기 하나 없이 중재하는 실력은 가히 괴물입니다. 게다가…… 놈은 【종자도총】을 가졌습니다."

"뭐라고?!"

그들이 말하는 【종자도총】이란 화승총을 뜻했다.

사실 제로스의 무기는 드래곤 사냥용 장비 【드래곤 버스터】지만, 그들에게 그런 것까지 알 리는 만무했다. 마법 관련 지식은 그들에게 이단이었다.

참고로 【흑익의 악마】란 루세이였다. 4신교는 날개를 가진 자와 수인을 똑같이 마족으로 분류했다.

"그렇다면…… 솔리스테어에도 【종자도총】이 존재한다는 말인가?"

"그럴 가능성이 큽니다. 심지어 놈들의 무기가 훨씬 우수했습니다. 우리가 한 발을 쏘는 동안 상대는 연속으로 총알을 퍼붓더군요."

"뭣이?! 간과할 수 없는 사태군……. 이래서는 군사력으로 소국을 압도할 수 없잖나! 심지어 그 마국과 접촉하다니……."

"게다가 일격에 땅이 날아갔습니다. 위력 면에서도 상대가 훨씬 우월합니다."

"큭, 용사가 전한 기술을 실현하려면 지식이 필요해. 하지만 그 지식이 우리는 그 나라에 비해 뒤떨어져……. 인간의 기술과 마법 기술의 차이인가……. 속이 부글거리는군."

"마도사들의 특기니까요. 우리가 뒤처지는 것은 어쩔 수 없습니다. 그래서 놈들이 성가신 거죠……."

―타――앙! 타다다다――앙!

"무, 무슨 일이냐?!"

갑자기 종자도총의 총성이 울렸다.

기사단이 허둥지둥 움직이는 것을 보아 무슨 긴급사태가 발생한 모양이었다.

사태를 파악하려고 신관과 성기사가 서둘러 방에서 뛰쳐나왔다. 그들이 본 광경은 요새 성벽에 우글우글 몰려든 검은 마물 무리였다.

마물은 떼 지어 기사들을 덮치고 그들을 산 채로 잡아먹고 있었다.

"저건 설마……."

"알톰 황국을 침공했을 때 나타난……."

그것은 곤충형 마물이었다.

성벽을 땅처럼 타고 오르고 예리한 가시 돋친 턱으로 살을 뜯어먹는 생물.

대자연이 낳은 궁극의 사신이자 청소부.

그리고 정점은, 귀를 때리는 중저음의 날갯소리.

ㅡ부우우우우우우우우우우우우우우우우우우우웅…….

모습을 드러낸 것은 30미터를 넘는 거대한 곤충이었다.

호버링으로 이동하면서도 그 날갯소리는 진동파를 발생시켜 스토말 요새의 성벽을 공진으로 파괴했다.

그리고 붕괴한 성벽으로 검은 군단이 모습을 드러냈다.

"그, 그레이트 기브리온?! 그것도…… 헤, 헬즈 레기온!"

거대한 궁극 진화체를 중심으로 부하를 이끄는 【헬즈 레기온】.

마물의 스탬피드 현상만큼 두려움을 사는 재난이 스토말 요새를 덮쳤다.

기브리온들은 먹이를 구해서 이동했고 이 대요새를 사냥터로 인식했을 뿐이었다. 문제는 그것이 인간에게 크나큰 위협이란 것이었다.

스토말 요새는 이날 【헬즈 레기온】에게 점령당했다.

【그레이트 기브리온】이 이끄는 【헬즈 레기온】은 상주하는 성기사를 모두 먹어 치우고도 모자라 더 많은 먹이를 찾아서 이동을 개

시했다.

놈들은 무리 지어 나타난다. 수만 마리 권속을 끌고서—.

 ## 제2화 아저씨, 왠지 성에 가다

솔리스테어 마법 왕국의 왕도【포트런】.

원형 성벽에 둘러싸인, 마법 방어를 중심으로 하는 성곽 도시.

중앙에 있는【포트런 성】은 최근 개축 공사를 마쳤고 흰 벽과 정교한 건축 기술 덕에【백익성(白翼城)】이라고 불리며 관광 명소로도 사랑받았다.

그렇지만 아무리 예술적으로 아름다운 성이라도 이곳은 왕족이 머무는 거성이자 정치의 중심. 안에서는 하루가 멀다 하고 시끄러운 정치 싸움이 벌어졌다.

그런 성의 어느 방에 이 나라의 왕【알헌트 루드 클라우솔라스 솔리스테어 왕】과 대신, 그리고 유력 귀족들이 모여 있었다.

"흠…… 설마 살아 있는 고대 도시가 존재했다니…….."

"이 도시는 교통의 요지가 될 것입니다. 허나 폐하, 일이 복잡해질까 우려됩니다."

"맞습니다. 메티스 성법 신국이 트집을 잡을 테지요. 예를 들면 『이 도시는 신의 가호를 받는 성역이므로 정당한 소유권은 우리에게 있다』라는 식으로요."

"그러고도 남을 족속들입니다. 듣자 하니 마르트한델 대신전이

31

붕괴했다죠? 이번 발견을 성도를 옮길 구실로 삼을지도 모릅니다."

"그렇다고 귀중한 마도의 성역을 녀석들에게 넘길 수는 없습니다. 지금까지도 유적에서 회복 마법을 발견할 때마다 녀석들에게 몰수당하지 않았습니까? 군사력이 약해졌어도 아직 녀석들은 강대국이긴 합니다만……."

현재 왕족을 포함한 귀족과 대신들은 고대 도시 이더 란테의 이용 가치를 논의하고 있었다.

마법을 연구하는 마도사에게는 보물 창고며, 소국들과 동맹을 맺은 나라로서는 중요한 무역 중계 지점이었다. 솔리스테어 마법 왕국 입장에서 이곳을 포기하기는 어려웠다.

하지만 메티스 성법 신국의 군사력은 여전히 솔리스테어보다 강력했고 국력 자체도 메티스 성법 신국이 우위에 있었다. 전쟁이 터지면 많은 희생을 각오해야 한다.

"트집을 잡아 국토를 넓힌 나라인데 어렵겠나? 델사시스 공작, 자네 생각은 어떤가?"

"녀석들은 움직이지 않을 겁니다. 아니, 움직이지 못한다가 옳겠지요. 병력은 많아도 녀석들에게는 치명적인 약점이 있습니다. 제가 준비한 자료를 봐주십시오. 무슨 말인지 이해하실 겁니다."

"약점? 흠, 이거 말인가? ……뭐라?!"

"이, 이건……."

델사시스는 이런 회의에 잘 참가하지 않지만, 중요한 안건이 있다면 반드시 출석했다.

그의 정보망에는 솔리스테어 마법 왕국도 기대고 있으며 나라에

충성하는 자세는 귀족의 모범으로 평가받았다.

이번에 출석한 이유는 알려야 할 정보가 있기 때문이었다. 바로 크레스톤이 이더 란테에서 알아낸 정보였다.

용사 소환의 폐해로 세상이 멸망 직전이었던 사실이나 이미 메티스 성법 신국은 용사 소환을 할 수 없다는 것. 그리고 지진 피해로 국내에 막대한 타격을 입었다는 내용이 상세하게 기재되어 있었다.

또한, 자료에는 4신의 정체도 언급됐다. 이스톨 마법 학교나 기타 시설의 서적을 참고로 델사시스가 부하들에게 백방으로 조사하게 한 정보였다.

대국을 상대로 하려면 약점 조사는 기본이었다.

참고로 이 정보 수집에 제로스는 일절 관여하지 않았다.

"4신이…… 대리 신이라고? 이 세계의 주신이 아니라?"

"조사한 바로는 사신이라고 불리는 존재가 이 세계의 정당한 신이고 4신은 잠든 신을 지키는 파수꾼이었다고 합니다. 현재 4신은 세계를 관리할 마음이 없습니다. 용사 소환을 용인하는 게 그 증거지요."

델사시스는 담담하게 조사 결과를 말했다.

4신이 세계를 관리하는 신이라면 용사 소환을, 세계를 멸망시킬지도 모를 위험한 마법 의식을 그냥 둘 리 없다. 하지만 4신은 오히려 용사 소환을 종용해 왔다.

명백한 사적 이용이며, 그 탓에 세계가 멸망 직전에 놓였다.

그 위기를 우연히 막았다고는 하나, 너무나도 충격적인 내용이었다.

"서, 설마…… 4신교의 용사 소환이 세계를 파괴하고 있었다니! 이대로 방관해도 괜찮은 건가?"

"믿을 수 없군요. 하지만 이로써 우리가 조금 유리해졌습니다."

"잠깐, 그것들은 시치미 떼기가 주특기요. 솔직하게 인정할 리 없소."

"구시대 선조들의 지혜는 역시 대단하군. 유적 안에 진실을 숨겼을 줄이야……."

"그만큼 절박했다는 뜻이겠지. 녀석들은 적에게 무자비해."

"자료에도 적혀 있지만, 그 나라는 지금 대규모 지진 피해로 경제가 파탄 직전이오. 우리를 칠 여유는 없을 거요."

귀족과 대신들은 델사시스의 정보에 놀라움을 금치 못하면서도 4신교의 나라인 메티스 성법 신국을 압박할 방법이 생겼다며 기뻐했다. 그만큼 그 나라의 횡포에 고통받았던 탓이었다.

특히 신성 마법. 이제는 회복 마법이라고 해야 할까? 원래 상처를 치유하는 마법은 신관밖에 쓸 수 없다는 이유로 온갖 불이익을 감내해 왔지만, 그것이 거짓말이라고 판명되자 광명을 찾은 기분이었다.

신관의 치료비는 약사의 치료비보다 비싸서 일반 백성이 낼 수 있는 금액이 아니었다.

하지만 마도사도 회복 마법을 쓴다는 사실이 널리 퍼지면 그 나라의 우위성은 무너진다고 봐도 무방했다. 게다가 용사도 소환할 수 없다면 남은 문제는 현재의 군사력 차이뿐이었다.

"구시대의 기술은 멋지지만…… 위험하군."

"폐하께서도 그리 생각하십니까? 하지만 제 아비가 이르기를 노후화가 심하여 섣불리 조사할 수 없어 봉인했다고 합니다. 지금 우리가 조사해도 아무것도 알 수 없으리라 사료됩니다."

"그렇게나 위험한가? 하지만 어리석은 인간은 어디에나 있는 법이야. 위험한 줄 알면서도 손대려는 자가 나올 테지."

"우리가 구시대와 동등한 지식을 갖지 않으면 그 유적을 조사할 방법이 없습니다. 지금은 도시 정비가 우선이겠지요."

"학자 육성이 급선무군……. 그럼 다음 의제로 넘어가지. 이사라스 왕국과 알톰 황국과의 외교는 어떻게 됐나?"

"옛! 보고드리겠습니다. 현재 외교로 이사라스 왕국을 원조하며 채굴된 광석 가격을 조정하고 있습니다. 채굴된 광석의 질도 좋아 수입을 염두에 두고 이야기를 진행 중입니다."

외무대신이 근황을 보고하는 가운데, 텔사시스 공작은 크레스톤의 보고로 알게 된 이더 란테의 상황으로 골머리를 앓고 있었다.

자기 영지와 가까운 유적이 도시로 이용된다면 영주를 정하게 된다.

하지만 이 보물 창고나 다름없는 도시를 다스리려면 그에 상응하는 지식이 필요했다. 함부로 사람을 골라서는 안 됐다. 구시대의 유물을 이용하려는 야심을 품고 이더 란테를 점거하면 강대한 군사력을 가진 적이 되고 만다.

봉인했다고는 하나, 어디에 보안을 뚫을 구멍이 있을지 몰랐다.

"첩보에 따르면 이사라스 왕국은 우리나라를 침공할 생각이었다지? 그 부분은 어떻게 됐나?"

"이사라스가 침공을 계획한 이유는 땅이 척박하여 식량 공급에 어려움을 겪었기 때문입니다. 하지만 알톰 황국과 우리나라에게 원조를 받고 광석을 판매하면서 국고에 여유가 생기면 엉뚱한 생각은 품지 않을 것입니다."

"다행히 메티스 성법 신국은 경제가 파탄할 지경에 놓였다. 일을 진행하려면 지금이 기회야. 하지만 궁지에 몰린 나라는 무슨 짓을 할지 몰라. 신중하게 진행하도록."

"예."

국가 간 싸움은 정치적으로 득이 되지 않는다.

군비에 예산이 할애되고 손해에 따른 위약금도 지불해야 한다. 병사 징집에 드는 돈도 무시할 수 없으며 물자 조달에 국가 예산 대부분이 투입된다.

실제로 지금도 병사가 거의 국경 요새에 집중되어 유지비로 매년 막대한 자금이 필요했다.

현재 가상 적국은 【메티스 성법 신국】이었다.

신관은 마도사를 혐오하고 용사의 전투력은 골치 아픈 문제지만, 개중에는 망명을 희망하는 용사가 있는가 하면 숨어 지내는 용사도 있었다.

"메티스 성법 신국은 끝났군. 동맹국 중에서는 침공하는 나라도 있겠지."

"문제는 우리나라가 언제 쳐들어가느냐는 겁니다. 적어도 알톰 황국이나 이사라스 왕국과 함께 싸워야겠지요."

"이사라스 왕국은 비옥한 토지를 원합니다. 은혜를 베풀면 우리에게도 유익할 겁니다. 다만, 불확실한 요소가 있습니다."

"음…… 놈들이 비밀리에 찾는 【사신】과 【전생자】 말인가? 사신은 그렇다 치더라도 전생자는 이해하기 어렵군. 용사보다 강하다고 하는데, 대체 어떠한 자들이지?"

"보고에 따르면 이세계의 신들이 보낸 이계인이라고 하나, 자세한 사항은 베일에 싸여 있군."

정보를 수집하는 첩보원의 솜씨보다 델사시스의 정보망 자체가 대단했다.

무슨 수를 썼는지 모르겠으나, 델사시스는 메티스 성법 신국의 상층부밖에 모르는 정보를 이미 쥐고 있었다. 그의 정보망이 믿어지지 않게 넓다는 증거였다. 그럴 마음이 있으면 세상을 손에 넣을 재능이었다.

하지만 그는 그런 것을 바라지 않았다. 그에게는 일과 여자가 삶의 보람이니까.

"적어도 적은 아닙니다. 이미 전생자로 추정되는 사람들을 찾아서 조사해 두었습니다."

"오오…… 역시 델사시스 공작은 일 처리가 빠르군. 이미 움직이고 있었나?"

"그들은 이 세계에서 살 곳을 찾고 있습니다. 그리고 4신에게 격렬한 앙심을 품었지요. 적대할 일은 없을 줄 압니다."

"4신에게 앙심을? 그건 또 왜인가?"

"어떤 자를 조사하던 중, 4신이 사신을 그들 세계로 보낸 탓에 자신이 죽었다고 말했다고 합니다. 술집에서 술주정을 부리며 한 소리였지만, 이 외에도 비슷한 보고가 몇 건 올라왔습니다."

"우연은 아니란 말인가? 음…… 사정을 모르겠군."

정체불명의 인물들이 돌아다니는 것은 꺼림칙하지만, 적어도 적대 의지가 없는 것이 다행이었다.

"그들 대부분은 우리나라에 큰 이익을 주고 있으니까 지금은 두고 보시는 것이 옳습니다. 아는 사람 중에 전생자로 추정되는 인물이 있으니 제가 직접 물어보겠습니다."

"뭐라고요?! 전생자와 아는 사이입니까?"

"사정을 알면 우리도 손쓸 방도가 있겠지. 과연 우리나라의 지략가다. 참으로 든든해."

델사시스는 정치가로도 우수한 한편 상인으로도 유명했다.

적대자는 가차 없이 제거하는 냉혹한 일면도 있지만, 아군과 협력자에게는 강력한 힘이 되어주므로 신뢰가 두터웠다.

또한, 델사시스는 이길 수 없는 싸움은 절대로 하지 않고 이기기 위해서라면 어떤 비겁한 수도 마다하지 않았다. 그래서 그에게는 협력자가 많고, 적은 그를 두려워했다.

"그냥 비즈니스 관계요. 적당한 이익을 쥐여 주면 적어도 적대할 사람은 아니오."

델사시스는 왕과 귀족들 앞에서 태연하게 시치미를 뗐다. 속으로는 『제로스 공은 아마 전생자다. 사정을 알려면 직접 묻는 게 빨라. 그러고 보니 라이스 위드로 만든 술을 찾고 있었지……』라며 계속 머리를 굴리고 있었다.

만약 제로스가 이 자리에 있었다면 당신 누구냐고 소리쳤을 것이다.

"그럼 다음 사안으로 넘어가겠다. 잠시 후에 타국 사절과 회식이 있으니까."

"알겠습니다, 폐하. 다음 의제는 메티스 성법 신국에서 흘러든 **그 서적**을 어떻게 규제하는가, 입니다."

"""**그것**은 철저하게 배척해야 합니다! 애들 교육에 안 좋아!"""

만장일치였다.

역시 빨간 책은 이 나라에서도 문제시되고 있었다.

"하지만 사람들이 그 서적을 애독하면서 판매 수가 급증하는 추세입니다. 가게 매출도 늘어서 경제에 적잖은 영향을 주고 있습니다. 무작정 규제하면 반발이 있으리라 생각합니다."

"적어도 내용을 검열하지 않으면 어린아이들에게 어떤 악영향이 있을지 모르오! 내 딸도 그것 때문에……."

"싼값에 구할 수 있는 것이 문제야. 세금을 매겨 가격을 올리면 어떻겠소?"

"잠깐, 그런 종류의 책은 경우에 따라서 예술로 둔갑할 수 있어! 내용을 검열하고 화가에게 표현 방식을 수정시켜야 해!"

정치 사안보다 빨간 책 검열 논의가 더 활발했다. 아이들의 정서 교육에 미치는 영향을 생각하면 당연하다고 할 수도 있지만.

왕족을 포함한 정치가들이 머리를 싸맬 정도로 그 서적들은 사람들의 생활에 깊숙이 파고들었고 어느새 귀족 사회까지 침투해 파문을 일으키고 있었다.

오랜 토의 끝에 유통 산업을 규제하는 기관 설립이 결정되고 유해 매체로 지정된 빨간 책은 연령 제한을 추가해 아이들이 볼 수 없도록 하는 법안이 가결됐다.

이리하여 서점은 법을 어겨 거액의 벌금을 무는 사태를 피하고자 해당 서적의 판매대를 따로 나누게 됐다.

타국도 점점 이 정책을 모방했고, 결과적으로 만화에 절제된 표현 방법이 요구되면서 메티스 성법 신국의 경제는 서서히 압박당했다.

그리고 이 빨간 책에 영향을 받은 사람들은 곧 독자적으로 출판 활동을 시작해 지나치게 선정적인 요소를 배제한 오리지널 작품이 시장에 흘러넘치는 계기가 됐다.

표면으로는 나오지 않았어도 이와 관련해 상당한 논쟁이 있었다고 한다.

아무튼 이 움직임은 곧 즉석 판매회로 발전했다. 그 경제 효과는 의외로 컸고, 내용의 질적 향상으로 명작이라고 불리는 작품도 잇달아 세상에 태어났다.

그 효과로 메티스 성법 출판의 매출이 더욱 큰 타격을 입으면서 내용을 경시하는 성인 서적은 차츰 쇠퇴했다. 요약하자면 창작자가 그림 실력과 스토리를 추구하게 된 것이다.

그러나 규제가 강해져서 명작이라고 불리는 작품이 태어나고 엔터테인먼트의 맹아가 싹트는 것은 아직 미래의 이야기다.

이곳에 있는 왕과 귀족들도 이때는 이런 시답잖은 일로 경제 제재가 가능하리라고는 생각지 못하고 있었다.

그래도 결과적으로 대성공이었으므로 훗날 보고를 들은 그들은 모두 엄지를 치켜세웠다고 한다.

알톰 황국에 있는 【슈라스 성】. 제로스는 용사 일행과 함께 그곳의 돌바닥을 걷고 있었다.

이르한스 백작과는 성에 도착한 후 바로 헤어졌다. 아마 지금쯤 외교 교섭이 한창이리라.

아저씨는 그저 호위를 맡았을 뿐인 자신이 이곳에 있는 사실을 이상하게 생각했지만, 공권력에 저항하지 못하고 시키는 대로 따라오고 말았다.

이 성은 여러 건물이 복합된 구조며, 각 건물에서는 내정이나 방위 등 역할에 따라서 정무를 봤다. 물론 왕족이 사는 후궁과 왕과 알현하는 내궁도 존재하며 총면적을 가늠할 수 없을 만큼 넓었다.

일행은 산수화를 떠올리게 하는 정원 옆 복도를 지나 루세이에게 안내받는 대로 쭉 따라 걸었다.

"왜 내가 이런 곳까지 왔지……."

단순한 호위였을 텐데 성까지 오게 될 줄은 몰랐다.

여기서 왕에게 알현까지 해야 한다면 스트레스로 위장에 구멍이 날 자신이 있었다. 지금도 스트레스로 배가 쿡쿡 쑤셨다.

하지만 가장 스트레스가 쌓인 사람은 용사들이었다.

그들은 병자처럼 낯빛이 새파랬다. 어지간히 힘든 심문을 받았나 보다.

다행히 알톰 황국은 인도적이라서 고문은 전혀 없었다. 용사들도 아는 사실을 숨김없이 말해서 메티스 성법 신국의 정보를 르페일 족에게 넘겼다.

제로스도 자신이 아는 정보를 전달했기 때문에 향후 정책에 적잖은 영향을 줄 것이다.

"루세이 씨. 저희는 어디로 가는 건가요?"

"응? 그대들이 머물 방이 준비됐다고 해서 방으로 안내하는 중이네만?"

"아니, 용사들은 몰라도 저는 그냥 여관에 머물면 되는데…….."

"무슨 소리인가? 제로스 공 덕분에 우리 군의 피해가 최소한으로 줄었어. 지금까지는 사망자가 나오지 않는 싸움이 없었는데, 심지어 부상자까지 치료해줬지. 우리가 받은 은혜를 갚아야 하지 않겠나."

화승총 공격으로 다친 병사들을 회복 마법으로 치료하고 돌아다닌 아저씨는 왠지 굉장한 은혜를 베푼 사람이 되어 있었다. 심지어 치료비도 받지 않는 고결한 마도사라며 존경심까지 모이는 상황이었다.

제로스는 그냥 일을 빨리 끝내고 싶었을 뿐이고 자애나 위로하는 감정은 없었다.

작은 친절이 이 상황을 만들어 내고 말았다.

"그렇게까지 고마워하지 않아도 됩니다. 내일 잠깐 관광하고 떠날 건데요, 뭘."

"그, 그런가? 아니, 그래도 은혜를 입고 그냥 넘어가고 싶지 않아. 이건 우리의 성의야."

"그런가요……. 성의라는데 안 받는 것도 예의는 아니죠."

본인이 별생각 없이 회복 마법을 썼어도 치료받은 사람이 어떻게 생각하는지는 별개의 문제였다. 순수한 감사를 거절하기는 어려운 법이었다.

하지만 그것은 제로스의 입장일 뿐, 적이었던 용사들은 불안을 감추지 못했다.

게다가 재기 불능에 빠진 소녀도 한 명 있었다.

"……."

"저자는 심문받을 때도 저 상태였다는군."

"이해해주세요. 끔찍한 실연이었으니까…… 응?"

—두두두…….

뒤쪽에서 인기척을 느낀 제로스가 돌아보자 한 소년이 다급한 얼굴로 달려오고 있었다. 척 보기에도 일본인 같았다.

용사들도 인기척을 느꼈는지 돌아봤고, 지금 달려오는 사람이 잘 아는 인물임을 깨달았다.

"……타쿠?"

""""……카자마?""""

죽은 줄만 알았던 용사, 【카자마 타쿠미】였다.

요시노가 상심한 원인이 상황 파악도 못 하고 제 발로 찾아왔다.

하지만 다시 보니 그 뒤에서는 호화로운 의상을 입은 은발에 흰 날개를 가진 조그만 여자아이가 거대한 전투 도끼를 들고 비행해

쫓아오고 있었다. 카자마는 죽기 살기로 도망치는 것 같았다.

"우후후후…… 거기 안 서요~?"

"아하하하하…… 나 잡아 봐~라, 허억?!"

""""""보통은 반대잖아……. 뭐야, 이 구닥다리 로맨틱 코미디.""""""

요시노를 제외한 모두가 어이없어했다.

타쿠미는 전투 도끼를 가까스로 피하고는 식겁한 얼굴로 전속력으로 직선 복도를 달렸다.

"루, 루세이 씨…… 저 소녀는 누구죠?"

"저분은 이 나라의 제2 황녀인 【라샤라 이르 아슬라 알톰】 전하시다. 믿어지지 않겠지만, 외모는 저래도 나보다 한 살 연상이지."

""""""우와…….""""""

이세계의 신비였다. 외모는 아무리 봐도 12~3세 전후였다.

아름다운 은발의 천사를 연상케 하는 소녀가 순진한 미소를 짓고 전투 도끼를 휘두르며 한 소년을 쫓고 있었다.

하지만 그녀는 절대로 어리지 않았다. 엄연히 성년을 맞이한 어른이었다.

"제가 있는데 나이도 차지 않은 어린아이한테 한눈을 팔다니……. 그 썩어빠진 정신머리를 뜯어고쳐 드릴게요."

"하하하…… 혹시 질투해? 정말로 귀엽다니까~. 내가 그래서 너한테 푹 빠진 Love, 포로가 되어 버렸어, Baby[1]."

"그런 말에 꼬박꼬박 넘어갈 정도로 전 어리숙한 사람이 아니에

#1 푹 빠진 Love ~ Baby 1980년대 일본의 유행가. 『Zokkon命(Love)』의 가사 패러디.

요! 각오하세요!"

닭살 커플의 사랑싸움이었다. 목숨 건 사랑싸움이지만.

라샤라가 내던진 거대한 전투 도끼가 무서운 회전력과 속도로 타쿠미에게 날아들었다. 소녀의 몸에서 나올 힘이 아니었다.

타쿠미가 비명을 지르며 모 영화처럼 몸을 젖혀 피하자 전투 도끼는 그대로 모퉁이 벽에 꽂혔다. 할 말을 잃게 만드는 위력이었다.

전투 도끼의 공격에 얼이 빠진 사이, 라샤라는 속도를 높여 타쿠미에게 고속 SLC 다이브[#2]를 감행했다. 타쿠미를 들이박고도 멈추지 않는 그녀는 타쿠미를 기어코 복도 끝 벽에 처박았다.

"드디어 잡았네요. 서방님은 몹쓸 버릇이 있으셔요. 그런 어린 아이들에게 욕정을 품으시다뇨……."

"오, 오해하지 마! 난 그냥 우리 아이가 그렇게 활발했으면 좋겠다고 생각했을 뿐이야!"

"그, 그런 말씀 하셔도 안 속아요. 왜 당신은 그렇게 자제력이 없나요! 게, 게다가 우리 아이라니……(우물우물). 미리 말해 두지만, 도, 동요해서 이러는 건 아니에요."

"'''츤데레냐……. 누가 봐도 동요했으면서.'''"

벽에 전투 도끼가 꽂히지 않았다면 동네 형과 노는 초등학생으로 보였을 것이다.

모르는 사람이 봤으면 빼도 박도 못 할 범죄 현장. 하지만 실제로는 연상 마누라였다.

"라샤라 전하…… 금슬이 좋은 것은 축복할 일이나, 때와 장소를 가려주시면 안 되겠습니까? 보는 사람이 굉장히 민망합니다…….."

"어머? 루세이, 있었나요? 잠깐만 기다리세요. 지금 서방님을 조교…… 벌을 주고 이야기를 들을게요."

"""지금 조교라고 했지? 이 공주님, 보기보다 과격해…….""""

타쿠미는 모 오니 족 소녀에게 쫓기는 고등학생처럼 라샤라 앞에서 기를 못 폈다. 하지만 그는 확고한 신념을 가진 로리콤이자 신사였다.

합법 로리에게는 손을 대도 진짜 로리에게는 손을 대지 않는다.

상식적으로 손을 대면 범죄자였다. 그가 상식을 갖춰서 다행이었다.

"카, 카자마…… 너…… 진짜냐? 진짜였냐? 이거 진성 로리콤이잖아…….."

"좋아! 나한테도 기회가 있어. 카자마, 네 취향에 감사……하기는 싫어!"

"카자마…… 너, 정말로 그런 변태였구나."

"미쳤어……. 나, 이런 인간이랑 한 교실에서 지냈어?!"

"흠…… 새로 붙잡은 용사인가요? 오늘 이 성으로 올 예정이라고 하셨죠. 하지만 지금은 이쪽이 우선이에요. 자, 서방님, 각오는 되셨나요?"

"아니, 지금은 다른 사람을 돌아볼 상황 아니야? 그리고 왜 다들 나를 그런 눈으로 봐? 오랜만에 만났는데 좀 구해주면 안 될까?"

"""""싫어. 너, 커플에 로리콤이잖아…….""""""

어린이의 적은 사회의 적이었다.

설령 신사라도 언제 비스트 모드로 체인지할지 알 수 없었다.

유죄추정. 이것은 상식 있는 사람이 적잖게 빠지는 오류이자 일종의 집단 심리였다.

"아무도 안 구해줘요. 그만 각오하고 달게 벌을 받으시죠, 서방님?"

"사, 살려줘어어어어어어!"

"잠깐!"

"요, 요시노? 부탁할게. 나, 나 좀 살려주라……."

타쿠미의 위기에 요시노가 제동을 걸었다.

눈은 앞머리에 가려 보이지 않지만, 범상치 않은 기운이 그녀의 몸에서 흘러나왔다.

"당신은, 누구죠……?"

"저는, 히메지마 요시노예요. 거기 있는 타쿠와는 어릴 때부터 친구였어요."

"친구가 부부 문제에 왜 참견하시죠? 당신이 낄 일이 아니에요."

라샤라는 요시노에게 적의를 드러냈다.

특히 가슴을 응시하는 것을 보면 성장이 멈춘 사실이 콤플렉스인지도 몰랐다.

"그러게요…… 이제는 상관없겠네요. 하지만 타쿠에게는 저도 해야 할 말이 있어요. 그리고 저도 벌주는 데 끼고 싶어요!"

"""""""뭐?!"""""""

요시노를 제외한 모두가 당황했다.

타쿠미를 구할 생각은 전혀 없어 보였다. 오히려 솔선해서 응징에 동참하려고 했다.

그리고 그녀가 왜 그러는지는 모두 너무 잘 알고 있었다.

"타쿠…… 전에 네 방에서 찾은 여아 사진집……. 그거 형 물건이 아니라 타쿠 거지? 설마 그런 취향이었다니…… 부모님이 아시면 울걸?"

"아니…… 그건 진짜 내 게 아니라……."

"거짓말해도 소용없어……. 타쿠는 정말 초조하면 엉덩이를 긁는 버릇이 있으니까."

"정말?! 앗……."

타쿠미가 자신의 손을 확인했을 때, 이것이 요시노의 유도 신문이라고 깨달았다.

요시노는 옛날부터 이렇게 거짓말을 간파했었다. 사진집을 들켰을 때는 도중에 어머니에게 불려가서 어물쩍 넘어갔지만, 이번에는 속아 넘길 수 없었다.

"타쿠…… 그거 상식적으로 불법이지? 가지고만 있어도 죄가 되는……."

"카자마…… 어디서 그런 걸 구했대?"

"가능하면 구입 경로를 알고 싶은데……. 어둠의 루트로 오가는 물건이잖아."

"으음, 그건 좀 아니지."

칸나기와 사카모토는 흥미진진했다. 준이 타이르지만, 구입 경로를 알아봤자 의미는 없었다. 이곳은 이세계니까.

"설마 타쿠가 미성숙한 여자애한테만 관심이 있을 줄 몰랐어……. 그 역겨운 취향을 뜯어고쳐서 참인간으로 갱생해줄게."

"잠깐, 요시노? 구해주는 거 아니었어?!"

"그렇게 슬프게 헤어지고…… 자기만 행복해지다니……. 그것도 어린애랑……. 벌을 주는 정도로는 부족하겠지?"

"저는 어린애가 아니에요! 하지만 고약한 취향이란 건 동감이에요. 내키지는 않지만, 처벌에 참가하셔도 돼요."

"감사합니다. 그럼…… 각오는 됐어?"

"둘 다 왜 그렇게 웃어? 마, 말로 하자……."

""닥쳐.""

그리고 처절한 응징이 시작됐다.

합법 로리와 용사의 철권이 눈에 보이지 않는 속도로 카자마 소년에게 쏟아졌다.

한 명은 실연. 한 명은 질투. 두 여성의 응징은 신사를 무자비하게 굴복시켰다.

로리콘에게 죽음을.

"잔인해……. 기분 탓인지 두 사람 뒤로 스탠ㅇ#3가 보이네요. 식칼을 들고 머리에 뿔이 난 모습이지만……. 아니, 저건 식신인가?"

"제로스 씨…… 저건 그냥 한냐#4지. 나도 보이는 거 같아……."

"카자마…… 불쌍한 녀석. 영혼을 먹히고 영원히 봉인#5당하겠군……."

"우리는 저렇게 되지 말자, 유카리."

#3 스탠ㅇ 『죠죠의 기묘한 모험』에 등장하는 초능력 스탠드. 사용자의 분신처럼 형체를 가지고 나타난다.
#4 한냐 일본의 전통 가면 중 하나. 질투에 미친 여자 귀신.
#5 영혼을 먹히고 영원히 봉인 만화 『나루토』에 나오는 봉인술 시귀봉진. 사용할 때 한냐가 등장한다.

"응……."

"악━━━━━━! 앗♡"

""""이상한 취향이 추가된 거 아니야?!""""""

타쿠미는 열어서는 안 될 진리의 문을 열어 버린 모양이었다.

【마도사 용사】→【로리콘 용사】→【로리콘 신사 마조 용사】라는 무시무시한 마이너스 클래스 체인지였다. 아니, 처음부터 다른 의미의 용사였다.

제로스가 감정해 보자 그의 스킬【통각 내성】은 Max였다.

'통각 내성이면 고통이 쾌감으로 변하나? 그게 Max 상태…… 장난 아닌데.'

그는 맞으면서도 표정이 차츰 황홀해지고 고통은 쾌락으로 변해 갔다.

위험하다고 판단한 아저씨가 냉큼 두 사람을 말리러 끼어들었다.

"기, 기다리세요, 요시노 양……. 더 해 봤자 그가 기뻐할 뿐입니다. 보세요…… 이 행복한 얼굴."

"꼬물꼬물…… 아니, 매끈하고 말랑말랑한 손이 나를 그 땅으로 인도한다……. 이, 이게…… 헤븐……?"

"세, 세상에…… 타쿠가 이 정도 변태였다니……."

"카자마…… 마조의 성역에 발을 들였군. 넘으면 안 될 문턱을 넘어 버렸어. 그나저나……."

"히메지마! 그런 변태는 버리고 나랑 행복해지자! 그 녀석은 우리가 처리할게."

"칸나기…… 너도 참 어지간하다."

고통에서 쾌감을 얻게 된 용사 옆에서 얼굴이 새파래진 소녀—

라샤라가 무척 난감한 표정을 짓고 있었다.

한마디도 하지 않지만, 그 표정에서 『망했다, 너무 심했나?』라는 심정이 엿보였다. 한편, 예상을 뛰어넘는 클래스 체인지를 달성한 타쿠미를 용서하지 않는 자가 있었다.

칸나기 사토루와 사카모토 코우타였다.

"카자마…… 잠깐 저쪽에서 얘기 좀 할까? 주먹으로……."

"너한테 인권은 없다. 소아성애는 범죄야. 왜 이런 녀석이 인기가 있지……."

두 사람은 타쿠미의 멱살을 잡고 마치 전장에 가듯 비장한 표정으로 걸어갔다.

목적지는 정원에 있는 암자 뒤였다.

"나, 나는 남자랑 주먹으로 대화할 생각은 없는데? 잠깐, 진짜 아프니까 끌고 가지 마. 그리고 남자한테 맞는 건…… 별로야."

""여자한테 맞으면 좋냐? 어디까지 타락할 생각이야!""

"아아…… 또 내 매력에 사로잡힌 사람이 두 명이나……. 아름다움은 죄예요."

"이 합법 로리 공주…… 외모랑 달리 의외로 뻔뻔하네……."

용사 두 명의 마음의 소리가 일치했다. 분명히 외모는 귀엽지만, 도끼를 들고 연인을 쫓는 것을 보면 이쪽도 성격에 문제가 있어 보였다.

그런 합법 로리를 보고 제로스는 고개를 갸웃거렸다.

'이 아이랑 처음 만난 기분이 안 들어. 왜지? ……앗.'

기가 센 눈과 등까지 뻗는 은발. 그 인상에서 왠지 루세리스의 얼굴이 떠올랐다.

하지만 절대로 판박이라고 할 정도는 아니었다.

라샤라에게는 강한 기품이 있고 분위기가 전혀 달랐다.

루세리스는 평범한 사람이었다. 라샤라나 루세이 같은 날개도 없었다. 아마 두 사람의 이목구비가 비슷한 탓에 묘한 향수가 일어서 착각했을 뿐이리라.

'한 달 가까이 못 만났으니까. 마음의 안식이 필요한 건가.'

공사 현장으로 연행당한지도 어느덧 한 달이 지났다. 모르는 사이에 지쳐 버린 것이라고 혼자 납득했다.

"라샤라 전하, 손님 앞에서 그러한 언행은 삼가십시오. 보이지 않는 곳이라면 상관없지만…….."

"뭐죠? 혹시 부러워요?"

"우리나라의 위신에 먹칠을 하고 계신다는 말입니다! 국빈을 호위한 분도 있습니다. 조금만 자중해주십시오."

"흐응……. 그나저나 마음에 드는 남성분은 계셨나요?"

"뜬금없이 무슨 말씀인가요? 저는 호위 임무를 받고 나갔습니다. 그, 그럴 여유가 있을 리가 없잖습니까!"

"왜 당황하시죠? 혹시 마음이 가는 분을 찾으셨나요?"

"다, 다다다…… 당치도 않습니다! 아무리 공주님이라도 이 이상은 저도 용서할 수 없습니다!"

'아~, 그립다. 쟈네 씨도 딱 이런 느낌이었지~.'

잠시 두 사람을 보지 못했더니 제로스는 그리움이 북받쳤다. 그것이 나이 차가 나는 여성에 대한 연심인지 어떤지는 모르지만.

이더 란테에서 쟈네 일행과 헤어진 후로 쭉 남자들과 부대끼고 있었다. 제발 땀내 나는 생활에서 벗어나고 싶었다.

눈앞에 있는 두 사람이 이상하게 그런 마음을 자극했다.

"그러고 보니 『자기보다 강한 남성이 아니면 낭군으로 인정하지 않는다』라고 전에 말씀하셨죠? 이분은 조건에 맞지 않나요?"

"무, 무슨 말씀입니까! 저는 결혼할 생각이…….."

"있죠? 그 숫기 없는 성격을 안 고치면 혼기만 늦어질걸요?"

"으…… 그렇다고 해도 제로스 공과는……(아슬아슬하게 남자 하나 낚았다고 유세는…….)."

─번뜩!

라샤라의 모노아─ 아니, 눈이 기묘하게 빛났다.

그리고 조그만 몸으로는 생각할 수 없는 빠른 속도로 루세이가 쓴 가면을 뺐었다.

정말로 일순간. 전광석화 같은 몸놀림이었다.

"루세이…… 그런 말은 사람을 민얼굴로 볼 수 있는 사람이 해야 죠. 사람 얼굴을 직시하지 못하는 당신이 말하면 조금 무례하지 않나요?"

"에? 아…… 아아아아아아아아아아앗?!"

민얼굴이 드러난 순간, 루세이의 얼굴이 화산이 폭발한 것처럼 새빨갛게 달아올랐다.

극도로 낯을 가린다는 수준이 아니었다.

패닉에 빠져 『아, 아우아우…… 덜려저엿』이라며 혀 짧은 소리를

낼 만큼 당황했다. 만화처럼 표현하면 두 눈이 소용돌이가 된 상황이라고 할까?

거기에 무인의 고결함은 어디에도 없었다.

"제로스 공이라고 하셨나요? 이런 사람이지만, 받아주신다면…… 제로스 공?"

라샤라가 말을 하다 말고 제로스의 반응이 이상하다고 깨달았다.

그 얼굴에 떠오른 감정은 경악이었다. 루세이의 얼굴이 그가 잘 아는 인물과 판박이였으니까.

"루, 루세리스 씨……?"

멍하게 중얼거리는 아저씨를 보고 라샤라는 의아한 표정을 지었다.

 ## 제3화 아저씨, 루세리스 출생의 비밀을 알다

루세이의 얼굴을 보고 제로스는 굳었다.

보고 싶다고 생각하던 얼굴이 갑자기 눈앞에 나타난 것도 원인이지만, 알톰 황국의 여장군이며 【흑천 장군】이라는 별명을 가진 그녀가 설마 루세리스와 같은 얼굴을 했을 줄은 생각지도 못했다.

흑발과 다갈색 눈동자를 빼면 거의 빼다 박았다. 놀라지 않을 수가 없었다.

"루세리스? 그건 누구인가요? 그렇게나 루세이와 닮았나요?"

"닮은 정도가 아니라…… 정말 똑같습니다. 차이는 머리와 눈동자

색이 다른 정도고요……. 그리고 그 사람은 4신교 수습 신관이에요."

"하필이면 그 사교의 신도인가요……."

"정말 싫어하시나 보네요. 하긴, 당연하겠지만……. 그나마 다행인 건 그 사람이 4신을 완전히 믿지 않는다는 겁니다. 신성 마법이 마도사가 사용하는 마법과 같다는 사실을 알고도 쉽게 받아들였으니까요."

"어머, 의외로 이해력이 좋은 분이네요. 아주 나쁘지는 않네요."

"들은 이야기를 종합하면 자기와 같은 고아를 구하고 싶을 뿐이고, 그러기 위해서라면 국가든 4신교든 상관없는 것 같습니다. 그 사람이 4신교에 소속한 이유도 4신교에 들어가서 회복 마법을 쓰기 위해서고, 딱히 신을 깊이 신앙하지는 않는 느낌이에요."

4신교는 마도사를 배척했다. 당연히 신관들도 적잖게 영향을 받았으며, 그 경향은 수습 신관에게도 미쳤을 것이다.

하지만 루세리스는 제로스를 아무렇지 않게 받아줬고 차별 의식은 전혀 없었다.

"그 여성이 루세이와 닮았다는 말이네요? 흠……."

"뭘 골똘히 생각하시죠? 뭐 짚이는 바라도?"

"아니에요. 그냥 조금 신경 쓰여서 그래요. 그분, 친족은 있나요?"

"……? 아뇨, 양육원 앞에 버려져 있었다고 본인에게 들었습니다. 양육원 아이들의 말에 따르면 부모님 얼굴을 모른다고 하더군요."

"그런가요……. 그 아이들을 매수하신 건 아니죠?"

"제가 그런 짓을 왜 합니까……. 걔들이 그 사람 개인정보를 몰래 알려준다고요, 몰라도 될 사실까지……."

제로스는 회색 뇌세포를 풀가동해서 라샤라의 태도를 분석했다.

무슨 까닭인지 라샤라는 루세리스에 관해 궁금한 눈치였다. 거기서 우선 의문을 가졌다.

왜 그녀가 루세리스를 신경 쓸까? 시각을 바꾸면 뭔가 보이지 않을까 싶어서 거꾸로 접근해 봤다.

루세리스는 부모가 없다. 하지만 키워준 부모인 사제는 있다.

그 사제가 뭔가 사정을 안다면 어떨까? 예를 들어 양육원 앞에서 줍지 않았고 부모에게 직접 위탁했다면 상황이 크게 달라진다.

무엇보다 라샤라의 태도가 이상했다. 여기서 참고할 정보는【소드 앤 소서리스】의 설정 지식이었다. 곧 하나의 억측이 부상했다.

"실례지만, 루세이 씨와 라샤라 공주님은 혈연관계인가요? 두 분이 닮으신 것 같은데…….."

"네? 아…… 루세이의 어머니와 제 어머니는 자매예요. 외사촌인 셈이죠."

"그랬군요. 혹시…… 어머니나 이모 중 한 분이 행방불명된 적은 없습니까? 갓 태어난 아기를 데리고…….."

"……왜 그런 생각을 하시죠? 저는 아무 말도 안 했는데요."

"날개 없는 아이가 태어나서 외도를 의심받고 모진 수모를 겪은 끝에 쫓겨나서 아이와 함께 사라졌다거나…….."

"당신, 사실 뭔가 알고 있죠?! 왜 그렇게 잘 알아요!"

"엥…… 정말로? 억측을 섞어서 소설 하나 써 봤는데…… 맞았어요?"

"……."

제로스와 라샤라 사이에 무거운 침묵이 깔렸다.

아무리 회색 뇌세포라도 확증이 하나도 없는 상황에서 명확한 추리가 가능할 리 없었다. 그냥 입에서 나오는 대로 나불거린 망상이었다.

【소드 앤 소서리스】에서 르페일 족은 가족애가 강한 종족이었다.

하지만 간음이나 불륜 같은 부덕을 절대로 용서하지 않는 감정적인 일면도 있었다. 그래서 루세리스의 처우를 바탕으로 이야기를 구상해 봤을 뿐이었다.

가족애가 강한 점은 방금 타쿠미를 쫓던 라샤라만 보아도 짐작할 수 있으리라. 전투 도끼를 휘두르며 쫓아올 만큼 이 종족은 정열적이다.

그런 특성을 고려해 즉석에서 지어낸 이야기가 설마 정답일 줄은 몰랐다.

결과적으로 왕족의 스캔들을 들춰내고, 자기도 모르게 감정적으로 긍정해 버린 두 사람은 표정이 굳은 채로 정지했다.

그리고 다시 시간은 움직인다─.

"변명해 봤자 소용없겠네요. 저희도 확신은 없지만, 사정을 말씀드릴게요. 방금 당신이 말한 대로 루세이의 어머니, 메이아 이모님이 날개 없는 자식을 낳은 것이 사건의 발단이었어요."

"부모가 르페일 족인데 인간족 아이가 태어날 리 없다고 이상한 상상을 하는 사람이 나왔겠군요? 게다가 집안뿐 아니라 바깥까지 소문이 퍼졌을 테고. 일부다처는 허용해도 불륜은 허용하지 않는 종족인 만큼 문제가 커졌겠어요."

"체인질링이란 말을 들어 보셨나요? 요정이 아기를 바꿔치기한다는 이야기인데 그게 실제로 일어났다고밖에 생각할 수 없었어요. 하지만 요정이 납치한 아이를 찾을 방법도 없죠……."

"체인질링이라…… 그냥 격세 유전 아닌가요? 가문에 인간족의 피가 조금이라도 섞였다면 확률은 낮아도 인간족 아이가 태어날 수 있어요. 오히려 긴 역사를 가진 일족이라면 그럴 가능성이 클 텐데요?"

그것은 구원임과 동시에 잔인한 말이었다.

왜냐하면 죄를 지은 사람과 벌을 받을 사람이 뒤바뀌었다는 뜻이니까.

"자, 잠깐만요. 그 말이 사실이라면 메이아 이모님은 누명을 쓰고 추방됐다는 뜻이잖아요……?"

"정말로 바람을 피우지 않았다면 그런 셈이죠. 루세리스 씨는 부모님 얼굴을 모른다고 하니까 이미 돌아가셨을 가능성이 크겠네요. 그럼 이제 알 방도도 없겠어요."

"이, 이럴 수가……."

방금 말했다시피 체인질링은 요정이 요정의 아이와 다른 아이를 바꿔치기한다는 민간전승이다. 실제로 인간족 사이에서도 수인족 아이가 태어나는 일이 간혹 있어서 옛날부터 이 정체불명의 현상을 요정의 장난, 체인질링으로 생각해 왔다.

특히 요정은 그런 장난을 하고도 남을 짓궂은 생명체란 점이 신빙성을 키웠다.

하지만 눈앞에 있는 마도사는 격세 유전이라는 말을 꺼냈다.

격세 유전이란 몇 세대 전 조상의 특징이 갑자기 나타나는 현상이다. 예를 들어 증조할아버지가 털보였는데 그 유전 형질이 몇 대 후에 갑자기 발현하는 식이다.

이세계라면 그런 특징은 더욱 현저하게 드러날 것이다.

종족만 따져도 인간족, 수인족, 엘프족, 드워프족, 환상의 용인족 등 몇 종류나 존재한다.

조상 중에 그들의 유전자가 섞였다면 어느 날 갑자기 다른 종족 아이가 태어나기도 한다.

루세이에게는 이 설명이 무척 설득력 있게 들렸다. 적어도 불분명한 체인질링으로 설명할 상황이 아니며, 그 이론을 믿으면 지금까지 설명되지 않던 부분이 모두 해결됐다.

"이, 인정할 수 없어요! 우리 혈통에 인간족의 피가 섞였다니……."

"인정하고 말고를 떠나서 현실에서 날개 없는 아이가 태어났잖아요? 바람을 피우지 않았다면 격세 유전밖에 더 있습니까?"

"그럴 리가……."

"애초에 요정이 체내에 있는 아이를 어떻게 바꿉니까? 가령 할 수 있다고 해도 그 심술궂은 요정이라면 소나 말 같은 동물 새끼랑 바꿀걸요? 뭐, 그것도 어디까지나 추측이지만."

제로스도 딱히 격세 유전이 반드시 맞다고는 생각하지 않았다.

DNA 검사를 한 것도 아니라 어디까지나 가능성을 제시했을 뿐이었다.

애초에 이 세계에는 DNA가 무엇인지 아는 사람조차 없었다. 의학과 생물학, 과학 기술에 이르기까지 거의 모든 분야가 발달하지 않은 세상에서 그것을 증명할 방법은 없었다.

"뭐가 됐건 끝난 이야기예요. 구시대처럼 문명이 발달한 시기라면 해석 가능했을지도 모르지만, 이 시대에서는 불가능합니다. 증명할 방법이 없어요."

"저는 그렇게 생각하지 않아요. 그런 지식이 있다면 달리 증명할 방법도 있지 않나요?"

"네? 제가요? 애석하게도 제 전문은 공학입니다. 의학은 상식 수준밖에 몰라요. 도움이 되지 못해서 죄송하네요."

"우으~, 하지만 동생이 살아 있을 가능성이 있는데…… 그래도 증명할 순 없고…… 아으~."

"……이게 조금 전 그 여장부인가요? 아예 다른 사람인데요?"

"루세이는 옛날부터 낯가림이 심한 아이예요. 그나저나……."

라샤라가 주위를 돌아봤다. 바로 옆에는 가족에 관해 고민하는 외사촌, 안뜰에서는 질투에 불타는 용사들이 타쿠미를 열심히 패는 중. 제법 혼란스러운 양상이었다.

"그건 그렇고, 재기 불능인 사람이 많네요……."

"그, 그러게 말입니다……."

라샤라와 제로스는 그 광경을 보며 한숨 흘렸다.

귀를 기울이자 용사들의 대화가 들렸다.

『어라? 왠지…… 남자한테 맞아도 기분이 좋은 것 같기도…….』

『정말로 넌 어디까지 갈 생각이야?!』

『어…… 갈 때까지?』

『누가 정신과 의사 좀 불러어어어!』

아저씨는 【통각 내성】 스킬의 위험성을 알았다.

그리고 소꿉친구를 구타하던 요시노는 용사 커플 두 명에게 위로받았다.

"우후후…… 허무해. 타쿠를 패도 기분이 안 풀려. 앗, 왜 눈물이…….

"히메지마…… 이제 그만 포기해…….

"네 마음만 더 아프잖아, 요시노. 분명히 시간이…… 시간이 해결해줄 거야."

솔직히 연관되고 싶지 않았다.

아저씨는 아예 무시하기로 마음먹었다.

"에효…… 아무튼 저희는 언제까지 여기 있어야 할까요?"

접대 준비는 마쳤지만 안내자인 루세이가 맛이 가 버렸다. 빨리 방으로 가고 싶어도 그곳이 어디인지 아저씨가 알 리 없었다.

성을 혼자 돌아다닐 수도 없는지라 사태가 진정될 때까지 기약 없이 이곳에서 기다리게 생겼다.

길고 고되고 지루한 시간이 흘러갔다.

혼란스러운 상황이 수습된 뒤, 제로스는 객실로 안내받았다.

그곳에는 침대와 탁자, 그리고 큰 이로리[#6]도 있었다.

복층 구조라 천장은 높았고, 옆쪽 서랍장 계단을 통해 2층으로

#16 이로리 일본 전통의 난방 기구. 방 중앙을 움푹 꺼지게 만들어 모래를 채우고 불을 지핀다.

올라갈 수 있었다.

일본의 전통 가옥이 연상되지만, 서랍장의 금속 장식은 서양풍에 심지어 금세공이었다. 흡사 니조성[7] 같았다.

정신적으로 지친 제로스는 바로 침대에 드러누워 멍하게 천장을 바라보고는 한숨을 쉬었다.

'루세리스 씨가 알톰 황국 황가의 혈통……. 날개가 있었으면 진짜 천사가 따로 없었겠지~. 지금쯤 쟈네 씨한테 내 소식을 들었을까…….'

가도 공사 현장의 호위 의뢰를 끝낸 쟈네 파티는 한 푼이라도 더 벌기 위해 주변 마을을 돌아보겠다고 말했다.

솔직한 심정을 밝히자면 아저씨는 두 사람과 결혼하고 싶었다. 하지만 일부다처와 나이 차이 때문에 망설이느라 농담인 척 결혼하자는 말만 툭툭 던지는 것이 현실이었다. 이 아저씨도 의외로 숙맥이었다.

그래도 아저씨도 나름의 변명이 있었다. 루세리스와 쟈네의 나이를 생각하면 제로스가 대학에서 공부하던 시절에 태어났다는 계산이 나온다. 이 나이 차이를 알면서도 진심으로 프러포즈하기란 생각보다 어려웠다.

솔직히 타쿠미 같은 취향으로 취급받고 싶지는 않으니까.

제로스의 취향은 글래머 여성이고 타쿠미처럼 통나무 몸매에는 관심이 없었다. 일단 일반적인 남성의 가치관을 가졌으나, 그 한 발을 내딛기가 힘들었다.

#7 니조성 건물 곳곳에 금장식이 들어간 일본의 성.

당당하게 로리콤 취향을 떠벌리는 용사를 본 탓에 되레 조심하게 됐다.

그리고 루세리스가 쟈네와 함께 자신을 받아달라고 한 말과 일본인의 상식 사이에 껴서 이러지도 저러지도 못했다. 이세계란 이유만으로 한평생 가졌던 상식을 내려놓기는 어려웠다.

'에효~, 나도 카자마를 욕할 처지가 못 되는구나. 연하라…… 아차, 카자마는 연상 아내였지? 그래도 외모가…….'

귀족 사회에서는 제로스 나이대의 남성이 막 성인을 맞이한 열네 살 소녀를 아내로 들이는 일도 왕왕 있었다. 하지만 이 세계의 법률이 인정해도 마음 한쪽에서 제동이 걸렸다.

그런 자신이 겨우 한 달 만나지 못했다고 이토록 두 여성을 그리워할 줄 어떻게 알았겠는가?

'이게 사랑인가……. 어째 아닌 거 같기도 하고……. 후우.'

자기 마음인데도 뜻대로 되지 않았다.

제로스는 태어나서 처음으로 이 답답한 감정과 마주했다.

한번 하겠다고 정하면 그 자리에서 즉각 해결해 오던 아저씨가 연애로 고민하는 10대 소녀처럼 침대 위를 데굴데굴 굴렀다.

남 보여주기 민망한 광경이었다.

"제로스 님, 방에 계십니까?"

"헉?! 이, 있습니다. 무슨 볼일이라도?!"

혼자서 끙끙대던 아저씨의 방 밖에서 시녀가 말을 걸었다.

놀란 나머지 새된 목소리로 대답하고 말았다.

"실례하겠습니다. 제로스 님을 뵙고 싶다는 분이 계십니다만,

지금 괜찮으시겠습니까?"

"만나고 싶은 사람? 저를요? ……뭐지?"

"저는 제로스 님을 모셔오라는 분부밖에 듣지 못했습니다.

"그래요? 어디로 가면 되나요?"

"제가 안내하겠습니다. 따라오시기만 하면 됩니다."

"알겠습니다. 그럼 갈까요? 정말로 누구지…….."

제로스는 회색 로브를 걸치고 시녀를 따라나섰다.

시녀는 한국 사극에서 볼 법한 민속 의상을 입어 아저씨는 마치 과거로 온 듯한 느낌을 받았다.

드라마라면 딱 사건에 휘말릴 패턴이었다.

"어디로 가나요?"

"정무전(政武殿)입니다. 그곳에서 어떤 분이 이야기를 여쭙기 위해 기다리고 계십니다."

"높으신 분과 할 이야기가 있었나? 모르겠구만…….."

복잡한 통로를 지나 각 건물을 나누는 문을 몇 번 통과하자 ㄷ자 시설이 나왔다.

건물 앞, 돌이 깔린 마당에서는 많은 병사가 훈련에 매진하고 있었고 창 훈련에 쓰는 밀집 인형이나 왕이 구경하기 위한 관람석도 보였다.

"이곳이 정무전입니다. 주로 성을 경비하고 범죄를 단속하는 부서며 많은 장군이 이곳에서 훈련을 하십니다."

"치안 공무의 중추인가요? 색이 화려해서 그런지 꼭 신전 같네요."

"목조 건물이 신기하신가 보네요. 건축 자재가 한정되어 있으니까요. 하지만 이것도 드워프들이 빚어낸 혼신의 역작입니다."

"드워프…… 그 사람들은 어디에나 출몰하네요. 일만 하고 사
나……."

아마 이 건물도 춤추고 노래하며 지었겠지.

그 광경이 눈에 선해서 머리가 아팠다.

제로스는 문을 넘어 정무전의 어떤 방으로 안내받았다. 그곳에
는 탁상에 앉아 험악한 눈초리로 제로스를 바라보는 무인과 루세
이가 있었다.

"정무관장님. 이분이 제로스 님입니다."

"수고했다. 이만 물러가 보아라. 제로스 공이라고 했나? 이건 우
리 집안의 문제다. 지금은 관직은 내려놓고 이야기하지. 체면 차
려서 말할 필요는 없네."

"아버지……. 제로스 공, 이분이 우리 아버지【라폰 에마라】정
무 대관장님이다. 이렇게 부른 이유는 다름이 아니라, 그대가 아
는 여성의……."

"아…… 대충 알겠네요. 그 이야기를 한 번 더 들려달라는 거군요?"

"아니, 그대에게 청이 있어 불렀네."

예상과는 달랐다.

왠지 느낌이 좋지 않았다. 100퍼센트 귀찮아진다고 확신했다.

"제로스 공, 그대는 용병이라지? 그렇다면 의뢰를 하나 하고 싶군."

"말씀해 보세요. 유괴나 위험물 운반 같은 범죄라면 거절하겠지
만요."

"그런 게 아니네. 그저 내 딸을 데리고 와줬으면 해……. 이름이

루세리스라고 했나?"

"거절하겠습니다."

아저씨는 즉시 답했다.

"왜, 왜지? 듣기로는 사교의 수습 신관이라고 하지 않나? 딸을 그런 곳에 그냥 두라는 말인가!"

"……이제 와서 무슨 낯으로 만나시려고요? 그 사람은 고아로 자랐고 지금은 다른 고아를 위해 신관의 길을 걷고 있습니다. 훌륭하게 자립했다는 말입니다. 그런데 기억에도 없는, 그것도 어머니랑 자신을 쫓아낸 아버지를 만나고 싶겠습니까? 그리고 아직 혈연관계가 맞는지 확인도 안 했어요."

루세리스를 알톰 황국으로 데리고 오려면 그녀에게 사정을 설명해야 했다.

이야기를 듣고 어떻게 판단할지는 별개로, 루세리스가 알톰 황국으로 오기를 거부하면 이야기는 거기서 끝이다.

"루세이와 닮았다면 혈연관계겠지. 사정을 설명하면 알아줄 게야. 친자식이니까."

"아이는 주위의 영향을 받고 큽니다. 그 사람은 철이 들었을 때부터 자립을 생각하며 살아왔어요. 자기와 같은 고아를 위해서, 지금도 불우한 환경에 놓인 아이들을 줄이려고 스스로 그 길을 가고 있죠. 자기 혈연에는 관심이 없습니다."

핏줄을 믿고 딸을 되찾으려는 아버지.

냉정하게 상황을 생각해 논리적으로 부정하는 제로스.

두 사람 사이에서 정과 현실이 부딪쳤다.

격세 유전에 관해서 들은 라폰은 루세리스와 만나고 싶어졌을 것이다.

하지만 여기에는 큰 문제가 남아 있었다.

"핏줄 따위 믿을 게 못 됩니다. 저는 친누나와 서로 죽이려고 드는 사이인걸요. 같은 피가 흐른다고 무조건 정이 생긴다는 생각은 버리시죠. 그딴 건 그냥 환상이에요."

"그건 그쪽 관계가 추잡하기 때문이겠지. 우리는 다르다!"

"부모님은 정상이었어요. 딸이 미치광이였을 뿐이지. 사람의 생각은 다 다르니까 일방적인 강요는 반감만 삽니다? 라폰 님의 경우는 제법 민감한 문제니까 신중하게 접근하시길 권하고 싶네요."

"하지만 내 딸이 사교도가 됐다는데 어떻게 가만히 있나! 그런 곳에 둘 수 있겠냐는 말이다."

"사교도라……. 결국 자기 체면을 위해서군요? 게다가 아직 혈연이라고 판명되지 않았습니다. 그냥 우연히 닮았는지도 모르죠. 라폰 님이 하고 싶은 말은 이해하지만, 너무 서두르는 게 아닌가 싶군요. 우선은 사실관계를 조사하는 게 먼저 아닐까요?"

"음, 하지만……."

애당초 지금 시점에서는 혈연인지 아닌지도 불확실했다. 지금 억지로 데리고 와도 결과가 좋지는 않을 것이다.

더 나아가 부모와 만날지 말지 정하는 사람은 루세리스였다. 아무리 아버지가 만나고 싶어도 루세리스가 거부하면 끝이었다.

"가령 친자식이 맞다고 칩시다. 하지만 진실을 알고 당신과 만나려고 할까요? 미리 말해 두겠지만, 결정권을 쥔 사람은 루세리스 씨 본인이지 당신이 아니에요."

"무슨 헛소리냐! 나는 부모다! 딸을 만날 권리가 있어!"

"그 딸을 추방한 사람이 누군데요? 당신은 자기 아내를 믿어주지 못했잖아요. 상황을 보면 압니다. 잔인한 말이지만, 지금 당신에게는 권리가 없어요."

"크……. 하지만 입장을 바꿔서 생각해 보게. 보통은 내 일족에서 인간족 아이가 태어날 리가 없잖나."

"구시대에는 인간족도 당신들 조상과 공존했어요. 그 피가 섞였다면 언제 일어나도 이상하지 않았을 일입니다. 당신은 눈앞에 있는 현실에 사로잡혀서 일방적으로 비난하고 진실을 알려고 하지 않았겠죠. 세상일에는 다 이유가 있는 법인데도."

"하, 하지만……."

제로스는 감정적인 라폰을 논리로 밀어붙였다.

지금은 감정적으로 대응하면 이야기가 진행되지 않는다.

"각설하고, 지금 제가 아는 여성이 당신의 딸인지 아닌지는 확실하지 않습니다. 그리고 만약 확인돼도 『왜 그녀가 솔리스테어 마법 왕국에서 살고 있는가?』라는 의문이 남죠. 그건 역시 사모님이 솔리스테어로 흘러갔기 때문 아닌가요?"

"흠…… 하지만 왜 솔리스테어지? 이곳에서는 이사라스 왕국이 훨씬 가까울 텐데. 들은 이야기로는 우리나라에서 추방된 자는 대부분 이사라스 왕국을 통해 르다 이루루 평원으로 간다고 하니까……."

"당시는 마물이 서식하는 산맥을 지나지 않으면 솔리스테어로 갈 수 없었어요. 르페일 족이라도 곱게 자란 황족 여성에게는 위험한 여행입니다. 아이가 있는데도 구태여 그 길을 떠났어요. 여기서부터는 억측이지만, 이스톨 마법 학교 대도서관이 목적지였는지도 모르죠……."

"그 말은…… 메이아는 인간족이 태어난 원인을 조사할 생각이 있었다는 건가? 그리고 뜻을 이루지 못하고 죽었을지도 모른다…… 그런 거군."

"그건 조사해 봐야죠. 루세리스 씨를 키운 사제님이라면 알지도 모르지만, 과거를 조사하려면 당사자의 허가를 얻는 게 도리입니다. 돌아가서 루세리스 씨에게 물어볼까요?"

"부탁하겠네……. 만약 제로스 공이 한 말이 진실이라면 나는 돌이킬 수 없는 실수를 한 게야. 평생 속죄해도 모자랄 죄지……."

"아유, 자꾸 부담 주시네……."

제로스의 예상이 적중했다.

예상대로 귀찮은 일로 발전했다.

"그나저나 뭐라고 설명해야 할지……. 난이도가 너무 높은데~."

"제로스 공…… 정 그러면 내가 설명할까? 만약 정말로 동생이라면 내가 직접 이야기하는 게 순당하지 않겠나?"

"가면을 벗으면 이야기도 제대로 못 나누는 사람한테 맡기기도 좀……. "

"으으…… 그 점을 지적하면 나도 할 말이 없지만, 나도 어머니의 행방은 궁금했어. 이 기회를 놓칠 순 없어."

"일은 괜찮으세요? 부대를 지휘하는 장군님이시죠?"

"유급 휴가가 쌓였어. 이번에 써 버리지, 뭐."

"아, 정말로 혈연인지도 모르겠네요. 자기도 돌보지 않고 일을 우선하는 점이 똑같아⋯⋯."

루세리스도 휴가를 쓰지 않고 매일 치료 활동을 하기 바빴다.

휴가는 양육원 아이들이 실전 훈련을 갈 때만 얻었다. 도시에서 물건을 살 때도 필요한 것만 사고 어지간한 일이 없는 한 사치를 부리지 않았다.

만드라고라 수입도 대부분 아이들 식비와 양육원 운영비로 사용했다. 남은 수익도 약초를 사서 치료 활동에 충당했다.

"어쨌든 나는 솔리스테어 마법 왕국으로 가겠네. 진실을 알고, 만약 가능하다면 어머니의 뜻을 이루고 싶어."

"⋯⋯괜찮나요? 루세이 씨는 이 나라에서 중요한 사람 아닌가요?"

"상관없다. 내가 허락하마⋯⋯. 동이 수호장 루세이, 내 명에 따라 메이아 에마라의 발자취를 쫓아라. 진실을 알아내는 거다. 이건 같은 사태가 되풀이되지 않게 하기 위한 일이기도 하다."

"예. 바로 여행 채비를 하겠습니다."

"괜찮은가 모르겠네. 이거 직권 남용 아닙니까?"

"메이아는 말단이기는 해도 황족이야. 이 정도는 허용돼."

"사실 저도 내일 돌아갈 참이었는데 마침 잘됐네요."

라폰은 탁상에 손깍지를 끼고 이마를 얹었다. 한숨에서 회한이 느껴졌다.

그리고 묻지도 않았는데 무거운 말투로 이야기를 꺼냈다.

"나는⋯⋯ 메이아를 사랑했네. 하지만 태어난 아이를 본 순간, 머리가 멍해졌어. 설마 인간족 아이라고는⋯⋯."

"왜 가장 먼저 외도를 의심했습니까? 황족인 사모님이라면 마음대로 외출하지도 못하셨을 텐데요. 주위에 보는 눈도 많은데 다른 사람을 만날 수나 있었나요?"

"우리 역사 속에서 체인질링이 일어난 적은 한 번도 없었어. 그래서 믿고 싶어도 믿을 근거가 없었어……. 나라고 아내를 의심하고 싶었겠나? 하지만 실제로 인간 아이가 태어났단 말이네……. 아내가 다른 남자의 아이를 품었다고, 모두가 그렇게 생각해 버렸어."

"하긴, 수는 적어도 여기에도 인간족이 사니까요. 의심하는 것도 이해합니다. 그렇지만 냉정하게 대처하셨어야 했어요."

"나는 의심은 했어도 입 밖으로 낸 적은 없었네. 게다가 아내의 태도를 보고 외도는 아닐 거라고도 생각했어. 많이 고민했었네. 하지만 소문은 내가 손쓸 새도 없이 퍼져나갔어……."

"아…… 그게 임금님 귀에도 들어간 거군요? 그래서 공식적으로 문책받고, 비난당하다가 추방……."

황족 분가 출신인 메이아는 항상 청렴결백을 요구받았다.

하지만 인간족 아이를 낳은 탓에 불륜을 의심받고 나라에서 추방됐다. 황족에게는 결벽증에 가까운 엄격한 규율이 존재했다.

이 나라 사람이 아니라면 너무하다고 생각하겠지만, 원래 소수민족인 그들에게 배신은 중대한 죄였다. 바람이나 사기 따위의 행위를 인간족보다 엄히 다스리는 이유도 여기 있었다. 그것이 이들의 민족성이었다.

"피가 너무 짙어졌는지도 모르겠네요. 어쩌면 격세 유전이 일어날 확률이 높아졌을지도 모르죠……."

"고대의 피가 깨어나기 쉬워졌다는 말인가?"

"의학은 전문이 아니라서 잘 모르지만, 이게 시작이라고 생각하는 편이 나을 겁니다. 지금 법률을 바꾸지 않으면 고아가 계속 늘어날걸요? 갓난아기를 죽이지는 못할 테니까."

"아무리 인간족을 혐오해도 우리는 그런 짐승이 아니야. 어쩌다가 이 꼴이 된 거지……."

"생명의 신비죠. 이건 자연의 섭리니까 어쩔 수가 없습니다. 저랑 술이나 마시면서 푸실래요? 남한테 이야기하면 조금은 편해질 겁니다."

"……그렇군. 신세타령 좀 들어주겠나……?"

무지에서 일어난 비극.

지구에서 얻은 지식을 가진 제로스는 몰라도, 원인을 안 라폰은 죄책감에 시달렸다. 이것만은 자연 현상이라서 재수가 없었다고밖에 할 수 없었다.

아무튼 제로스는 라폰의 후회를 들으며 함께 술잔을 기울였다.

이튿날, 제로스와 루세이는 알톰 황국을 떠나서 곧장 솔리스테어 마법 왕국으로 향했다.

【할리 선더스 13세】를 타고…….

그 무렵, 산토르의 한 양육원에서는 초로의 여성 사제가 술을 마시며 서류를 보고 있었다.

메티스 성법 신국에서 솔리스테어 마법 왕국에 파견된 상급 사제면서 사제라고 믿기 어려운 방탕함 때문에 벽지로 좌천당한 여걸, 멜라사 사제장이었다.

곁에 있는 사제들도 기본적으로 지금의 4신교에 불만을 가져 유배당하다시피 타국 포교 활동을 명령받은 이들이었다.

그런 사정이 있어서인지 여기 있는 신관 대부분은 메티스 성법 신국으로 돌아갈 마음이 없었다. 솔리스테어 마법 왕국에 있는 편이 차라리 마음이 편하기 때문이었다.

특히 산토르는 살기 쾌적해서 이미 결혼하고 살림을 차린 사람도 있었다.

그런 신관들의 대표가 바로 이 멜라사 사제장이었다.

"어디 보자…… 다음 서류는 결산 보고서였나? 돈이야 식비로 전부 썼겠지. 왜 뻔한 걸 묻나 모르겠어. 그보다 꼬맹이들 옷이 문제야."

"물려 입고 돌려 입는 건 좋지만, 그러면 다른 아이들에게 무시당하기 좋으니까요. 조금이라도 유행에 맞는 옷을 입히고 싶네요. 하지만 그러기에는 예산이……."

"기부금으로 먹고사는데 배부른 소리는 못 하지. 그래도 여기 공작은 나은 편이야. 제대로 계약대로 운영 자금을 보내주잖아. 고액 기부금을 원조해주는 분도 있고 말이지. 아직 이 세상도 살만해."

"서구 교회에 약초 재배법을 알려주신 분도 그렇고, 선의를 가진 사람도 있나 보네요. 루세리스가 생활이 안정됐다고 기뻐했어요."

"그 마도사 말이구만……. 우리도 덕 좀 봤지."

산토르에는 총 네 개의 교회가 있었다. 사실 토착 신앙을 위해 지어진 시설에 건축된 연대도 다 다르지만, 지금은 메티스 성법 신국의 정치적 압력을 견디지 못하고 4신교에 빌려준 상태였다.

단, 4신교는 포교 활동을 허락받은 대신 이 시설의 관리와 고아 보호를 약속해야 했다. 요컨대 『전도하고 싶으면 선행을 해라』라고 공작이 계약 조건을 내건 것이었다.

사실 고아와 부랑아 지원 활동은 크게 문제 될 이유가 없었다. 공작 가문에서 활동 자금을 제공하기 때문이었다. 하지만 메티스 성법 신국에 보낼 헌금은 신관들이 직접 벌어야 했다. 신관의 수입은 환자 치료 활동뿐인데 치료에 쓰는 약초도 공짜는 아닌 터라 교회는 언제나 빈곤에 허덕였다.

그래도 최근에는 양육원을 경영하는 모든 교회에 약초 재배법이 전파되면서 생활도 점차 나아지는 추세였다.

"오늘 밤은 이쯤 하고 잘까? 너무 늦게까지 매달리면 내일 일에도 지장을 줘."

"네."

"내일도 일찍 일어나야지. 이 나이 먹고 밭일하려니까 죽겠어……."

"불평하지 마세요. 그 약초로 도움을 받는 사람들이 있다고요."

신관들은 아직 익숙하지 않은 밭일로 고생하고 있었지만, 적어도 메티스 성법 신국에 있을 때보다는 보람찬 나날이었다. 타인을 위해 선행한다는 실감이 났으니까.

그들은 경건한 인도주의자였다.

"후우……. 그럼 조금만 더 마실까~? 안주가 어디 있더라…… 응?"

책상 서랍을 열어 안줏거리를 꺼내려던 때, 안쪽에서 은 목걸이가 나왔다.

그것을 본 멜라사 사제장이 아주 조금 슬픈 눈빛을 보냈다.

"……슬슬 그 애한테 알려줘도 될까? 제 어미에 관해서……."

초로의 사제장은 목걸이를 바라보면서 술을 따르고 조용히 잔을 비웠다.

루세리스를 맡았던 과거를 추억하며—.

 ## 제4화 아저씨, 폭주 중

험준한 산길을 따라 검은 물체가 바람처럼 달렸다.

마차도 따라잡지 못할 속도로, 달려드는 마물까지 떨어뜨려 놓으며 급커브를 아슬아슬하게 돌았다.

더 설명해 무엇 하랴. 제로스가 만든 마도 바이크, 【할리 선더스 13세】였다.

'이 앞이 연속 슬라럼 코스였지, 아마…….'

맹속력으로 달리는 바이크는 연속 커브 구간을 부드럽게 공략했다.

그렇다. 지금 아저씨는 한 줄기 바람이었다. 그 누구도 자기 앞을 달리지 못한다고 주장하듯 속도는 더 올라갔다. 어디 사는 폭주 소환사를 욕할 처지가 아니었다.

"흐아아아아아아아아아아아아아아아아아아아아아아!"

그리고 뒷좌석에서 탄 동승자는 절규하고 있었다.

【흑천 장군】이라는 이명으로 불리는 무인이자 알톰 황국에서는 충의가 뛰어난 여걸로 알려진 루세이 에마라 장군은 볼품없이 비명을 질렀고 뒷좌석에서 떨어질세라 죽기 살기로 제로스에게 매달렸다.

르페일 족은 날개로 비행하는 종족이지만, 최고 속도는 시속 40킬로미터 정도가 한계였다.

이것은 비행 능력에 마력이 필요하며 비행 속도를 높이면 당연히 마력 소비도 늘기 때문이었다. 또한 무게와 공기 저항에 따른 마력 소비도 있기 때문에 장거리 비행도 어려웠다.

참고로 제로스의 비행 마법【어둠 까마귀의 날개】도 연비가 상당히 안 좋았다.

아저씨의 바이크 운전은 거칠었다.

시속 40킬로미터에 익숙해진 루세이도 그 두 배인 80킬로미터에는 내성이 없었다. 심지어 처음 타는 바이크의 체감 속도는 루세이에게 미지의 공포를 안겨줬다.

마치 처음 롤러코스터를 탄 어린이 같았다. 가면을 써도 본래 성격이 튀어나오고 있었다.

"쇼, 속도오오 줄혀쥬세여어어어어어~!"

"응? 뭐라고요? 잘 안 들려요."

루세이는 속도를 줄여달라고 하지만, 풍압 때문에 제로스에게 목소리가 닿지 않았다.

그리고 다음 순간, 할리 선더스 13세는 가도에 어슬렁어슬렁 나타난 오크를 쳐서 날려 버렸다.

완벽한 전방부주의였다.

"쳐써어어어~?! 오흐를 쳐주겨써어어어어~!"

"하하하하하, 오크는 스치기만 해도 죽네요~♪"

대화가 성립하지 않았다. 애초에 대화도 아니었다.

할리 선더스 13세는 이미 달리는 흉기로 진화했다.

가도로 나온 고블린이나 다른 마물은 가차 없이 치어 죽인다. 그러게 누가 도로에 서 있으랬나.

그렇게 두 사람은 리사구르 마을에 도착했다.

이사라스 왕국.

한때는 【이스카라스 제국】이라고 불리며 많은 인종을 차별 없이 수용한 통일 국가였다.

하지만 3대 황제 시대에 권력을 남용하는 귀족이 늘면서 제국 내부의 파벌 다툼이 발생했고, 이는 곧 끝나지 않는 내란으로 발전했다. 이때 수인과 엘프들은 빠르게 제국과의 관계를 끊었다.

황제 계승권을 가진 파벌, 유능한 인물을 황제로 옹립하려는 파벌, 호시탐탐 정권을 차지하려는 권력 지향적 파벌이 암약하며 서로 발목 잡기에 급급하니 민심은 자연스럽게 멀어질 수밖에 없었다. 그 결과는 제국의 붕괴였다.

요약하자면 백성을 도외시하고 권력 싸움이나 벌이다가 자멸한 것이지만, 나라를 잃은 왕족은 그렇게 생각하지 않았다.

비옥한 토지에서 쫓겨난 이들은 변방의 산악지대에 작은 나라, 이사라스 왕국을 건국했으나, 빈말로도 부유한 나라라고는 하기 어려웠다. 광물 자원은 풍부해도 그것만으로 국가를 운영할 수 있을 만큼 정치는 만만하지 않았다. 당시 급격히 세력을 넓히는 메티스 성법 신국이 광물 자원을 헐값에 팔도록 압박하는 탓에 재정 충당에 어려움을 겪었기 때문이었다.

식량 확보에는 비옥한 토지가 필수라서 오러스 대하를 내려가 당시 적국이었던 【로안시나 왕국】(현 솔리스테어 마법 왕국)을 침공하나, 산토르 요새 공방전에서 대패. 패전으로 나라는 더욱 빈곤해지고 국내에서는 폭동이 빈발하게 됐다.

그런 궁지에 손을 내민 곳이 있었으니, 바로 알톰 황국이었다. 그들의 지원을 얻어 가까스로 기아에서 벗어난 이사라스 왕국은 대대로 은혜를 잊지 않고 알톰 황국과 우호적인 관계를 유지했다. 양국 사이에 가도가 깔린 이유도 그런 배경에 있었다. 참고로 이 가도의 이름은 【천익(天翼) 가도】였다.

사태는 호전되는 듯 보였으나, 메티스 성법 신국의 압력은 더 강해졌고 끝내는 협박에 가까운 외교를 펼쳤다.

이로 인해 이사라스 왕국은 혼란에 빠졌다. 과거의 패배를 망각하고 솔리스테어 마법 왕국을 침공하는 계획이 수립됐지만, 첩자를 보내서 정보를 수집한 결과, 너무나도 무모하다는 사실이 판명되어 선전포고도 하기 전에 계획은 파기됐다.

그런 가운데, 솔리스테어 마법 왕국의 델사시스 공작이 소국의 외교관을 모아 일루마나스 지하 대유적의 가도 공사 계획을 밝혔다.

공사는 난항을 겪었으나 현재는 성공적으로 개통되어 【천익 가도】, 【일루마나스 지하 가도】, 【이더 란테 지하 가도】가 이어지는 획기적인 교역로가 탄생했다.

이로써 틀림없이 교역이 활성화될 것이며 재정도 회복될 전망이었다.

무엇보다 솔리스테어 마법 왕국에서는 광물 자원이 귀중해서 관련 수요가 크게 증가할 것으로 예상되며, 메티스 성법 신국에 헐값에 팔지 않아도 되는 것은 희소식이었다.

어제의 적은 오늘의 친구라고 하지 않던가.

"이제 우리나라의 재정도 조금은 나아지겠군. 긴 인고의 시간이었어……."

이사라스 왕국 현 국왕, 【루이더트 페르난도 이사라스】의 목소리였다. 현명한 왕으로 사랑받으며 빈곤한 나라에서 많은 개혁을 시도한 인물이었다. 비록 지금은 초로를 맞이했으나, 그는 젊을 적부터 국내 농지 개척에 힘을 쏟았다.

"보석과 광물, 귀금속은 고가에 거래될 것입니다. 하지만 그 나라가 언제까지 보고만 있을지 모르겠군요."

"흠…… 그래도 알톰 황국의 사신이 전에 재미있는 이야기를 하더군."

"재미있는 이야기라 하심은……?"

"메티스 성법 신국이 저번 대지진으로 막대한 피해를 입었다고 해. 국내 정세가 안정되려면 몇 년은 걸릴 거라는군. 마하 루타트 는 크게 혼란을 겪고 있다나……?"

"그렇다면 잠시 그 나라도 우리에게 트집을 잡지는 못하겠군요. 변방국으로 눈을 돌릴 여유는 없을 테니까요."

"하지만 그 몇 년이 승부처야. 이 기회에 국력을 안정시키고 군 비를 갖추어야 해."

솔리스테어 마법 왕국을 침공하려고 준비하던 군비가 그대로 메 티스 성법 신국에 대한 대항책이 되었다. 세상일은 어떻게 굴러갈 지 모를 법이다.

"그 나라는 지금 정세가 어지럽다. 놈들에게 빼앗긴 토지를 되 찾을 절호의 기회야."

"지금이라면 솔리스테어 마법 왕국이 동맹국이 되어 줄 테지요. 산토르 요새의 설욕을 하지 못하는 것이 참으로 안타까우나, 지금 은 비옥한 땅을 확보하는 것이 우선입니다."

"옳다. 솔리스테어도 우리에게 식량 원조를 해준다고 하지. 알 톰 황국과 마찬가지로 우호를 맺는 것이 좋겠군."

"회복 마법 스크롤도 무상으로 제공받았지요. 우리도 의료 마도 사 육성에 착수해야 합니다. 우호 관계를 유지하는 것이 최선의 선택으로 사료됩니다."

"한데 대마도사님, 수인의 나라는 동맹 체결을 수락해줬소?"

"수인족은 상호 불가침을 지켜주면 상관없다고 합니다. 그리고 메 티스 성법 신국에 쳐들어갈 때는 힘을 빌려주겠다고 약속했습니다."

"오오! 역시 아도 공이오. 수인족이 함께 싸워준다면 천군만마를 얻은 셈이지."

"그들도 가족과 친구를 살해당하거나 노예로 잡혀갔습니다. 정말로 성법 신국을 칠 생각이라면 기꺼이 힘이 되어줄 것입니다."

"소국들이 마침내 단결했군요. 포위망은 이미 완성된 것이나 진배없습니다."

"낙관해서는 안 됩니다. 용사도 아직 절반은 남아 있고 전쟁으로 무고한 백성이 희생되는 사태는 피해야 합니다. 회유할 수 있으면 좋을 텐데……."

아도는 이야기를 정리하며 현재 상황을 신중하게 고찰했다.

타격을 받았어도 성법 신국에는 아직 소국을 각개 격파할 병력이 남아 있었다. 그 병력을 줄이지 않으면 이사라스 왕국이 멸망할 수도 있었다.

"그건 짐도 생각하고 있다. 다행히 그 나라는 재난 대응에 쫓기고 있다. 우리나라도 이 틈에 국내 문제를 해결하고 가급적 경제 안정을 도모해야겠지……. 답답하지만, 우리나라에는 없는 것이 너무 많다."

"【포르타】 재배도 순조로운 편은 아니니까요. 식량 자급도 궤도에 올려야 하고……. 이참에 와인이라도 수출할까요, 폐하?"

감자를 닮은 작물 【포르타】. 돌처럼 단단한 껍질은 삶으면 부드러워져서 조리하기 쉬워진다. 동물들도 못 먹는 탓에 인적이 닿지 않는 산속에 군생하는데, 그것이 설마 식량이 될 줄은 몰랐다.

그리고 삶아서 부드러워진 껍질은 벗긴 뒤 말리면 고형 연료로도 사용됐다. 그런 식물을 발견해서 퍼뜨린 아도는 일부 사람에게 영웅으로 취급받았다.

여담이지만, 이사라스 왕국은 풍토상 포도 재배에 적합해서 건포도와 와인을 만들어 대량으로 저장해 놓았다. 그 밖에도【프로스트 콘】이라고 불리는 겨울에 자라는 옥수수를 재배해 귀중한 단백질원으로 확보해 뒀다. 그래도 식량은 심각하게 부족했다.

"광석은 얼마든지 나오건만……."

"폐하…… 부질없는 푸념은 그만둡시다. 이제부터입니다. 우리는 이제부터 시작이에요!"

루이더트 왕은 때때로 부정의 늪에 빠졌다. 그만큼 이 나라에는 아무것도 없었다.

어쩔 수 없이 아도가 제안했다.

"오래된 와인이라도 수출하면 어떻습니까? 와인은 오래될수록 귀하니까요. 시험 삼아 솔리스테어와 알톰에 보내면 기뻐하지 않을까요?"

"오래된 와인을 기뻐한다고? 그거라면 썩어 넘치도록 있지만, 정말로 괜찮을까……. 침공해 오진 않겠지?"

"폐하, 아도 공의 제안이라면 시도해 보시는 것이 어떻습니까? 실패해도 우리는 잃을 것이 없고 약초를 수입하면【마나 포션】재료로 쓸 수 있을지도 모릅니다."

"그래……. 이것도 가난이 잘못이지."

'왜 이렇게 부정적이야……. 그보다 와인을 제조하면서 100년산 와인이 얼마나 맛있는지 몰라?'

사실 아도는 【소드 앤 소서리스】의 지식을 기본으로 생각하고 있었다. 마력을 통해 숙성한 술은 세월이 지날수록 맛있어진다.

하지만 이 세계에서는 숙성이라는 기술은 확립되어 있으나, 오래된 와인을 마실 수 있다고 생각하지 않았다.

와인은 매년 대량 생산해서 연대가 오래된 것은 순서대로 창고 안쪽으로 밀어 넣고, 자리가 부족하면 폐기하므로 마시는 사람은 아무도 없었다.

아깝게는 생각했지만, 그들의 상식으로 오래된 와인은 못 마시는 것으로 인식되었다. 그래서 아무도 손대지 않은 대량의 와인 통이 창고 안쪽에 잠들어 있었다.

"100년 묵은 와인은 맛있어요. 평생 한 번 마실까 말까 한 귀한 술이니까 오히려 기쁘게 원조해줄 거라니까요? 함께 보석 장식품이라도 보내면 더 호감을 사겠죠."

"그렇다면 좋겠지만…… 하…….''

루이더트는 내키지 않는 모양이지만, 앞으로 솔리스테어 마법 왕국과는 동맹 관계를 이어가야 했다. 달리 좋은 인상을 줄 수단이 없으므로 루이더트는 마지못해 아도의 제안을 채용했다. 그러나 그 행동은 머지않은 미래에 예상치 못한 결과를 낳는다.

와인과 장식품을 받은 솔리스테어 왕가는 오래된 와인의 풍미에 빠져 이사라스 왕국에 많은 식량과 지원금을 원조한다.

생각지도 못한 보답에 경악한 루이더트 왕은 시험 삼아 오래된 와인을 시음하고 그 이유를 겨우 깨닫는다. 그 깊은 풍미에 눈물이 날 것 같았다.

와인의 가치를 안 그는 숙성한 와인을 몇 병만 팔아 본다. 그러자 예상을 뛰어넘는 고가로 거래되는 것이 아닌가?

기분이 좋아진 루이더트 왕은 100년 이상 된 와인을 한정적으로 풀었고 그것들은 훗날 최상급 와인 【여신의 눈물】이라고 불리며 최고급 와인 브랜드로 등극한다. 그 가치는 단 한 병으로 무려 소국의 국가 예산에 달했다.

이리하여 이사라스 왕국은 예술적으로 맛있는 와인을 만드는 술의 성지로 유명해지고 국고를 차곡차곡 채워 나간다……. 하지만 그건 아직 미래의 이야기다.

"으으~, 끝났다. 매번 피곤해……."

루이더트 왕에게서 해방된 아도는 방에 있는 소파에 풀썩 누우며 한숨을 쉬었다. 이사라스의 왕은 사람이 너무 부정적이라서 걸핏하면 아도에게 상담을 요청했다.

그것뿐이라면 그나마 다행이겠으나, 딸의 혼인 상대 상담부터 가신의 태도가 아니꼽다는 푸념까지 듣자니 진절머리가 났다.

이번에도 【르다 이루루 평원】에서 돌아온 아도는 보고만 끝내고 빨리 쉴 생각이었지만, 그 후에도 해방되지 못하고 끝도 없는 내정 상담을 들어야 했다.

아도는 정치가가 아니라서 판단할 수도 없는데도 말이다.

방으로 돌아왔을 때는 정신이 피폐해질 대로 피폐해져 있었다.

"수고했어, 아도 씨."

"항상 고생이 많아. 직업이 현자라고 밝힌 건 실수 아니야? 안 해도 될 일까지 떠맡잖아."

"나도 내가 왜 그랬는지 모르겠다……. 나는 마도사라고. 정치가가 아니야."

리사와 샤크티는 피로에 전 아도를 불쌍하게 여기면서도 절대 도우려고 하지 않았다.

성가신 일을 떠맡을 바에야 포션을 만드는 쪽이 훨씬 편했다.

결과적으로 아도만 고생하는 중이었다.

"어휴…… 제로스 씨라면 세 치 혀로 어떻게든 해줄 텐데. 난 못해 먹겠어."

"아도 씨. 그 제로스라는 사람이 그렇게 대단해?【섬멸자】에 관한 소문은 들었지만, 실제로 만난 적은 없어서 모르겠어."

"나도. 레이드에서 아군까지 광역 마법으로 날려 버린 이야기는 유명하니까. 그런데 PK 플레이어를 반쯤 죽여서 밧줄로 묶고 세계수에 거꾸로 매달았다는 것도 사실이야?"

"사실이야……. 그 레이드에는 우리도 있었어. 보상 아이템에 눈이 멀어서 우리를 희생양으로 쓴 길드를 같이 날려 버렸지. 거꾸로 매단 건 레어 아이템인【세계수의 열매】를 훔치려던 녀석들을 혼내준 이야기겠군. 매달린 인간들은 로크(Roc)에게 잡아먹히고 부활 지점으로 돌아갔다고 들었어."

"" 와아…….""

【소드 앤 소서리스】에서 아도 파티는【섬멸자】와 함께 행동하는

일이 잦았다. 장비를 공동 제작할 정도로 친해서 게임에서나 가능한 잔악무도한 짓도 함께했었다.

"보통은 안 하지?"

"게임이라고 못 할 짓 많이 했구나? PK 플레이어나 비매너 길드는 당해도 싸지만, 아도 씨도 같이했을 줄은 몰랐어."

"섬멸자들은 어떻게 된 까닭인지 냄새를 잘 맡았어. 이상한 녀석들을 귀신같이 찾아내서 가는 곳마다 괴롭혔지."

"뭐야, 그 출현율. 몬스터 출현율보다 높은 거 아니야?"

"혹시 섬멸자들도 이 세계에 와 있을까?"

"가능성은 있지. 들은 바로는 솔리스테어 마법 왕국에서 산이 하나 사라졌다고 해. 아마【폭식의 심연】이야."

【폭식의 심연】. 초중력 범위 마법이며, 중력 붕괴의 파괴력으로 적을 모조리 지워 버리는 마법이었다.

그런 어처구니없는 마법을 쓰는 마도사는 얼마 없었다. 문제는 누가 이 세계로 왔느냐다.

"아마 제로스 씨 같아. 케모 씨와 다른 세 사람이 이 세계에 와 있으면 틀림없이 세상이 혼돈에 빠졌어."

"제로스 씨가 어떤 사람인지는 몰라도 다른 사람들이 그렇게 위험해? 케모 러뷰이라는 사람은 얼마 전에 들었지만."

"톱 플레이어들은 평소에 뭐 해?"

"모르는 게 좋을걸? 제로스 씨도 좀 이상했지만, 다른 네 사람은 더 심각했어. 동물 귀 호문쿨루스로 하렘 던전을 만들기도 하고, 바이오해저드나 팬데믹을 일으키기도 하고, 말도 안 되는 위력을 가졌지만 아무도 못 쓰는 장비를 만들기도 하고, 저주 아이템을 양산해서 속여 팔기도 했지. 하나같이 민폐꾼이었어. 자제할 줄 아는 제로스 씨는 양반이라니까."

섬멸자는 게임 세계라고 괴상한 짓만 벌이고 다니는 민폐 집단이었다.

저마다 자기 취미대로 폭주해서 피해가 주변까지 확대되기 일쑤였다.

더 큰 문제는 비슷한 취미를 가진 인간들을 불러 모으는 탓에 그 영향력이 상위 유저 대부분에게 미쳤다는 것이다. 인맥이 무시무시하게 넓어서 적대 길드에 집단으로 몰려가서 린치를 가한 적도 있었다.

"음…… 그럼 제로스 씨는 뭘 했어? 적어도 다른 네 명과는 달랐다는 뜻이지?"

"제로스 씨의 전문 분야는 마법 개발이야. 내가 쓴【폭식의 심연】도 그 사람들이 만들었어. 설마 프로그래밍 기술로 마법을 만들 줄은 생각도 못 했지. 어떤 유적에서 컴퓨터를 발견한 후로는 한계가 없어졌어."

"아도 씨가 써도 그 위력인데 제로스 씨가 쓰면 어떻게 될까?【극한 돌파】를 했다고 했지?"

"한마디로 말해서 인간 병기야. 위력이 너무 높아서 쓸 곳이 없는 마법이나 폭발물을 주로 만들었지. 다른 멤버를 돕기도 했으니까 이 세계에서도 기술 치트가 가능할지도 몰라."

""**폭발물**…… 테러리스트?""

리사와 샤크티가 섬멸자에게 가진 인상은 그야말로 테러리스트였다.

【붉은 섬멸자】— 케모 러뷸은 연금술사로, 호문쿨루스 연구에 몰두한 완전한 매드 사이언티스트였다. 소재를 모으기 위해서라면 수단과 방법을 가리지 않는 대책 없는 수인 마니아였다.

【흰 섬멸자】— 카논은 약물 전문 조합사. 마법약을 대량 생산해서 다른 유저에게 팔거나 실험을 벌였다. 디버프로 맛이 간 희생자의 수는 헤아릴 수 없었다.

【푸른 섬멸자】— 간테츠는 대장장이며, 실용성 없는 디자인에 흉악한 위력을 부여한 무기를 주로 만들었다. 겉모습과 위력은 대단했지만, 왠지 꼭 자폭 기능을 넣는 것이 옥에 티였다. 오작동으로 폭발한 유저는 한둘이 아니었다.

【녹색 섬멸자】— 테드 데드는 사령술사. 저주 아이템을 사랑해 마지않으며 PK 플레이어를 사냥하는 현상금 사냥꾼이기도 했다. 목적은 저주 아이템의 실험이었고 장비하면 악질적인 상태 이상이 부여될 뿐 아니라 쉽게 벗을 수도 없는 위험물을 제작하는 것이 취미였다.

【검은 섬멸자】— 제로스 멀린은 마도사며, 마법 개량이 특기인

사일런트 디스트로이어였다. 악질 유저 길드를 몇 군데나 소탕한 전적을 가졌다.

이 다섯 명이 파티를 짜서 서로 부족한 부분을 보충하고 지식을 나누며 더 높은 경지의 톱 플레이어로 거듭났다.

그 결과, 수많은 고난이도 퀘스트를 공략했으나, 그 이상으로 많은 피해자가 나왔다.

리사와 샤크티의 머리에 저절로 『함께 두지 마시오』라는 경고문이 떠올랐다.

테러리스트라는 말은 어떻게 보면 정확한 평가였다.

"내 생각이지만, 솔리스테어에 있는 사람은 제로스 씨야. 만약 다른 사람이었으면 더 위험한 소동이 일어났을 테니까. 판타지 세계에 와서 자제할 인간들이 아니야. 단언해도 좋아."

"굉장히 자유로운 영혼들이구나⋯⋯. 정말 끔찍한 신뢰 관계야."

"자제하고 말고의 문제야? 나라 하나를 없앨 수 있는 마도사는 그냥 위험인물 아니야?"

"방향성은 달라도 이 다섯 명이 파티를 맺고 모두 대현자가 됐지. 쓸데없이 행동력이 있는 사람들이라 소동이 안 일어날 수가 없어. 하지만 아직까지 대규모 사건이 일어났다는 이야기는 없으니까 종합적으로 생각해서 이 세계에 있는 사람은 제로스 씨라는 결론이 나와."

"⋯⋯바꿔 말하면 다른 네 명은 오자마자 사건을 일으킨다는 소리네?"

"【검은 섬멸자】가 정상이라는 소리가 왜 나왔는지 알겠어. 정말 악질들이었구나……."

게임 세계의 능력이 현실이 될 경우, 강력한 마법을 쓰거나 파괴를 일삼는 마도사는 위험한 존재였다. 심지어 현자나 대현자는 국가에 속하지 않으면 위험성을 내재했다는 이유로 암살당할지도 몰랐다.

위정자를 위협하는 존재를 방치할 만큼 왕후장상의 마음은 넓지 않았다.

"그 사람이라면 이 세계에서도 능글맞게 살아갈 거야. 그리고 어린애 같은 짓을 저질러서 많은 사람에게 영향을 주겠지."

"너무하네. 난 만나기 싫어……. 무슨 짓 당할까 봐 겁나."

"나도 샤크티 씨 의견에 찬성. 만나기 무서워……."

"그 멤버 중에서는 가장 상식적이니까 괜찮아. 이 세계가 현실이라는 걸 빨리 깨닫고 가장 먼저 4신들을 의심했을 거야. 아군이 되면 든든해."

"그럼 다음으로 할 일은……."

"제로스 씨를 만나볼까 해. 솔리스테어로 갈 거야."

섬멸자가 힘을 빌려준다면 누구보다 든든한 아군이 된다.

무엇보다 아도는 제로스의 제자나 다름없었다.

아도가 새로운 파티를 만들 때 스킬 획득 훈련을 해준 사람이 제로스였다. 그리고 암살 방법을 알려준 사람도……. 정말로 어디를 봐서 마도사인지 모를 사람이었다.

""꼬, 꼭 가야 해……?""

"가야 해…… . 막상 만나면 그냥 착한 사람이야. 그렇게 경계할 필요 없어."

"그래도 현실 세계 모습으로 이곳에 왔을 거 아니야? 우리랑 똑같이…… ."

"알아볼 수는 있어?"

"괜찮겠지. 전생자나 용사는 지구의 상식에 따라서 행동해. 평범하게 살아도 뭔가 저지르게 마련이야."

""그 **저질렀다**는 말이 무서워…… .""

두 사람이 무서워하는 이유도 알지만, 동료는 많을수록 좋았다.

누가 뭐래도 그는 최강의 마도사이자 최고의 생산직 유저였다. 무기 강화와 회복약 제작도 최고 품질로 해내리라.

4신을 해치운다는 목표를 이루려면 강력한 장비는 필수 불가결이라고 생각했다.

아도는 만들지 못해도 검은 섬멸자라면 가능하다.

이리하여 세 사람은 솔리스테어 마법 왕국을 다시 찾아가게 됐다. 4신에게 복수한다는 목표를 위해서—.

 ## 제5화 크로이사스의 연구 발표

이스톨 마법 학교.

학교 창립 이래 300년이 지난 지금, 역사에 남을 행사가 열리고 있었다.

장소는 마법 연구를 발표할 때 자주 사용되는 대강당. 많은 발견이 이루어지고 다양한 연구 분야에 영향을 준 학도들의 성역이었다.

우수한 성과를 거둔 학생만이 이 강당 단상에 올라 연구 성과를 발표할 권리를 얻고, 졸업 후 솔리스테어 마법 연구원의 등용문에 오를 수 있었다. 마도사로서 장래를 약속받는 일생일대의 이벤트라고 하겠다.

솔리스테어 마법 연구원은 국가 연구 기관이며 그곳에서 연구에 종사하는 사람은 소위 국가 공무원이었다. 그곳에서 다른 연구 기관에 채용되기도 했다.

풍부한 인재와 연구 자금을 약속받으며 고수입. 마도사에게는 꿈과 같은 직업이었다.

하지만 이번 주역은 우수한 학생이 아니라 생제르맹파 대표로 뽑힌 크로이사스였다.

그의 연구 분야는 많은 마도사가 도전했던【마법식 해독】이었다.

지금까지는 마법 문자 하나하나에 의미가 있고 그것들이 나열되어 마법이 발동한다고 생각했으나, 크로이사스의 연구는 그런 근본적인 부분에 의문을 제기했다.

그리고 어느 정도 확신과 결과를 얻고, 마침내 오늘 이 자리에서 공개하기에 이르렀다.

"그런 고로 이 마법식은『공기층으로 단층을 만든다』로 해석됩니다. 바람 마법의 본질은 공기 단층으로 발생한 진공에 마력을 주입해 그것으로 칼날처럼 대상을 베는 것입니다. 즉, 마법 문자란 언어며 말을 만들기 위한 56개의 표음 문자입니다. 지금까지 많은 마

도사가 이 부분을 깨닫지 못한 것은 마법 문자가 표의 문자라는 해석이 상식으로 자리 잡았기 때문입니다. 하지만 저는 주장합니다. 지금이 바른 해독법을 배우고 구시대의 번영을 되찾을 때라고."

크로이사스는 마법 문자를 언어로 해석하고 말을 만들어 현상을 변환하는 것이 마법의 본질이라고 발표했다.

결론부터 말하면 이 연구는 옳았지만, 부정하는 이가 있는 것도 사실이었다.

예를 들어—.

"잠깐! 만약 그 연구가 사실이라면……."

"사실입니다. 거듭 확인했고 해독 결과는 모두 제 생각과 일치했습니다."

"……사실이라고 하면 지금까지 우리가 배운 내용이 잘못됐다는 뜻이다. 그런 건 인정 못 해!"

"사마스 강사님, 인정하기 어려우시겠지만 이건 엄연한 사실입니다. 잘못을 인정하지 못하면 우리는 발전할 수 없습니다. 지금까지 우리가 배운 내용이 틀렸다는 것은 저도 괴로우나, 미래의 발전을 위해서 받아들여야만 합니다."

"그러면 우리가 배운 건 다 뭐였어! 당연하게 생각했던 사실을 부정하면 우리가 거기에 투자한 인생도 전부 부정당해. 어떻게 인정하란 말이냐!"

"인정하지 않아도 진실은 변하지 않습니다. 받아들일지 말지는 개인의 판단에 맡길 수밖에 없죠. 현실은 때때로 잔혹합니다."

"크윽……."

사마스 강사는 전에 세레스티나에게 같은 말을 듣고 묵살한 전적이 있었다.

기껏해야 낙제생이 마법을 조금 쓸 수 있게 된 정도라고 생각했지만 지금은 천재라고 불리고, 그녀의 의견을 무시한 결과 생제르맹파에게 기회를 빼앗겼다.

지금까지 배운 내용이 잘못됐다고 부정당했다. 이럴 줄 알았으면 스스로 조사해야 했다고 격하게 후회했지만, 이미 엎질러진 물이었다.

사마스 강사 외의 교원들도 달갑지 않은 표정이었다. 그러나 아무리 부정해도 그들은 결과를 내지 못했고 크로이사스의 연구 논문을 부정할 근거가 없었다.

"지금까지 배운 모든 것이 잘못되지는 않았습니다. 분명히 마법 문자는 하나만으로도 의미를 가집니다. 접근 방식이 틀린 거죠. 그로 인해 시간을 크게 낭비했습니다. 하지만 우리는 학습해야 합니다. 구시대의 기술을 얻기 위해서는 이 해독 방법이 반드시 필요하고 부정하면 거기서 정체하고 맙니다. 실제로 100년 사이 마법 해독에는 얼마나 진전이 있었나요? 진전을 방해한 요인은 각 파벌의 대립 때문일 겁니다. 마법에 위력을 추구하느라 본질을 보려고 하지 않았습니다. 당연하게 전쟁의 수단으로 생각해서 기술을 연구할 시간이 빼앗긴 탓이죠. 특히 천 년 전 전란부터 그런 경향이 강해졌습니다."

크로이사스는 잘못된 해독법을 부정하면서 전란이 계속되던 당시의 기록을 제시하고 과거 마도사가 처한 상황을 설명했다.

전쟁에서 요구하는 것은 마법의 위력뿐이었고 마법의 본질을 파헤쳐 진리에 도달하려는 자들은 무시당했다.

그런 시류가 연구를 정체시키고 오늘날까지 이어진 것이다.

구시대의 방침은 저주처럼 마법 발전의 장애가 되어 왔다.

그리고 오늘, 마침내 그 저주가 풀렸다.

그 충격은 학교 강사들에게 지대한 영향을 줬나 보지만―.

"흠, 시간이 없으니까 이번에는 이쯤에서 끝내겠습니다. 하지만 이 말만은 하겠습니다. 이 해독 방법은 옳습니다! 오랜 인습을 버리고 올바른 지식을 받아들여 새롭게 비상할 준비를 하시기 바랍니다. 감사합니다."

강당은 고요해졌다.

지금까지 믿었던 상식이 뒤집히자 그것을 배우고 업으로 삼았던 이들은 박수를 보내지 못했다.

이 발표가 있은 후, 현재 방침을 고수하려는 자와 새로운 가능성에 도전하려는 자의 대립이 시작됐다.

하지만 대립이 심화되지는 않았다. 마법식이 완전히 해독될 때까지 언쟁이 오갔을 뿐이었다.

또한 생제르맹파의 연구실은 많은 지원을 받으며 권위가 높아졌다.

파벌 최상위에 위치한 마도사단은 생제르맹파를 흡수하려는 움직임을 보였으나, 원래 연구밖에 모르는 인간들의 소굴인 생제르맹파는 전혀 거래에 응하지 않았다.

유일하게 호의적인 태도를 보인 곳은 신생 파벌인 솔리스테어파였다.

97

생제르맹파의 권위가 높아짐과 더불어 왕족 파벌인 솔리스테어파의 권위가 높아지자 다른 파벌의 권위는 자연스럽게 실추됐다.

당연히 위슬러파도 예외는 아니었다. 그 분노는 파벌 말단에 속한 학생들에게 향했다.

◇　◇　◇　◇　◇　◇　◇

OB. 어느 세상에서나 먼저 학업을 마친 선배들은 거들먹거린다.

모든 선배가 그렇지는 않지만, 별로 우수하지도 않으면서 먼저 졸업했다는 이유만으로 잘난 척하고, 이제 관계도 없으면서 학교에 나타나서는 고자세로 가르치려 들기 일쑤다.

경험에서 오는 인생 선배의 고마운 조언이라면 모르겠지만, 실제로는 기강을 잡겠다는 명목으로 떠드는 불평일 뿐. 아무 실속도 없는 잔소리를 들어야 하는 위슬러파 학생들은 진절머리가 났다. 같은 말을 몇 번이나 되풀이하는지 모르겠다.

뜬금없이 나타나서 강의실을 점거해 시간 낭비밖에 안 되는 불평을 툴툴 뱉으면 파벌에 대한 회의감이 들 수밖에 없었다.

그런 간단한 사실조차 모르고 『우리 파벌은 군무(軍務)를 장악하고 올바른 길로 나아가야 한다』라느니 『너희는 해이해졌다. 나 때는 말이야……』라느니 열심히도 떠들었다. 아마 윗사람한테 똑같은 소리를 듣고 와서 스트레스를 풀려는 것이다.

학생들에게는 이런 민폐가 없었다.

"……나 참, 생제르맹파에 뒤처질 때까지 너희는 뭘 했냐? 내가 학교에 있었으면 이런 일은 없었을 텐데…….”

그리고 의미도 없이 자신의 우수함을 뽐냈다. 입 밖으로 내지는 않지만, 학생 모두가 『그럼 댁이 마법식 해독법을 발표하든가. 그럴 능력도 없는 주제에!』라고 생각했다.

“그러는 당신은 왜 마법식 해독법을 공표하지 않았지? 학교에 있지 않아도 연구할 곳은 얼마든지 있잖아? 당신은 지금까지 뭐 했어?”

“““““……?!”””””

위슬러파 학생 전원이 발언자를 돌아봤다. 그곳에는 츠베이트가 당당하게 서 있었다. 모두의 생각을 대변해준 그가 위슬러파 학생들에게는 용사처럼 보였다.

“내가 있었으면 어쩌고저쩌고, 해이해졌니 마니 하지만, 애초에 위슬러파는 전술 연구와 실전을 중시하는 군사 파벌이야. 마법 연구는 생제르맹파에 맡겨도 상관없잖아? 반대로 묻겠는데, 드마르트 2급 마도사 사관님, 당신은 이 파벌을 뭐라고 생각하고 그러는 거야?”

“너는 뭐 하는 놈이야? 내가 누군 줄 알고…….”

“마도사단 소속 2급 마도사잖아? 그딴 건 지금 상관없어. 우리 파벌은 국가에 난이 일어났을 때 즉시 백성을 지키는 방위 전략을 짜서 실천하는 파벌 아니었나? 마법 연구는 우리 역할이 아니야. 언제부터 이 파벌은 파법 연구자 집단이 됐지? 우리는 원래 전술을 연구하는 파벌일 텐데.”

“그딴 걸 누가 몰라! 내 말은 생제르맹파의 권위가 오르는 게 문제라고……."

"그건 댁들 일이지. 단순한 학생한테 뭘 바라는 거야? 우리는 언제나 각 영지의 군사 시설에 관한 자료와 지형을 조사하고, 다양한 각도로 전략 구상을 연구하고, 전투 기술을 연습하고 있어. 실전이 최우선이고 마법 연구는 간단한 회복약을 만들 정도면 충분해. 생제르맹파와는 처음부터 이념이 달라."

"너야말로 뭘 안다고 떠들어! 생제르맹파의 권위가 높아지면 우리가 군무를 장악하지 못한다고. 기사단 놈들이 더 이상 기를 펴게 둘 순 없어!"

최근 기사단에서는 왠지 마법을 쓰는 사람이 늘고 있었다.

그것만으로도 심각한 사태인데 대립 파벌이 마법식 해독법을 공표하는 바람에 위슬러파의 발언권이 떨어지고 말았다.

애초에 위슬러파는 기사단과 협력해서 방위 전략을 짜기 위한 파벌이었다. 기사단과 대립하면 역할 수행에 방해만 된다.

하지만 위슬러파는 마도사단이라는 집단에 소속하면서 다른 파벌의 영향을 받았고, 기사단과 협력하지 않고 군사 권한 장악으로 목적이 바뀌었다.

게다가 마도사 대부분은 실전 경험이 없고 전쟁을 만만하게 보고 있었다. 마법이 만능이라고 생각하는 족속들이 상층부를 차지한 탓이었다.

"기사가 마법을 쓰니까 초조해? 하지만 기사단과 마도사는 싸움 방식이 달라. 기사는 나라의 위신을 걸고 정정당당한 싸움을 요구받지만, 마도사는 무슨 수를 써도 이겨야만 하지. 후방에서 마법을 쏘기만 한다고 전황이 변하지는 않아. 때로는 치고 나가는 전투도 필요해. 우리 힘을 최대한 살리려면 기사단과 협력 체제를 확고히 다져야지. 믿을 수 없는 자와 협력해 봤자 작전이 제대로 수행될 리 없으니까."

"그러니까 기사단의 군사 권한을 장악해야지!"

"마도사의 싸움법도 바뀌어야 해. 시대와 함께 전략은 변해. 당연하게 생각하던 사실이 다음 전쟁에서 통하지 않는다는 이야기는 흔하잖아? 지금까지 하던 대로 대포처럼 싸우기만 한다고 해결될 문제가 아니야. 항상 새로운 전략을 추구해야지. 따지고 보면 기사들이 마법을 쓰게 된 건 당신들의 태만이 초래한 결과라고. 너희나 잘해."

지금까지 마도사의 역할은 기본적으로 고정된 대포와 유사했다.

요새에 자리 잡아 성벽 위에서 마법을 펑펑 쏘기 때문이었다. 그 방식이 잘못되지는 않았지만, 전략은 지휘관에 따라서 크게 변하기도 했다.

예를 들어 기사단 사이에 마도사를 배치해 적의 뒤로 돌아가 보급로를 차단하거나 때로는 전선에 나가야 할 때도 있다. 하지만 이 세계의 마도사 대부분은 근접해서 싸우지 못해 전선에 나가길 최대한 피하는 경향이 있었다. 그 이유가 마도사의 인원 부족이었다.

마법 연구 중에 고대 마법식이 변질되어 일정 마력량을 가지지 못하면 마법을 쓰지 못하게 되어 발생한 폐단이었다. 츠베이트의 동생 세레스티나가 바로 이런 유형에 속했다.

마도사 수가 제한된 이상 손실은 최대한 피해야 했다.

그 결과, 보수적인 경향이 강해지고 말았다.

적의 보급로를 차단하는 작전을 펼치고 싶어도 마도사가 전선에 나가기를 꺼려 출격을 거부하면 기사단에 큰 희생이 발생한다. 은신, 은폐 마법이 없으면 당연히 적에게 발각되기 쉽다. 그런 이유로 기사단은 믿지 못할 마도사라면 없는 편이 낫다고 생각하게 됐고, 마도사를 배척하기에 이르렀다.

그렇게 크고 작은 사례가 쌓여서 기사단과 마도사단은 감정의 골이 깊어졌다.

"언제까지 낡아빠진 인습에 사로잡혀 있으려고? 우리가 그런 한심한 조직에서 일해야 하나? 백성을 지키는 역할을 뒷전으로 미루고 권위에 집착하는 의미가 있어? 드마르트 2급 마도사관에게 묻고 싶군. 당신에게 정말로 나라를 지킬 능력이 있냐고."

"윽……."

마도사단은 나라의 백성을 지키기 위해 결성된 조직이지만, 현재는 학생이 불신을 느낄 정도였다. 빈말로도 방위 조직의 일익을 맡는다고는 말하기 어려웠다.

드마르트는 학생을 위해서 이스톨 마법 학교에 온 것이 아니었다. 단순히 조직 내에서 쌓인 불만을 학생들에게 풀려고 왔는데, 어느샌가 그들 사이에 마도사단에 대한 회의감이 만연해 있었다. 그만큼 지금 학생들은 우수했다.

여기서 『너희 의견도 옳다. 나도 평소에 조직 개혁이 필요하다고 생각했다』라고 말하면 좋으련만, 안타깝게도 드마르트는 그런 의식을 가질 인물이 아니었다.

체면만 신경 쓰고, 입을 함부로 놀리면 목이 날아간다는 것을 알기에 괜한 말을 할 수 없었다. 조직에 대한 회의감을 당당히 말하는 사람이었다면 애초에 학교까지 와서 학생에게 화풀이하지는 않았을 것이다. 그는 어차피 중간 관리직에 불과했다.

"애초에 지금 마도사단은 이상해."

"맞아. 우리는 백성을 지키려고 마법을 배웠어. 그런데 기사단과 교류하기는커녕 알력을 빚는 조직에 의미가 있어?"

"그냥 마도사단을 해체하고 조직을 재편하는 편이 빠르지 않아?"

"귀족과 관계없는 능력 위주의 조직이 바람직해. 멍청한 것들이 위에 있으면 아랫사람이 불행해져."

"지금 마도사단을 보면 차라리 없는 게 낫지?"

"동감이야. 우리는 유사시에 기사단과 함께 싸워야 하잖아. 조직끼리 대립한다니, 바보짓이지."

드마르트의 큰 오산. 그것은 현재 위슬러파 학생이 능력주의를 내걸고 마도사단과 정면으로 대립할 생각이라는 것이었다.

그들을 거부하면 우수한 인재를 다른 파벌에 빼앗기고, 받아들이면 자신들의 지위가 위협받는다.

당장의 권위를 유지하고 싶은 입장에서 그들은 뱉지도 삼키지도 못할 맹독이었다.

더 큰 문제는 이 후배들의 필두가 츠베이트라는 점이었다.

다시 말해 솔리스테어 공작의 혈족이었다.

무턱대고 내치지도 못하고 적으로 돌리면 자신들이 위험에 처한다. 최악의 경우 마도사단에서 추방당할 수도 있었다. 솔리스테어

파가 이끄는 왕족파는 현재 착실히 힘을 키워 그들의 의견을 무시하지 못할 정도로 성장해 있었다.

거기에 협력 관계인 생제르맹파가 합세하면 위슬러파의 발언권은 거의 땅에 떨어진다.

"원래 한 조직 안에서 파벌을 나누는 건 멍청한 행위야. 위쪽 인간들은 무슨 생각이야?"

"닥쳐, 어린것들이 뭘 알아! 조직에서는 상명하복이 생명이다. 거역하면 어떻게 되는 줄이나 알고 떠들어?!"

"갑자기 딴소리군. 우리는 마도사단의 조직 구조에 의문을 느끼고 의견을 냈을 뿐이잖아? 만약 그걸로 화를 낸다면 그 책임은 지금 조직 구조를 용인하는 현역들에게 있지. 거기에는 당신도 포함돼. 책임 전가에도 정도가 있어. 국가 방위를 내팽개치고 권력 확장에 정신이 팔린 현재 마도사단이 백성의 생명을 지킬 수 있을까? 그런 조직에 군을 맡겨도 된다고 진심으로 생각해? 말해 봐."

드마르트는 현역 국가 마도사의 지위를 내세워 윽박질렀지만 도리어 반격당했다.

애초에 학생은 마도사단 관할 밖에 있었다. 권력을 휘두르면 우수한 인재 육성을 방해하는 월권행위가 될지도 몰랐다. 마도사단의 계율은 학교에는 적용되지 않았다.

아무리 파벌 내 이야기라도 일반 사회의 마도사와 학생은 신분과 책임이 달랐다. 이 경우 학생에게 그런 불신감을 주는 조직의 잘못이 된다.

드마르트가 보기에는 우수하기에 위험한 존재지만, 나라와 백성을 생각하는 젊은 마도사들을 부정하면 최악의 사태가 벌어질 수 있었다.

드마르트는 속으로 전전긍긍하면서 이럴 줄 알았으면 학교에 오지 말아야 했다고 후회했다.

남에게 스트레스를 발산한 결과가 이것이었다.

"닥치지 못해?! 실전도 경험한 적 없는 애송이들이 누구한테 말대꾸야!"

"경험했어. 라마흐 숲에서 마물 집단에게 포위당했지. 그것도 암살자가 【사향수】를 써서 말이야. 그리고 살아남았어."

"그때는 위험했지……."

"진짜 죽는 줄 알았어……."

"마물이 끝도 없이 몰려오는데 용케 전부 살아남았어……."

"호신술을 배워서 다행이야. 까딱 잘못하면 죽었어. 역시 근접 전투는 필요해."

"……."

그들은 드마르트보다 훨씬 실전 경험이 풍부했다. 심지어 마법뿐 아니라 근접 전투도 가능했다.

후배들이 자기보다 뛰어나단 걸 안 그는 경악했다. 이 학생들은 말 그대로 전투 마도사였다.

드마르트는 근접 전투가 벌어지면 아무런 대책이 없었다. 근접 전투는 해 본 적도 없고 마법이 있으면 어떻게든 된다고 생각했기 때문이었다. 많은 마도사가 그랬다.

하지만 후배들은 그것만으로는 부족하다고 깨닫고 스스로 근접 전투술을 배웠다.

드마르트는 중간 관리직이지만 수입은 좋았고 지금 상태가 편했다. 그러나 이제는 그들에게 자리를 빼앗길 위기에 처했다.

파벌 대부분이 귀족 중심으로 형성되어서 이 능력주의 후배들을 막을 수 있을 것 같지 않았다.

누가 뭐래도 중심에 있는 인물이 4대 귀족의 혈족이었다. 게다가 그 동생은 마법식 해독법을 공표하고 우수함을 증명받아 발언권도 강해지고 있었다.

"그러고 보니 저번 달에 학교 의회에 제출한 개혁안은 어떻게 됐어?"

"그건 학교 상층부에서 폐하께 보내는 거지? 곧 무슨 움직임이 있을 거야."

"마도사단 개혁에 조금이라도 도움이 되면 좋겠는데."

"잠깐, 너희 학교 의회에 뭘 보낸 거냐?"

"""""우리 나름대로 생각한 마도사단 개혁안인데, 무슨 불만이라도?"""""

드마르트는 눈앞이 깜깜해졌다.

학교 의회란 학교 운영을 지탱하는 중추 기관이었다. 성적이 뛰어난 학생의 연구 성과나 발안은 국왕에게 보고되며 인재를 고용하기 위한 자료로 사용된다.

우수한 인재가 곧 국익으로 이어지므로 국왕은 이곳의 의견서를 반드시 확인한다. 논문 내용에 따라서는 파격적인 대우로 등용되는 것도 꿈은 아니었다.

그리고 학교 의회는 권력으로 압력을 가하는 마도사단을 탐탁지 않게 여겼다. 마도사단과 관련된 의견서라면 다른 사안을 제쳐놓고서라도 가장 먼저 국왕에게 보낼 것이다.

그리고 마도사단과 기사단의 대립에는 골머리를 앓는 것은 국왕과 대신들도 마찬가지였다. 거기에 츠베이트 일당의 구조 개혁안이 올라오면 어떻게 될까? 당장 군부 구조 개편을 추천하고 조직 개혁의 기반으로 사용할 가능성이 컸다.

드마르트는 자기 행동을 돌아보고 어쩌면 좌천될지도 모른다고 생각하자 머리가 혼란스러웠다. 심장이 경종을 울리듯 격렬하게 뛰었다.

"그, 그것 말고는 뭘 보냈지! 개혁안만 보내진 않았을 거다!"

"그야 뭐, 군사 장비 재검토와 새로운 전술 기획, 현재 마도사단에 대한 대중의 평가, 같은 마도사로서 본 감상. 그 외에도 지방 방어를 위한 방위 전략 입안서나 훈련법, 우수한 인재를 고용하기 위한 고용 입안서…… 또 뭐가 있더라?"

"이것저것 많이 제출했지? 너무 많아서 기억이 안 나."

"무, 무슨 짓을 저지른 거냐!"

"드마르트 2급 마도사님, 고름을 빨리 짜지 않으면 나라가 썩어 문드러지지 않겠습니까?"

"고통 없는 개혁은 없어. 마도사단은 새롭게 태어나야 해."

"권력에 집착하는 무능한 인간은 필요 없지."

"아무튼 이미 늦었어. 이미 한 달도 전에 제출했으니까."

최악의 사태가 발생했다.

이곳에 있는 사람은 모두 학생이었다. 정치판에 오르기에는 아직 일렀다.

하지만 그들은 드마르트보다 우수했고 연구 분야와 조직 구상안은 실제 개혁에 채용될 가능성이 높았다. 전에 부하가 보여준 방위 작전 발안서도 상당히 뛰어났다.

마도사단에는 귀족이라는 이유만으로 들어간 낙하산도 있었다. 학생들의 의견이 올라가면 그런 이들은 대거 물갈이될 것이다.

학생이지만 우수해서 문제였다. 능력주의로 가면 자신도 배제될지 모른다. 왜냐하면 드마르트는 우연히 발견한 오래된 발안서의 작성자 명의만 바꿔서 상층부에 제출하고 이 자리에 올랐으니까.

'최악이다……. 설마 학생 수준이 이렇게 높을 줄은……. 잘못하면 나까지 해고될지도 몰라!'

잘난 척 떠들던 드마르트는 얼음물에 빠진 것 같은 오한을 느꼈다.

시대는 언제나 변화한다. 시대의 흐름에서 벗어난 자는 파도에 쓸려갈 뿐이다.

이제 와서 손쓰기에는 늦었을지도 모르지만, 드마르트는 상부에 보고하기 위해 돌아가기로 마음먹었다.

"그, 급한 볼일이 생각났다. 오늘은 이쯤 하면 됐겠지……. 너희도 더 노력하도록."

납덩이처럼 무거운 발걸음으로 드마르트는 도망치듯 강의실을 떠났다.

"저거 왜 저래?"

"글쎄? 그래도 지루한 이야기가 끝났으면 됐지, 뭐."

"그건 그래. 시간을 낭비했으니까 바로 어제 작업을 이어서 하자. 루토아 공작령 방위에 관해서였지?"

학생들은 개의치 않고 평소 일과인 전략 연구를 시작했다.

여담으로 훗날 그들이 제출한 마도사단 조직 구조 개혁안이 채용되어 많은 부적합 마도사가 배제된다.

그리고 방위 구상안도 받아들여져 마도사단의 불순분자는 삽시간에 권위를 잃고 실추한다. 이로써 기사단과의 화해도 순조롭게 진행되어 국토방위 정상화의 초석이 됐다.

물론 마지막까지 발버둥 치는 자도 있었지만, 국왕이 직접『학생도 이런 의견을 낼 줄 아는데 너희는 뭘 했나?』라며 개혁을 강행했다.

요컨대 자신들이 학생보다 뛰어나단 걸 증명하지 못한 것이었다.

왕명으로 개혁이 추진되자 거부할 수도 없어서 많은 귀족 마도사가 능력에 맞는 부서로 재배치됐다. 현재에 집착해 단물을 빨던 마도사들은 즉시 해고당했다고 한다.

그와 함께 츠베이트와 학생들은 그 공적으로 마도사단 채용이 확정됐고 장래가 기대되는 유망주로 부상한다. 위슬러파 학생들이 마도사단 간부 후보가 된 것이다.

하지만 아직 그 사실을 알 리 없는 학생들은 평소처럼 훈련과 전략 연구에 전념했다.

◇　◇　◇　◇　◇　◇　◇

이스톨 마법 학교 대도서관.

크로이사스의 논문이 공표되고 벌써 일주일이 지난 지금, 지식의 장인 도서관은 학생들로 붐볐다.

올바른 지식을 배우려고 몰려든 인원이었다. 여기저기에 교사와 강사도 보였다.

아직 현실을 인정하지 않는 교사도 있지만, 마법식 해독법은 위대한 지식이었다. 대부분은 발 빠르게 마법식 연구에 나섰다.

하지만 어디에나 예외는 있었다.

한때는 무능아라고 불렸으나 누구보다 먼저 마법식 해독 방법을 안 학생. 간단한 마법이라면 직접 만들 수 있게 성장한 세레스티나였다.

그녀는 친구인 우르나와 캐럴스티와 함께 마법식 해독 작업을 위해 도서관에 와 있었다.

"……떠들썩해졌네요. 이러면 우리가 연구할 곳이 없겠어요."

"와, 만원이네? 이런 곳에 있으면 숨 막혀서 싫어."

"어쩔 수 없어요. 크로이사스 님이 발표한 논문은 정체됐던 연구를 진행할 큰 열쇠였어요. 모두 진리를 터득해 스스로 마법을 만들고 싶은 거죠."

세 사람도 마법식 연구— 정확히는 마법식 개량을 위해서 도서관을 찾아왔지만, 이미 남은 자리가 없었다.

게다가 한 번이라도 자리를 뜨면 바로 다른 사람에게 빼앗기는 치열한 의자 앉기 게임이 펼쳐지고 있었다. 앞으로 가려면 남을 떠미는 것이 당연시됐다.

고학년 학생이라면 더욱 그랬다.

"그럴 때는 바로 이거! 여가 시간에는 아가씨도 읽는다는 명작!"

""""꺄아아?!""""

갑자기 불쑥 튀어나오는 쿨 메이드, 미스카.

미스카는 손에 든 물건을 우르나와 캐럴스티에게 넘겼다.

"미, 미스카! 그, 그건…….”

"오, 세레스티나 님은 이런 책을 읽는구나? ……응?!"

"뭐죠, 이 책은…… 앗?!"

얇은 책을 펼치자 그 속은 살색 세계였다.

우르나와 캐럴스티는 미지의 세계를 들여다보고 곧 세레스티나를 돌아봤다.

"아, 아니에요! 미스카가 마음대로 다른 책 사이에 숨겨 두거나 책상 앞에 두는 거지 저는 딱히…….”

"훗, 아가씨……. 거짓말은 안 되죠. 저는 압니다. 귀중한 공책에 쏟아낸 뜨거운 정열을……. 그건 수작이더군요. 세상에 내놓으시는 게 어떤가요?"

"꺄아아아아아아아아아아아아아아아아?! 뭘 마음대로 읽는 거예요?!"

"물론 아가씨의 뜨거운 파토스가 아낌없이 표현된, 사랑이라는 미지의 아수라입니다."

"분명히 미지의 세계지만…… 아니, 이런 건 모른 척해주는 게 상식 아닌가요?!"

"아가씨…… 저는 상식이 없습니다!"

단언했다.

이 미스카라는 메이드는 세레스티나를 놀리기 위해서라면 상식을 포기한다.

"정말…… 그보다 이제 어떻게 하죠? 사람이 이렇게 많으면 우리가 연구할 곳이 없어요."

"으음, 그러게. 그리고 요즘은 어딜 가나 세레스티나 님 주위에는 사람이 모이잖아."

"우리는 중등부라서 연구동도 못 빌리고…… 어떻게 할까요?"

세레스티나 주위에는 초등부 아이들이 항상 모여들어 연구에 집중하기 어려웠다.

캐럴스티도 생제르맹파 연구동을 쓰려면 허가가 필요한 처지였다. 허가를 얻을 수 있더라도 세 사람이 쓰기에는 연구실이 너무 넓었다.

그렇다고 기숙사에서 마법식 해독 연구를 하자니 직접 구축한 마법식 기동 실험을 할 수 없었다. 기숙사에서는 원칙적으로 실험이 금지되었다.

"한 군데 좋은 곳이 있습니다."

"미스카, 어딜 말하는 거죠? 좋은 곳이라는 표현이 마음에 걸리네요. 안 좋은 의미로."

"크로이사스 님 방입니다. 다양한 자료가 방에 보관되어 있다고 들었습니다."

조용히 마법 실험을 할 수 있는 곳. 연구동과 대도서관 내부에 설치된 일반 실험실을 제외하면 남은 곳은 사실상 치외 법권인 크로이사스의 방뿐이었다.

상식 무법 지대, 학교의 위험 지역, 이스톨 마법 학교의 데인저러스 존이라고도 불리는 그곳은 미지와 신비로 가득한 미스터리 공간이었다.

"……예전부터 소문은 들었지만, 마침내 이날이 왔네요. 베일에 둘러싸인 영역에 발을 들이는 날이…….."

"오~! 세레스티나 님은 갈 생각인가 봐. 의욕이 넘쳐."

그리고 세레스티나는 호기심이 왕성했다.

비밀의 공간에 도전할 심산이다.

"아, 안 돼요! 거기에…… 그 방에 가면……."

"캐럴스티, 거기가 그렇게 대단해?"

"캐럴스티 님은 피해자니까 그 방의 위험성을 잘 알겠죠."

"마도사는 진리의 탐구자. 저는 도전하겠어요! 미지를 이 두 눈으로 확인하기 위해서."

당초 목적에서 크게 탈선했지만, 세레스티나는 친오빠가 서식하는 학교의 위험지대에 지대한 관심을 보였다. 거기에 무엇이 기다리는지, 어떤 신비가 잠들어 있는지 알고 싶어서 견딜 수 없었다.

각오를 다진 진리의 탐구자는 학교 최대의 비경으로 향했다. 『이거 놔요, 거기만은 안 돼요오오오!』라고 울부짖는 피해자를 끌고서.

세레스티나 탐험대는 도전한다.

위험을 각오하고 학교 최대의 수수께끼에—

제6화 데인저 월드 재림

"크로이사스가 있어야 할 텐데……."

츠베이트는 호위인 에로무라와 함께 크로이사스가 사는 학생 기숙사를 찾았다.

츠베이트가 이곳에 있는 이유는 지금 손에 쥔 학교 통지서 때문이었다. 거기에는 살아 있는 고대 도시, 【이더 란테】 조사단에 참가해 달라는 내용이 적혀 있었다.

성적 우수자에게는 국가 연구 기관에 소속한 마도사와 함께 현지 연수 차원으로 고대 유적 조사에 참가할 자격이 주어졌다.

명예로운 일이긴 하지만, 츠베이트는 전략을 연구하는 마도사이자 전투원이었다. 훈련과 연구를 뒷전으로 미루면서까지 참가할 마음은 없었다.

문제는 이것이 강제 참가라는 것이었다. 학교 의회의 배려 아닌 배려였다.

"어휴…… 고대 유적에 가서 뭘 하라는 거야? 나는 그쪽 전문이 아니라고. 무슨 고고학자도 아니고."

"잘은 모르지만, 그 고대 유적은 굉장한 기술력으로 만든 도시라며? 거기에 남들보다 먼저 갈 수 있으면 이득 아니야?"

"네가 몰라서 그러나 본데 그 도시에 있는 마도구는 이미 대부분 회수됐어. 그러니까 도시 중추 말고는 그냥 빈집이야. 마물이 바글거린다면 가서 실력이나 테스트하겠지만, 이미 안전이 확보됐다고 들었어. 그럼 전투 마도사인 내가 갈 의미가 있겠어?"

"보물도 없어? 로망이 없네."

"아니, 그런 속물 같은 소리가 아니라 군사적으로도 지하 도시는 난공불락이야. 이미 방어가 완벽하니까 배울 게 없어."

"아, 그런 의미야? 피 끓는 모험이 없어서 구시렁대는 줄 알았지."

지하 도시는 문이 아니면 진입할 수 없어서 주위에서 침입이 불가능했다.

물론 환기용 동굴이 지상과 연결됐지만, 이더 란테의 위쪽은 험준한 산악. 병사를 보내기 어려운 난소였다.

또한, 환기구에 도달해도 지하 도시까지의 깊이는 약 천 미터에 달했다. 밧줄로 내려가기도 위험한데 외부 침입을 막기 위한 다양한 장치까지 설치되어 있었다.

방위 체계는 더할 나위 없이 완벽했다.

"그렇지만 침입하지 못할 것도 없지. 트로이의 목마라고 알아?"

"몰라. 그건 또 뭐야?"

"옛날 어느 나라가 성곽 도시를 칠 때 침입할 수 없어서 거대한 목마를 두고 후퇴했어."

"아~, 알겠군. 그 목마 내부에 병사를 숨기고 성 안으로 들어간 거지? 안쪽에서 문을 열려고."

"이해력이 왜 그렇게 좋아?! 아무튼 수단이야 생각하면 얼마든지 있다는 소리야."

"설마 에로무라가 전략을 논하다니⋯⋯. 나도 아직 멀었군⋯⋯."

"사람 무시하냐, 동지!"

에로무라는 살짝 상처받았다.

동지에게 멍청하다고 무시당했다고 생각하나 보다. 사실 틀린 말은 아니지만.

"그런데 그 성곽 도시의 지휘관은 바보였나? 성문 앞에 노골적으로 수상한 물건이 있으면 상식적으로 불태워야지……."

"보통은 그렇겠지. 아마 적 전리품을 챙기는 풍습을 역이용한 거야. 옛날부터 유용한 수법이었대."

"지금은 못 쓸 작전이군. 너무 수상해서 나라면 당장 없애. 그리고 고대 도시는 중요한 시설에 마법 무효화 장치가 있어. 절대로 쉽게 함락하지 못해. 점령해도 비밀이 많아서 지배하에 두기는 어렵겠지."

"그렇게 대단한 기술이야? 그런데 그 도시 이름이 뭐야?"

"이더 란테라고 들었어."

"뭐?!"

'뭐야, 이게 어떻게 된 거야?! 이더 란테는 【소드 앤 소서리스】에 나오는 지하 도시 이름이잖아? 설마 여기는 게임 속 세상이야?'

예상치 못한 이름을 듣고 전생자 에로무라는 당황했다.

이 세계가 소드 앤 소서리스와 닮았다고는 생각했지만, 설마 정말로 게임 속 시설이 발견될 줄은 몰랐다. 그것도 고대 유적이 말이다.

원래부터 몬스터 사냥을 주로 하던 유저였기 때문에 소드 앤 소서리스의 설정은 잘 기억하지 못하지만, 그래도 이더 란테라는 이름이 나오자 머리가 혼란스러웠다.

"뭐야? 이더 란테를 알아?"

"어…… 조금. 이름만 아는 정도…….."

"흠…… 의외로 열심히 공부하나 보지? 하렘밖에 머리에 없는 변태 바보인 줄 알았어."

"너 진짜 나 무시하지?! 그야 하렘이 꿈은 맞지만……."

"그건 관심도 없으니까 넘어가고, 그보다 크로이사스에게 이야기를 들어야지. 유적 관련으로는 빠삭하다고 하니까."

"관심도 없어? 내 명예가 그것밖에 안 돼?"

츠베이트는 에로무라의 항의를 무시하고 기숙사 안으로 들어갔다.

츠베이트의 등을 바라보는 에로무라는 닭똥 같은 눈물을 흘리고 있었다.

평소 행실이 타인에게 어떤 인상을 심어주는지 대강 이해한 순간이었다.

에로무라는 조금 똑똑해졌다.

츠베이트보다 한 시간 늦게 세레스티나가 크로이사스의 기숙사 앞을 찾아왔다.

번지점프를 뛰는 용기로 미지와의 조우를 기대하는 세레스티나, 우르나, 미스카 옆에서는 캐럴스티가 눈물을 글썽이며 끈질기게 저항하고 있었다.

『현상에는 반드시 이유가 있다. 그것을 조사하지 않고 어떻게 마도사라 할 수 있겠는가!』

그런 기개를 가슴에 품고, 세 사람은 캐럴스티를 질질 끌면서 기숙사로 들어갔다. 세레스티나도 제법 악독했다.

크로이사스이 방은 기숙사 2층에 있었다. 무슨 까닭인지 양옆은 빈방이고 문은 열리지 않도록 널빤지를 대고 못을 박아 놨다. 풍문에 의하면 밤중에 정체 모를 무언가가 기어 나온다나 뭐라나.

눈이 무수히 달린 그림자라고도 하고 형태가 불분명한 생물이 천장에서 떨어졌다고도, 또 누군가는 천장에 달라붙은 사람을 봤다고 하는 등 목격담은 제각각이었다. 그 열리지 않는 방은 겉으로도 상당히 불길한 분위기를 뿜고 있었다.

"으아, 이게 뭐야⋯⋯. 이 세 방에서 괴상한 느낌이 들어."

"크로이사스 오라버니는 대체 뭘 한 걸까요? 이상한 마력 기운이⋯⋯."

"전에 유독 가스가 발생해서 양 옆방 학생이 머리가 회까닥했다고 들었습니다. 알몸으로 여성 앞을 막아서고 황홀한 표정으로 기묘한 춤을 췄다더군요."

"설마 캐럴스티 양도 그때 피해를⋯⋯."

"아니에요! 저는 더 무서운 걸 본⋯⋯ 기분이 들어요. 기억은 안 나지만요⋯⋯."

기억에 남지 않을 정도의 공포를 맛봤나 보다.

"무슨 일이 있었는지 궁금하지만, 일단 크로이사스 오라버니가 계신지 확인부터⋯⋯."

―쿠구구구구구구구구구구구구구구구구구!

『우오오오오오오오오오오오, 간다!』

『이, 이것이…… 합체. 훌륭해.』

『남자끼리 합체해서 뭐 해? 가능하면 여자가 좋은데…… 의욕
팍 죽네.』

─철커어어엉! 키이이이잉! 푸쉬이이이!

방 안쪽에서 두 오빠와 에로무라의 목소리가 들렸다.

꽤나 가슴 벅찬 상황이 전개되는 모양이었다.

뭔가 터지고 파괴되는 소리가 울려 퍼졌다. 방 안에서 무슨 일이
벌어지는지 모르겠지만, 격렬한 싸움이라고 확신할 수는 있었다.

"합체? 남자 세 명이 뭘 하는 걸까요?"

"세레스티나 씨……. 왜 그렇게 기뻐하면서 묻죠?"

"응? 문이 안 열려. 뭐지?"

"마법은 아니네요. 하지만 안에서 영혼을 울리는 뜨겁고 격렬한
싸움이 벌어지는 건 확실합니다."

거대한 물체가 움직이는 소리와 마법으로는 날 수 없는 폭력적
인 소리가 잠시 이어지다가 곧 조용해졌다.

복도에 선 여성 네 명은 서로를 돌아보고 말없이 고갯짓한 뒤 위
험물질이라도 다루는 것처럼 조심스럽게 손잡이를 돌리고 틈새로
슬그머니 방을 엿봤다.

그곳에서 그녀들이 본 것은 방 안에 쓰러진 세 남자였다.

"오라버니, 괜찮으세요?!"

"크로이사스 님은 왜 이러시죠? 왜 그런 뿌듯한 표정으로 기절
해 있나요?"

"이 사람도 기절했어. 그래도 뭔가 큰일을 해낸 거 같은 얼굴인데?"

"아마도 강적을 해치웠나 보군요. 그것도 목숨을 걸고……."

"""강적?!"""

미스카가 뜬금없이 무슨 소리를 하는지 이해하지 못했지만, 기절한 남자들의 표정은 왠지 자랑스러워 보였다.

"으윽…… 여긴……."

"또 괴변에 휘말렸나 보네요. 평소처럼 기억은 안 나지만……."

"엄청 흥분되는 일이 일었던 것 같은데, 모르겠어."

이 방에서 일어난 괴기 현상은 피해자의 기억에 남지 않았다.

어떤 특수한 법칙이 작용하는지, 크로이사스는 그것을 해명하려고 애썼다. 역시 연구밖에 모르는 바보였다.

"대체 어떤 괴기 현상이 있었던 거죠? 터지고 깨지고, 요란한 소리가 들렸는데."

"으음…… 1만 년 하고도 2천 년 전[#8]부터 이어진 전투에 결착을 지은 기분이……. 안 돼, 자세하게 기억 안 나."

"저는…… 도마뱀 같은 인종과 전쟁[#9]을 한 기분이……. 리저드맨? 아니, 달랐어요……."

"나는 줄창 피버를 터뜨린 것 같은데……. 계속 같은 이펙트에 노멀 리치만 나와서 열 받은 기분이 들어. 대박 난 기분도 들지만……."

에로무라만 파칭코였다.

흥분의 방향성이 달랐다.

"기억이 안 나면 어쩔 수 없지. 세레스티나, 너는 왜 왔어?"

#8 1만 년 하고도 2천 년 전 애니메이션 『창성의 아쿠에리온』 오프닝 가사.
#9 도마뱀 같은 인종과 전쟁 만화 『겟타 로보』의 적 공룡 제국.

"저희는 마법식을 해독하려고 대도서관에 갔는데……."

"아, 자리가 없었지? 그래서 크로이사스 방에서 연구하려는 거군. 이 방에는 빌려 온 자료가 산처럼 쌓여 있고 크로이사스와 의견 교환도 가능하니까."

"어머? 츠베이트 님은 인상과 달리 감이 좋으시네요? 날카로우셔요."

캐럴스티는 제법 무례한 아이였다.

"저는 연구가 진척되니까 고맙지만, 캐럴스티는 이 방을 무서워하지 않았나요?"

"네, 지금도 이 방에서 나가고 싶지만 참고 있어요. 그때는 무슨 기묘한 생물을 본 거 같은데……. 아아…… 왜 기억이 안 나는 걸까요?"

이번에는 아무 일도 없었지만, 조금 일찍 왔으면 괴변에 휘말렸을 가능성도 있었다.

어떻게 보면 기억하지 못하는 편이 나을지도 몰랐다.

"그보다 왜 기억이 안 남아? 전에도 있었던 일이지? 동지는 안 궁금해? 엄청 가슴이 뜨거워진 느낌인데……."

"뭐랑 싸운 기분은 들어……. 그런데 역시 기억이 안 나. 정말로 이 방은 어떻게 된 거야? 원인이 크로이사스라는 건 알겠지만……."

"그러게나 말입니다……. 누가 저에게 지옥을 보여줄 남자[#10]라고 했던 것 같기도……."

당사자들은 이 방이 어떻게 이상한지 몰랐다.

#10 지옥을 보여줄 남자 만화 「겟타 로보」의 등장인물, 진 하야토의 대사.

원래대로 돌아올 때 왠지 기억이 사라지기 때문이었다. 공간 변이와 현실 왜곡으로 기억에 어떤 부하가 걸린다는 것이 크로이사스의 추측이었다.

하지만 검증할 방법은 없었다. 기록용 마도구를 설치해도 영상조차 남지 않았다. 지금 확실한 점은 방에 있던 인물이 괴변에 말려들 때 한순간 사라진다는 점이었다.

휘말린 순간 기록용 도구는 영상을 저장하고, 현상이 일어나는 동안은 기능이 정지했다. 그 괴변이 끝나면 기록이 재개되며 바닥에 쓰러진 피해자를 영상으로 남겼다.

기록으로는 홀연히 사람이 사라지고 그 직후에 쓰러져 있는 모습이 보였다. 이 현상은 크로이사스의 호기심을 크게 자극했다.

"이걸로 일곱 번째인데 역시 전혀 모르겠네요. 어렵군요."

"너도 그만 포기해. 잘못 건드려서 피해가 확산되며 어쩌려고 그래?"

"그보다 아가씨들은 괜찮아? 이 방에서 연구하게 둘 거야? 휘말릴 가능성도 있어."

"상관없습니다. 샘플은 많을수록 좋으니까요. 후후후후후……."

""우리를 실험체로 쓰게요?""

크로이사스는 미쳤다.

진리를 추구하기 위해서라면 동생마저 실험대에 올릴 각오가 있었다.

"나는 미스카 씨랑 이야기할 수 있으면 만족해."

"잠깐, 동지 에로무라! 너는 엘프를 좋아하지 않았어? 미스카를 보는 눈빛이 이상하게 뜨거운데…….”

“당연하지, 동지. 미스카 씨는 하프 엘프잖아. 난 엘프라면 『하이』든 『하프』든, 그리고 『다크』라도 상관없어! 엘프라면 전부 사랑한다!”

“““하프?!”””

네 사람의 시선이 미스카에게 집중됐다.

미스카는 남들에게 들리지 않게 혀를 차고 에로무라를 쏘아봤다.

그러나 그에게는 아무런 효과가 없었다. 오히려 움찔대며 쾌감에 몸을 떨었다.

“몰랐나요? 미스카는 하프 엘프입니다. 안 그러면 아직까지 10대의 외모일 리가 없죠.”

크로이사스의 말대로 미스카는 여전히 10대의 모습을 유지하고 있었다. 지금까지 깨닫지 못하는 쪽이 이상했다.

“크로이사스, 너…… 알고 있었어?”

“대충은요. 딱히 놀랄 일은 아니지 않나요?”

“그렇군. 듣고 보니 이해가 돼.”

“저는 매일 미용을 열심히 해서 젊음을 유지하는 줄만 알았어요. 같은 여자인데 치사해요. 그러고 보니 아버지와 동창이었다는 이야기도 있었죠…….”

“공작님과? 설마 【빙결 여왕】…… 아니지, 【얼음 여제】가 미스카 씨였나요? 델사시스 공작님에게 필적하는 초월자 중 한 명. 궁정 마도사를 능가하는 실력자. 설마 그런 마도사가 이렇게 가까이 있다고는 생각하지 못했어요.”

"미스카 씨, 유명한가 봐? 대체 무슨 일을 저질렀어?"

"후후후…… 우르나 님, 여자의 과거를 알려고 하시면 안 된답니다. 죽고 싶은 게 아니라면 말이죠……."

거무튀튀한 오라가 피어오르는 미스카는 세상에서 가장 위험한 눈초리로 째려봤다.

반박을 용납하지 않는 박력과 신조차 죽이겠다는 의지가 서려 있었다.

미스카에게 과거와 나이 언급은 금기였다. 하지만 여기에는 바보가 한 명 있었으니…….

"연상 최고! 쿨한 독신 누님에게 나 완전 빠져 버렸어! 미스카 씨, 내 뜨거운 소울을 받아줘, 그리고 당신의 차가운 불로 내 하트를 죽여줘어어어어!"

─콰직!

에로프스키토 무라무라스는 여왕님의 화끈한 내려차기에 처단당했다.

하지만 그는 왜 이리도 행복해 보일까? 엘프를 위해서라면 에로무라는 마조 변태도 될 남자였다.

"헤헤헤…… 아파. 그래도 후회는 안 해. 엘프에게 죽는다면…… 나는…… 나는 행복…… 윽!"

"에로무라! 정신 차려, 죽을 정도는 아니야!"

그에게 미스카의 숙청은 포상이었다.

【빙결 여왕】은 미스카가 얼음 마법을 주로 사용해서 붙은 이명이지만, 【얼음 여제】라는 별명은 달라붙는 남자들을 냉철하게 격투

로 해치워서 붙은 것이었다.

전설의 졸업생에게 머리를 얻어맞고도 에로무라의 표정에 후회라는 두 글자는 보이지 않았다.

"도, 동지…… 마지막으로 하나만……. 파란색……이었다……."

"이상한 유언 남기지 마! 나까지 죽는다고!"

"츠베이트 님…… 각오는 되셨나요?"

"난 관계 없잖으아아아아아아아아아아아아아아아아아악!"

츠베이트, 불똥을 맞고 죽다.

불행한 최후였다.

"하프 엘프의 나이로 따지면 실질적으로 10대나 마찬가지 아닙니까? 그렇게 민감하게 반응할 일인가요?"

"크로이사스 님, 여성에게 나이를 들먹이지 마십시오. 또래 여성이라면 무조건 죽일 듯이 바라볼 테니까요. 게다가 이렇게 보여도 저는 행복한 가정을 꿈꾸고 있답니다."

"그게 그렇게 중요한가요? 저는 이해하기 힘들군요."

"크로이사스 님, 그건 여성을 적으로 돌리는 발언입니다. 다른 여성 앞에서 그런 말을 입에 담으면 죽을지도 몰라요."

"하하하, 그런 짓은 미스카밖에 안 해요. 왕족이 아니고서야 공작가의 사람을 누가 패 죽입니까?"

"……."

크로이사스는 자연스럽게 정곡을 찔렀다.

아무리 폭언을 한다고 해도 공작가의 사람을 감히 때릴 수 있는 사람은 없었다. 그랬다가는 목이 날아간다.

그렇기에 미스카는 여제, 두려움의 대상인 것이다. 공작부인 두 명이 피하는 데도 이유가 있었다. 사실은 두 사람도 같은 학교의 후배였다.

바꿔 말하면 공작가 사람에게도 폭력을 휘두르는 여성에게 청혼하는 목숨 아까운 줄 모르는 이성은 아무도 없었다.

"아주 자연스럽게 일침을 가하시는군요. 크로이사스 님, 무서운 아이……."

"미스카……. 행실을 고칠 생각은 없나요? 잘못하면……."

"잘못하면, 뭐죠? 세레스티나 님, 분명히 말씀하시죠."

"아무것도 아니에요. 아무것도 아니니까 그 주먹 내리고 살기를 거둬 주실래요? 크로이사스 오라버니가 한 말을 이제 알 거 같아요."

이 폭력성이 혼기를 놓친 원인이었다.

"미스카 씨는 다음에 이렇게 말해. 『아차?! 나도 모르게……』라고."

"아차?! 나도 모르게…… 헉?!"

우르나가 미스카의 마음을 읽었다.

미스카도 여성이었다. 어울리는 남성과 좋은 관계를 맺고 싶은 욕구는 있지만, 애석하게도 그녀는 유쾌한 성격이었다.

명석한 두뇌, 가사는 만능, 뭐든 할 줄 아는 완벽한 초인.

그렇지만 미스카는 싸움꾼이었다. 그 치명적인 단점 때문에 혼기를 놓치고 말았다.

학창 시절에도 여자에게는 인기가 있었지만, 남자들은 그녀를 멀리했다.

절대로 냉랭한 태도 때문에 피한 것만은 아니라는 뜻이다.

"세레스티나 님은 다음에 이렇게 말해.『미스카도 결혼할 생각은 있었네요? 저 조금 마음이 놓여요』라고."

"미스카도 결혼할 생각은 있었네요? 저 조금 마음이…… 헉?!"

"아가씨…… 남이 민감하게 생각하는 부분을 꼬집는 건 예의가 아닙니다. 생각은 해도 입에 올리지는 마십시오."

"미스카가 항상 저한테 하는 일이잖아요? 사람이 어쩜 이렇게 뻔뻔할 수……."

"저는 괜찮습니다. 아가씨 교육도 제 담당이니까요…… 아셨죠?"

"그러니까 폭력은…… 으아아아아아아아아?!"

"'그건 그렇고, 이 애는 어떻게 독심술을 쓰지?'"

남자 바보 삼총사는 우르나를 보면서 고개를 갸웃거렸다.

그러는 사이에도 미스카는 세레스티나의 두 볼을 꼬집고 있었다. 참 해맑게 웃으면서.

쪼물쪼물 주무른 뒤 다시 세게 꼬집는 모습이 정말 즐거워 보였다.

친구와 동창들은 모두 결혼해서 독신은 미스카뿐이었다. 혼기를 신경 쓰는 게 당연하며 남이 언급하면 폭발한다.

그녀는 인생의 승리자가 미웠다.

"이렇게 경박해진 모습을 큰 어르신과 주인 어르신이 보시면 슬퍼할 거예요, 아가씨."

"흐므므므~."

"어머나, 신축성이 좋은 볼이네요. 말랑말랑해서 질리지 않아요."

"앗, 재밌겠다. 미스카 씨, 나도 시켜줘요."

"응아아아아아아아아~!"

우르나도 가세하여 잠시 세레스티나의 수난은 이어졌다.

◇　◇　◇　◇　◇　◇　◇

"크로이사스, 이더 란테에 관한 정보 없어? 너는 이런 정보를 가장 먼저 조사하잖아. 아는 게 있으면 알려줘."

방에 들어온 직후 예의 데인저 월드에 휘말리는 소동은 있었으나, 겨우 츠베이트는 본래 목적대로 정보 수집을 시작했다.

이더 란테— 마도사라면 가장 먼저 가고 싶은 새로운 고대 유적.

군사 전문인 츠베이트도 관심이 없지는 않지만, 이런 유적에는 드물게 흉악한 함정이 설치된 경우도 있었다. 학생 신분으로 학자들과 함께 조사를 나가자니 일말의 불안이 있었다.

하지만 크로이사스는 유적에 있는 마법 장치를 잘 알며 지식도 학자 저리 가라 할 수준이었다. 그래서 뭐라도 정보를 얻으려고 찾아온 것이었다.

"글쎄요…… 선견대의 정보에 따르면 함정은 없다고 합니다."

"함정이 없다고? 웬일이지……. 무슨 이유가 있나?"

"사신 전쟁 초기에 입구가 막혀서 그대로 멸망했다고 그러더군요. 백성은 도시에 갇혀 굶어 죽었을 겁니다."

"끔찍하네……. 차라리 빨리 죽는 편이 나았을지도 모르겠군."

"유적의 함정은 보통 사신에게 타격을 주기 위해 설치한 거예요. 초기에 멸망한 도시가 함정을 깔 수 있을 리가 없죠."

"그렇군. 그럼 안전은 100퍼센트 확보된 거지?"

안전이 확보된 유적은 드물고 학생이 견문을 넓히기에도 좋은 기회였다.

　사실 인력이 부족해서 차출된 거겠지만.

　"중요 시설은 너무 고도의 기술을 써서 선견대가 의도적으로 봉인했다고 합니다. 함부로 건드리면 나라가 멸망할 수준이라던가요?"

　"함정이 없어도 위험한 건 똑같군. 그래서 왜 우리까지 참가해? 내 전문은 군사 연구야. 나한테 유적 조사를 도우라는 이유를 모르겠어."

　"마도구가 많이 발견됐다고 해요. 개중에는 무기도 섞여 있으니까 군사적 이용 가치가 있겠죠. 오라버니들은 그런 방면으로 논문을 내서 평가받았으니까 참고하려는 생각 아닐까요? 그리고 가끔 스켈레톤이 출몰한다는 이야기도 있고요."

　"호위 목적도 있다는 거군. 실전 훈련의 연장선이라고 생각할까?"

　"제 생각에는 다른 의도가 있습니다. 추측일 뿐이지만……."

　크로이사스의 예상은 이랬다.

　생제르맹파의 상위 성적자, 즉, 크로이사스를 중심으로 한 그룹은 이미 가르칠 수 있는 강사가 거의 없었다. 학생의 수준을 넘어선 연구 의욕으로 강사들이 고개를 들지 못할 성과를 냈기 때문이었다.

　새로운 마법약 개발과 저렴한 마도구 설계, 게다가 마법식 해독법.

　상황이 이러하다 보니 강사들은 더 가르칠 것이 없다며 그들을 포기해 버렸다. 슬픈 현실이었다.

　반면 츠베이트를 비롯한 위슬러파는 자기 단련에 힘쓰거나 전술 논문을 제출하는 등 기존 마도사와는 다른 길을 걷고 있었다. 근접 전투와 중·원거리 공격을 모두 익혀 어떤 상황에도 대처할 수 있는 전투 특화 마도사. 그들이 개척한 새로운 길은 이제 다른 학생에게도 영향을 주고 있었다.

같은 파벌 마도사들은 츠베이트에게 위기감을 느끼고 더는 주위에 영향을 주지 못하게끔 고대 마도 도시 조사를 핑계로 잠시 추방하려는 속셈이었다.

이 두 사람의 공통점은 솔리스테어 공작의 아들이라는 것이었다. 그래서인지 형제를 솔리스테어파의 지시를 받고 파벌을 무너뜨리려는 첩자로 생각하는 이가 많았다. 요컨대 눈엣가시라는 말이었다.

마도사단에 있는 두 파벌의 궁정 마도사들도 솔리스테어파가 더 힘을 키우면 곤란했다. 특히 두 사람의 아버지인 델사시스 공작과 적대하면 안 된다는 강박 관념에 사로잡혀 있었다. 그래서 이렇게 간접적으로 발목을 잡는 쩨쩨한 수단으로 나온 것이었다.

이것은 어디까지나 크로이사스의 예상이지만, 거의 적중했다.

"아무튼 저는 기술의 보고에 갈 수 있어서 기쁠 따름입니다."

"하지만 기간은 동기 휴가까지…… 아니, 학업이 늦어져서 춘기 휴가까지인가? 유적은 국경 부근의 깊은 지하에 있으니까 지방 출신 학생은 귀가하기도 힘들겠어."

"경비는 학교에서 지급하지 않나요? 상위 성적자는 우대받고, 귀성 비용 정도는 내주지 않으면 학교의 명성에 흠이 생겨요."

"머리 아프구만. 너희 아버지는 뭐 하셔?"

"파벌 위에 있는 궁정 마도사들이 눈싸움 중이었는데 공통의 적이 생겼다고 발목을 잡을 생각이겠지. 그런 녀석들이니까 아버지도 없애고 싶어 하고."

"주객전도 아니야? 너희 아버지는 얼마나 원한을 산 거야? 그보다 나랑 안즈는 어떻게 해? 동지의 경호원이잖아."

"귀족 출신도 많으니까 호위해야 할 거야. 따로 용병을 고용하려면 돈이 들잖아?"

귀족에게 고용된 경호원은 관계자 신분으로 이더 란테에 따라가게 된다.

이것은 호위 병력으로 용병을 고용하는 비용을 절감하기 위해서지만, 귀족 가문의 요청이기도 했다. 자신들이 고용한 경호원이 아니면 믿지 못하기 때문이었다.

용병을 함부로 고용하면 본업을 잊고 학생에게 손을 대는 인간도 있었다. 그런 자들은 곧바로 해고당해 용병 길드에 통보된다. 용병들도 랭크에 영향을 주기 싫으면 성실하게 일할 수밖에 없었다.

단순한 불량배에게는 맡길 수 없는 일이므로 호위 의뢰는 랭크 B 이상으로 제한됐다.

"나…… 용병 랭크가 강등돼서 아직 D랭크인데……."

"솔리스테어 공작가에서 고용한 경호원이니까 너는 예외로 쳐주겠지."

"그래? 돈이 안 나오면 나도 생활이 힘들어. 일할 수 있다면 따라가야지."

"저는 이 유적을 발굴할 때 동행했다는 마도사가 누군지 궁금하네요. 이더 란테라는 이름도 그 마도사가 꺼냈고 그때 도시 일부가 크게 파괴됐다는군요. 지금은 복구공사 중이라죠?"

""설마 그 마도사…….""

회색 로브 마도사가 머리를 스쳤다.

"설마 그 아저씨 짓인가?"

"가도를 잇는 계획이 있는 줄도 몰랐지만, 스승님은 왜 또 그런 곳에 있었지? 마도사잖아?"

"보고에 의하면 언데드가 우글거려서 문을 열자마자 전투가 벌어졌다는군요. 괴물이에요. 단신으로 침투해서 싹쓸이했다고 들었습니다."

"스승님이라면, 그러고도 남지……. 그런데 크로이사스, 너는 어디서 그런 정보를 얻었어? 나는 그게 궁금한데."

크로이사스의 정보원은 같은 연구자들이었다.

학교에는 졸업생이 자주 방문했고 그중에는 국가 연구 기관에 속한 사람도 많았다. 이런 연구자는 지위와 명예에는 관심이 없고 오직 연구가 삶의 보람인 정신 나간 인간이 대부분이었다.

그래서 우수한 후배를 얻기 위해서 어느 정도 정보를 알려주고는 했다.

연구자는 의외로 입이 가벼웠다. 그만큼 크로이사스가 선배들에게 기대받는다고도 할 수 있지만, 그들은 군사적인 일에는 전혀 관심이 없었다.

"일단은 나라의 중요 기밀 아닌가……. 왜 그렇게 입이 가벼워?"

"연구자는 다른 관점에서 새로운 발견을 찾으려고 한다고 들었어. 후배의 참신한 가설을 듣고 싶었던 게 아닐까?"

"그런 이유도 있죠. 애초에 연구자는 한 가지 일에 몰두하는 경향이 있고 고지식하게 잘못을 인정하지 않는 사람도 있지만, 유연한 사고를 가진 사람들은 다른 사람의 의견을 받아들이려고 해요."

"그렇군. 근처에 머리 굳은 인간이 있어서 후배에게 새로운 의견을 구하는 건가? 연구가 난항을 겪나 보군."

"좌우지간 이더 란테 유적은 안전하다는 거지? 내가 나설 일이 없잖아."

에로무라는 몸이 근질근질한가 보지만, 그 생각은 잘못돼도 단단히 잘못됐다.

호위는 경호 및 경비가 목적이라도 꼭 싸워야 할 필요는 없었다. 아무 일 없이 이더 란테에 도착할 수 있다면 그것이 최선이었다.

호위는 쉽게 말해 보험이었다. 긴급 사태가 일어나기를 바라는 사람은 호위에 적합하지 않았다.

하지만 에로무라가 바라는 것은 모험이지 호위라는 노동이 아니었다. 아직 게임과 현실을 혼동하는 버릇이 덜 고쳐진 모양이었다.

"동지 에로무라, 호위가 나설 일이 없는 건 좋은 일이야. 전투가 벌어지면 사망자도 나와. 그런 사태는 없는 게 최고지."

"말이야 바른말이지만, 자극이 없어서 따분해 죽겠어."

"사상자가 나오면 호위 맡은 네 평가에 악영향을 줘. 호위 대상이 죽기라도 하면 급료고 나발이고 없는 거야. 최악의 경우엔 다시 노예 신세라고."

"윽…… 그건 싫어. 생각해 보면 어려운 미션이군."

"그나저나 크로이사스, 언제쯤 출발할 거 같아?"

"갑자기 나온 이야기니까 내일쯤 따로 공지가 있지 않을까요? 준비에 일주일은 걸릴 테니까 다음 주 초에는 출발하겠죠."

"빠른데…… 학교는 그렇게 우리를 내보내고 싶은가? 바보들이……."

권력을 원하는 이들의 사다리 걷어차기였다.

하지만 드러내놓고 저지르면 범죄이므로 이렇게 심술을 부릴 수밖에 없었다.

정말로 유치한 이야기였다.

"어쨌든 다음 통지가 올 때까지 기다려야겠군."

"그렇죠. 아직 출발일은 미정이니까요."

"그 전에 미리 준비라도 하는 게 좋지 않아? 그때 가서 급하게 하지 말고."

"그래. 나는 몰라도 크로이사스가 걱정이야."

"저는 괜찮습니다. 때가 되면 이 린이 도와줄 테니까요."

""나가 죽어, 리얼충!""

이야기를 마친 남자들이 방 한쪽으로 눈길을 돌리자 여자들은 한곳에 모여 수다를 떨고 있었다.

그 중심에는 언제 왔는지 모를 낯익은 닌자가 가게를 열고 있었다.

"주문한 대로 나왔네요. 아니, 예상 이상이에요……."

"이런 물건을 이렇게 싸게……. 앞으로 자주 이용할게요, 안즈 님."

"……응, 장사는 신뢰가 중요해. 손님은 왕."

"우와, 꼬리가 걸리적거리지 않아. 이런 속옷은 처음 봤어."

"안즈 씨, 수지는 맞나요? 좋은 원단이 많이 들어간 거 같은데……."

"괜찮아……. 마법 효과도 없어서 얼마 안 해."

안즈는 이제 아는 사람은 다 아는 상인이었다.

주로 속옷을 판매하지만, 최근에는 기타 의류도 팔았다.

신출귀몰하여 언제 어디서 만날지 모르기 때문에 여자들이 매일 지갑을 들고 다닐 정도로 인기를 얻은 그녀가 설마 크로이사스 방에 나타날 줄 그 누가 알았으랴.

"맞춤옷은 비싸다고 들었는데 양심적인 가격이네요."

"물가를 잘 모르는데 그렇게 싼가요? 저는 직접 속옷을 사지 않아서 감이 잘 안 오네요."

"이 품질이면 열 배 비싸도 이상하지 않아요. 이건 이미 예술의 영역을 넘었어요. 게다가 귀엽고요."

"수인용 속옷은 잘 팔지도 않아. 싼 속옷에 직접 구멍을 내서 입는다니깐……."

"수인족은 속옷을 사기도 힘들겠어요. 처지가 딱하네요……."

"……캐미솔도 있어."

"꺄아아아아아~! 너무 자극적이야아아아아아~!"

남자들이 보는 줄도 모르고 여자들은 속옷을 펼쳐놓고 구경했다.

제법 선정적인 옷도 있어서 솔로 역사가 긴 남자들에게는 자극이 강했다. 특히 미스카가 고른 옷이 굉장했다.

『야…… 저건 T팬티인가 하는 그거냐? 미스카 씨, 저런 속옷을…… 읍!』

『동지…… 코피 나온다. 디오가 없어서 다행이야. 걔가 있었으면

135

벌써 천국으로 승천했어.』

『안즈 씨는 어디로 침입한 거죠? 방은 거의 밀실이고 문이 열리는 소리도 안 났는데……. 흠, 재미있어요. 정말 재미있군요.』

크로이사스만 모 대학 교수[11] 같은 소리를 하고 있었다.

그는 별개로 치더라도 여자들은 두 남자의 시선을 뒤늦게 알아차렸다. 한순간 방에 침묵이 흘렀다.

그동안에도 크로이사스는 창가로 가서 창이 잠긴 것을 확인하고 안즈에게 물었다.

"안즈 씨, 어디로 들어오셨죠? 방문은 잠겼고 문소리도 못 들었는데."

"……비밀. 닌자니까."

"그래요? 그럼…… 이 비밀을 반드시 풀어내겠습니다. 연구자의 이름을 걸고."

"……응. 열심히 해."

연구자는 이럴 때 이득이었다.

여성의 속옷에 털끝만큼도 관심이 없고 비밀을 해명하지 않고는 배길 수 없는 성격이니까.

하지만 츠베이트와 에로무라는 달랐다. 두 사람은 그 나이대의 건전한 남자답게 욕구가 있었다.

여자들이 그런 시선을 깨달으면 어떻게 되는가—.

"꺄아아아아아아아아아?! 뭘 봐요!"

#11 모 대학 교수 드라마 『갈릴레오』의 주인공, 유카와 마나부. 「정말 재미있군요.」라는 대사를 말버릇처럼 사용한다.

"저질이에요! 천박해요! 정말 그렇게 안 봤는데!"

"두 분 모두, 각오는 되셨죠?"

"왜 호들갑이야? 그냥 속옷 사는 모습을 보였을 뿐이잖아?"

우르나만 마이웨이. 그리고 당연하게 시작되는 강도 높은 제재.

자리에 있던 책과 수상한 마도구를 집어던지고 강력한 아이언 클로를 먹여 무자비하게 두 남자에게 벌을 줬다.

"난 억울, 으아아아아아아아아아아아아아아악!"

"아야야야야! 미스카 씨…… 코브라 트위스트는 포상, 아아아악?! 항복, 항복!"

"앗, 마도구는 던지지 마세요. 귀중한 자료가 망가집니다."

""야, 우리부터 도와!""

크로이사스는 형과 에로무라의 몸보다 독자적으로 모은 마도구를 걱정했다.

결국 둘은 걸레짝이 될 때까지 얻어맞고 크로이사스는 안즈의 비밀을 파헤쳐 만족함으로서 사건은 일단락 났다.

세레스티나 일행도 마법식 해독이고 뭐고 새빨개진 얼굴로 방을 나갔지만, 억울하게 얻어터진 두 남자는 원한을 담아 다잉 메시지를 남겼다.

그리고 그녀들이 떠난 후, 또다시 괴변에 휘말렸다.

여담으로 그때 문밖에서 들린 소리는 격렬한 총격전 소리와—.

『빨리 달려, 따라잡힌다!』

『젠장, 저것들…… 한 발 쏘면 백 발이 돌아와!』

『의무병은 어디 있나요?! 보면 중사가 부상입니다! 의무병!』

이라는 대화였다고 한다.

보면 중사가 누구인지는 아무도 알지 못했다.

 ## 제7화 성법 신국의 수난

이날 메티스 성법 신국의 국경 부근, 어떤 도시의 용병 길드에 한 용병이 나타났다.

그는 당장에라도 쓰러질 것처럼 쇠약했고, 많은 용병이 지켜보는 가운데 숨을 헐떡거리면서도 가까스로 말을 쥐어짰다.

그것이 악몽의 시작이라고는 이 자리에 있는 그 누구도 몰랐다.

"헤, 헬즈…… 레기온……. 지금…… 놈들이, 이…… 도시에……."

그 말로 소란스럽던 용병 길드 지부에 정적이 찾아왔다.

【헬즈 레기온】. 파멸을 부르는 단어이자 악몽의 시작을 알리는 종소리였다.

흉악한 상위 마물을 중심으로 하위 마물이 무리를 이뤄서 온 나라를 헤집는다. 마물 스탬피드 이상으로 위험하고 천재지변 규모로 피해를 끼치는 최악의 사태였다.

그것은 이름 그대로 지옥의 군단이었다.

"헤, 헬즈 레기온이라고?! 그럼 레기온을 일으킨 마물은 대체……."

"그레, 그레이트…… 기브리온……. 이미…… 여러 마을이……."

"뭐, 뭐라고……?"

【그레이트 기브리온】. 최대 100미터를 넘는 개체도 있다는 곤충형 마물이었다.

기브리온은 낳는 알도 위험해서 한 알에서 수천 마리 새끼가 태어난다. 그것들은 태어나자마자 먹이를 찾아 다른 동식물을 먹어 치운다.

주로 거대 코크로치, 킹 바퀴라고 불리는 종이 많고 이들이 무리 지어 마을로 몰려온다. 잡아먹힌 인간은 뼈도 남지 않는다.

바퀴벌레 형 마물인 이 종은 무섭도록 식탐이 강해서 성장할 때까지 포식을 멈추지 않고 군체로 사냥을 다닌다.

뿐만 아니라 최대급 기브리온이 지켜주는 탓인지 다른 하위종은 무리에서 벗어나려고 하지 않는다.

그런 무리가 몰려오면 인간은 속절없이 산 채로 뜯어 먹힌다.

"피, 피난 권고를 내려! 지금 당장!"

용병 길드의 발등에 불이 떨어졌다.

길드 마스터의 명령으로 영주에게 긴급 보고가 올라가고 얼마 후, 도시 정문이 봉쇄되고 기사단은 방어 태세에 돌입했다. 하지만 이는 좋지 않은 대응이었다.

기브리온의 가장 위험한 점은 거구에 어울리지 않는 비행 능력이었다.

아무리 성벽과 문을 막아 침입 경로를 차단해도 벽을 기어오르는 곤충에게는 의미가 없었다. 게다가 하늘로 침입하는 적을 무슨 수로 막으랴.

더 문제는 이 군체는 언젠가 여러 갈래로 나뉘어 피해가 전국 각지로 확산된다는 것이었다. 한 마리만 놓고 보면 강하지 않아도 수천, 수만 마리로 불어나면 전대미문의 대재난이 된다.

무엇보다 벌레들은 도시를 습격하면서도 산란하고, 새끼들은 몇 시간 사이에 부화하여 군체로 합류한다. 그렇게 수를 불리며 전진을 거듭한다. 인간들의 전쟁이라면 대화의 여지라도 있겠건만, 생물 재해라서 막을 방도가 없었다.

그렇게 또 하나의 도시가 지도에서 사라졌다.

이 소식이 성도 마하 루타트에 있는 미하로프 법황에게 들어가기까지 총 다섯 도시가 멸망했다.

메티스 성법 신국의 수난은 끝나지 않았다.

제로스가 용사들을 포로로 잡고 황도 아슬라로 가던 무렵, 메티스 성법 신국은 다시 혼란에 빠졌다.

지진 피해 복구가 지지부진한 상황에서 설상가상으로 찾아든 헬즈 레기온.

이 보고가 도착할 때까지 이미 도시 다섯 곳이 파괴됐다. 모두 견고한 성벽을 둘러친 성곽 도시였고 그 외의 크고 작은 마을까지 합치면 정확한 피해 규모를 파악하기 힘들었다.

유일하게 판명된 사항은 이 그레이트 기브리온이 전에 알톰 황국을 침공할 때 나타나서 신성 기사단을 괴멸로 내몬 마물이란 것이었다.

용사를 총동원해도 승리를 장담할 수 없을 만큼 강하며 홀로 요새를 파괴하는 괴물이었다. 그런 마물이 무리를 이끌고 신의 나라를 위협하고 있었다.

"【토루스】, 【이쿠하마트】, 【미츠타타】, 【아르한멜】…… 그리고 【크루프한벨】도 아마 이미 당한 것으로 보입니다……"

"너무 빠르지 않나! 이 진군 속도는 대체……."

"바퀴니까…… 그야 빠르겠지."

"큭…… 이러면 구원 병력은 제때 도착하지 못한다. 도착해도 이긴다는 보장이 없어."

최고 전력인 용사들조차 쓸어버리는 마물이었다. 신성 기사단으로는 승산이 없었다.

게다가 복구 작업과 치안 유지로 인원이 분산된 탓에 병력을 모으는 데도 시간이 필요했다.

심지어는 미하로프 법황은 종교인이라서 전술에 관해서는 문외한이었다. 지금까지는 용사와 다른 장군들이 있었기에 전쟁을 할 수 있었으나, 알톰 황국을 침공하고 【르다 이루루 전투】에서 신성 기사단은 수인족에게 괴멸당해 지금은 병력이 턱없이 모자랐다.

그 패전으로 굴러간 눈덩이가 이제는 나라를 짓뭉갤 형국이었다.

'왜…… 왜 내 대에서 이런 일이…….'

그는 불과 몇 개월 사이에 닥친 수난으로 입장이 위태로워졌다.

용사 소환으로 최고 전력을 얻어 알톰 황국을 침공했으나, 그 전쟁에서는 많은 병력을 잃었고 재정비를 하기에도 시간이 부족했다.

이 전쟁 최대의 오산은 알톰 황국의 국민 모두가 용사에 필적한

다는 것이다. 사교라는 이유로 가상 적국의 정보를 제대로 얻지
않고 용사만 믿고 진군한 결과, 괴멸적 피해를 입었다.

거기서부터 일이 꼬였다.

'르다 이루루 평원에 가지 않았더라면 아직 병력은 건재했을 텐
데…….'

르다 이루루 전투에는 가용 병력을 모조리 끌어 모아 투입했다.

신성 마법은 치료와 방어에 특화했고 성기사의 전투력을 끌어올
릴 수 있어서 수인족 정도야 쉽게 이기리라고 판단했었다.

하지만 여기서도 참패하고 전생자라는 강대한 적까지 알게 됐다.

전생자는 전황을 뒤집고 통렬한 반격으로 패배를 안겨줬다. 요
새 규모의 마도구가 존재할 거라고 그 누가 예상했겠는가.

마법을 쓰지 못하는 수인족에게 요새 규모의 마도구를 건넨 자
는 크나큰 위협이었다. 모든 책임은 용사 이와타에게 떠넘겼으나,
그런다고 잃은 병력이 돌아오지는 않는다.

그리고 다음으로 온 불행은 국내 정치 상황과 경제를 파탄 낸 지진.

이 사건으로 용사를 소환하는 마법진이 파괴됐다. 이것이 전생
자의 소행으로 밝혀지면서 성법 신국의 수뇌부는 비로소 그들의
위험성을 인식했다.

명백히 자신들을 적대시하는 악의가 느껴졌다.

'간신히 경제를 안정화하자마자 이 사달이 나다니……. 악재가
저주처럼 따라붙는구나…….'

그리고 마지막은 헬즈 레기온.

이미 메티스 성법 신국은 병력에 여유가 없었다.

지금도 복구 작업에 기사들을 동원하는 중이었다. 지금부터 병사들을 불러 모으면 이번에는 재해 복구가 늦어진다.

백성을 버릴 수는 없었다.

미하로프는 가장 큰 야망은 역사에 이름을 남기는 것이었다. 백성을 버리면 오히려 오명이 남게 된다.

"왜…… 왜 이런 괴물이 지금 나온단 말이냐……."

"알톰 황국으로 진격할 때 이 마물이 나타났다는 보고가 있었는데 설마 같은 녀석인가?"

"그런데 다른 마물도 확인되지 않았나? 왜 기브리온만 우리 쪽으로 왔지?"

"잠깐, 알톰 황국을 침공할 때 우리 군은 놈들의 최종 방어선인 요새에 도달했어. 근본적인 패인은 재앙급 마물을 포함한 무리가 우연히 나타났기 때문…… 아니, 그건 정말로 우연이었나? 놈들과 맞붙은 전투는 손에 꼽을 정도로 적고 큰 피해도 주지 못했어…… 설마!"

"놈들이 침공을 예상하고 미리 마물을 유도했다는 말인가?! 까딱 잘못하면 자신들이 휘말리는데!"

그들은 이제야 당시 상황을 깨달았다.

알톰 황국은 침공에 대비해 마물을 유도해서 물량을 뒤집는 책략을 짰다. 거기서 살아남은 마물이 지금 헬즈 레기온이 되어 역으로 쳐들어 온 것이었다.

즉, 알톰 황국 측은 처치하기 힘든 기브리온을 의도적으로 방치했을 공산이 컸다.

만약 그렇다면 알톰 황국은 마물의 생태를 굉장히 잘 안다는 뜻이었다.

"마족들의 힘은 용사에 필적해. 평소부터 그토록 강력한 마물과 싸운다면 싫어도 강해질 테지."

"잠깐만, 만약 그게 사실이라면 지금까지 사신의 손톱자국에서 마물이 나타나지 않은 건 놈들이 막아줬기 때문이라는 소리가 아닌가! 그런 말도 안 되는……."

"아니, 어쩌면 우리는 큰 실수를 저질렀는지도 몰라. 지금까지 알톰 황국이 마물을 막았다면 놈들은 우리를 공격하려고 일부러 마물을 유도했을 가능성이 있어."

"자신들이 없었으면 진작 망했을 거라는 메시지인가? 시건방진 마족 놈들……."

"하지만 지금 상황을 고려하면 그럴 가능성이 커. 실제로 우리에게는 헬즈 레기온을 막을 방법이 없어. 설령 병력이 무사했어도 막아 냈을지 의심스럽군."

분위기가 심상치 않았다.

만약 사제들이 말한 대로 【사신의 손톱자국】에서 나타나는 마물을 알톰 황국이 막아주고 있었다면 전쟁을 허가한 미하로프의 입장이 위태로웠다. 교의에서는 『선의는 은혜로 갚는 것이 미덕』이라고 가르치기 때문이었다.

마족이 자신들의 삶을 지켜주고 있었다면 이종족 차별은 명분을 잃는다. 동시에 자신들을 지켜주던 최대의 방패에게 버림받는다는 뜻이기도 했다.

참고로 알톰 황국 측은 그저 자신들이 위험할지 모르니까 마물을 처치했을 뿐이고 메티스 성법 신국을 지키려는 의도는 없었다.

하지만 결과만 놓고 보면 평원에 사는 그들을 지켜준 셈이었다. 재난이나 다름없는 강력한 마물과 언제나 싸우고 있으니까.

사제들이 『알톰 황국과 적대하면 안 된다』라는 결론에 도달하는 것은 시간문제였다.

"확실히…… 지금 상황을 생각하면 틀린 의견은 아니겠지. 하지만 그자들은 사교도다. 그들을 바른길로 이끄는 것이 우리의 의무 아닌가?"

"허나 그리하여 우리나라가 멸망하면 주객전도입니다, 성하. 우리는 조금 더 우호적으로 접근했어야 하지 않았을지 의심스럽습니다. 결과적으로 우리는 지금 궁지에 처했습니다."

"흠……."

"마치 놈들이 너희 주제를 알라고 가르치는 것 같군요. 개탄스럽습니다."

알톰 황국을 원망해 봤자 이미 엎질러진 물이었다.

알톰 황국은 메티스 성법 신국으로 온 마물을 해치울 생각이 없고, 오히려 성법 신국이 망하면 기뻐하리라. 그만한 일을 해 왔으니까 사제들의 원망은 적반하장이었다.

"이제 와서 가타부타 말해도 소용없다. 문제는 이 국난을 어떻게 극복하느냐는 것이야……."

"타국에 도움을 요청하는 것이 어떻겠습니까? 신의 은총을 받을 수 있다면 기꺼이 도와줄 것입니다."

"현실적이지 않습니다. 이미 우리나라는 주변국에 불신을 샀고, 더구나 회복 마법 판매가 시작됐습니다. 이대로 가면 신성 마법의 가치까지 떨어질 테지요. 상황이 매우 좋지 않습니다."

"내 생각도 그러하다. 원군을 내주지는 않겠지. 귀중한 군사를 함부로 소모할 리 없다."

신관과 사제는 쓸 수 있는 마법의 수가 현저히 달랐다. 그래서 긴급 사태가 벌어지면 다양한 회복 마법을 쓰는 사제가 우대받고 타국에서는 귀빈으로 모시기도 했다.

신성 마법으로 치료하는 대상은 귀족과 유복한 상인, 혹은 왕족으로 한정됐다. 일반 시민을 치료하려는 신관은 적어서 대부분 백성은 신관이 조합한 약이나 하위 회복 마법에 의존해야 했다. 하지만 그마저도 값이 비싸서 치료비를 대지 못하는 사람이 많았다.

자기네 재정을 불리기 위해서 타국 백성에게 바가지를 씌우는 탓이었다.

가난한 자에게 베푸는 신관은 대부분 미하로프에게 포교를 핑계로 추방되어 메티스 성법 신국에 적지 않은 불만을 품었다.

적극적으로 도우러 올 리 없었고, 섣불리 구원 요청을 보내면 이번 기회에 정치에 개입할지도 몰랐다.

안팎으로 적을 만드는 정책 탓에 타국으로 보낸 신관은 대부분 현지에 자리 잡고 돌아오지 않는 것이 현실이었다. 게다가 만약 힘을 빌려줘도 도착하기 전에 나라가 망할 판국이었다.

넓은 국토가 도리어 발목을 잡았다.

'다른 수가 없군……. 공공연히 움직이고 싶지 않았지만, 혈련

동맹을 쓰는 수밖에. 피해 확산만은 막아야 해.'

미하로프는 맹신자를 쓰기로 마음먹었다.

표면적으로는 이단 심문관이지만, 실상은 신의 이름으로 살육을 벌이는 위험인물들이었다.

"이단 심문 신관장 조스포크를 불러라……. 지금은 인력이 필요하다."

"그자를 말씀입니까?!"

"어떤 수를 써서라도 백성을 지켜야 한다. 그러려면 사소한 일에는 눈을 감아야겠지."

이단 심문관 대표 조스포크는 신앙심이 없는 살인자로 사제들도 두려워하는 인물이었다.

겉으로는 경건한 신도인 척하지만, 그 정체는 사람을 죽이며 기뻐하는 쾌락 살인마였다.

고통을 줘서 죽음이라는 자비를 구하는 사람을 볼 때마다 희열과 성적 흥분을 느끼고, 목숨을 빼앗으며 전능감과 지배욕에 취한다.

왜 이런 인물에게 권력을 쥐여 줬는가? 물론 불순분자를 소탕하기 위해서다.

독으로 독을 다스린다. 그것은 분명히 신앙심과는 거리가 먼 방법이었다.

하지만 정치의 더러운 일을 맡기기에는 그런 이단자가 적당했다.

잠시 후, 이단 심문 신관장인 조스포크가 찾아왔다.

토사구팽될 처지임을 알면서도 권력자에게 이용당하며 자신의 욕구를 채우는 이상 성욕자가 국난을 이유로 풀려났다.

◇　◇　◇　◇　◇　◇　◇

"다소의 희생은 눈 감는다고? 상대가 인간이라면 재미를 보겠지만, 귀찮은 일이군."

남자는 외모에 어울리지 않는 난폭한 말을 뱉었다.

겉으로는 선해 보이는 호리호리한 중년 남성이었다. 외모도 평범해서 보통 사제로 보이지만, 그가 바로 이단 심문관을 총괄하는 우두머리였다.

그가 감시하는 혈련 동맹은 본래 과격한 맹신자 집단일 뿐이었다. 하지만 거기에 비밀 공작원인 이단 심문관이라는 신분이 더해지자 통솔된 조직으로 탈바꿈했다.

게다가 면죄부를 얻고 불편한 인물을 제거하면 정식 기사 작위도 수여됐다.

근본은 범죄자를 이용한 암살 조직이지만, 4신이라는 보증을 얻고 범죄가 정당화된 그들은 기쁘게 신벌 집행이라는 쾌락 살인에 빠졌다.

하지만 조스포크는 이번 일이 내키지 않았다.

무엇보다 상대는 방대한 수의 곤충형 마물. 아무리 희생을 치러도 제압할 가능성이 보이지 않았다.

쾌락 살인자는 고통에 몸부림치고 자비를 구하는 자들을 보고 흥분했다. 아무 감정도 보이지 않는 곤충은 상대할 기분이 들지 않았고 무엇보다 재미가 없었다.

그렇지만 공식적으로 살인이 용인되는 입장인 만큼 일을 고를 수도 없는 처지였다.

거부하면 처형되고 끝이니까.

"사람을 죽이려고 하는 일이라고. 그런데 무슨 벌레를 잡으라는 거야……."

살인자의 긍지일까? 그는 사람에게 고통을 주는 행위에 이상할 정도로 기쁨을 느끼는 인간이었다. 헬즈 레기온을 상대하라는 계약은 맺은 적이 없었다.

이럴 바에야 도시에 숨어 소소하게 유괴 살인이나 하는 편이 나았다.

도망칠까 생각도 해 봤지만, 타국으로 가면 즉시 체포당해 처형된다.

그가 대의명분을 내걸고 살육을 자행할 수 있는 곳은 이 나라뿐이었다.

실제로 어떤 나라에서 그는 지명수배범이었다. 하지만 마물은 전문 분야가 아니었다.

조스포크는 우울하게 생각하면서도 지하로 이어진 계단을 내려갔다. 지하실 문을 열자 고문실이 있었다. 같은 이단 심문관 사제들이 테이블 앞에 모여 있었다.

다행히 지금은 고문받는 사람이 없지만, 피 특유의 철 냄새가 감도는 역한 방이었다. 수상한 도구가 방을 가득 채워 몹시 엽기적인 분위기를 내고 있었다.

"히히히, 우리 두목님 표정이 왜 이렇게 안 좋으시지~? 아주 죽상이잖아?"

"죽상일 만도 하지……. 헬즈 레기온을 처리하란다. 우리 보고 어떡하라는 건지 원……."

"아이고, 죽으러 가란 거잖아요? 저 같으면 튀었습니다요."

"나도 도망치고 싶어. 즐겁게 죽일 수 있으니까 이 일을 맡았다고. 그런데 결과는 이 꼴이야. 기브리온을 무슨 수로 처리해? 억지에도 정도가 있지……."

"전설의 최대급 몬스터요? 범죄자인 우리한테 바라는 것도 많지."

단순한 살인자에게 마물 무리와 싸우라는 것은 무리한 주문이었다.

원래부터 이단자 단죄를 명목으로 고문을 즐기는 자들이었다. 마물에게는 아무 감흥도 의욕도 생기지 않았다. 도망치는 것이 최선이겠지만, 【면죄부】 계약으로 그들은 어디로 도망쳐도 위치를 추적당한다.

【면죄부】란 교의에 따라 범죄를 저지르면 죄를 묻지 않는 권한으로, 그것이 통하는 곳은 국내뿐이었다. 계약 마법의 일종이며 정해진 조건을 어기면 몸에 격통이 퍼졌다.

한마디로 그들은 노예와 별 다를 바가 없었다. 국가의 비호를 등에 업었을 뿐.

"하~, 벌레랑 싸워 봤자 무슨 재미람. 어린애나 썰고 싶은데……."

"나도 여자를 갖고 놀면서 죽이고 싶어. 그런데 거대한 바퀴벌레가 뭐야……."

"두목~, 왜 이런 일을 받아왔어? 우리가 뭘 할 수 있다고?"

"누군 받고 싶어서 받은 줄 알아! 면죄부 계약 때문에 거부할 수가 없다고!"

"공무원도 할 짓 못 되는구만……."

쾌락 살인에 빠져서 고문은 특기라도 마물 상대로는 할 수 있는 일이 없었다. 그들은 용병이 아니었다. 사람을 죽이는 행위에 집착하는 것 외에는 평범한 사람과 다를 바 없었다.

그들은 직책을 잃으면 단순한 범죄자라서 계약이 파기되는 순간 죄인으로 처형당할 운명이었다.

"요컨대 쓰고 버릴 셈이지. 좋은 수가 안 떠올라……."

헬즈 레기온은 강력한 상위종을 중심으로 진군하지만, 개중에는 도중에 죽는 개체도 있었다.

어마어마한 수의 마물 집단이 충분한 식량을 확보하기란 어려웠다. 약한 개체는 굶어 죽고 그 시체를 동족이 먹어 치우며 강력한 마물로 거듭난다. 이윽고 본능에 따라서 무리가 분산되어 여러 군단이 온 나라로 퍼지는 것이다.

지금은 문제가 없어도 무리가 확산되면 정말로 걷잡을 수 없게 된다. 그래서 빠르게 처치하는 것이 대처법이지만, 그럴 능력이 있는 사람은 한 명도 없었다.

애초에 살인자에게 마물을 처치하라고 명령해봐야 뭘 어쩔 수 있겠는가.

"그럼 그냥 타국에 떠넘기면 안 돼?"

"뭐?"

이러지도 저러지도 못하는 조스포크에게 누군가가 진언했다. 최근 이단 심문관으로 배속된 한 여성이었다. 온화한 인상의 흑발

미인이지만, 자신들과 똑같은 성격 파탄자라고 본능이 알려줬다.

그녀는 솔리스테어 마법 왕국에서 암살자로 활동하다가 지명수배 되어 신법 성국까지 도망쳤다고 했다. 돈에 굉장히 집착이 강하고 원하는 것이 있으면 죽여서라도 빼앗았다.

그래도 암살자로서 역량은 뛰어난 덕분에 이단 심문관으로 스카우트됐다.

"떠넘긴다는 게 무슨 뜻이지? 마물 무리는 조종할 수 없어."

"유도할 수는 있잖아? 【사향수】를 쓰면."

"하지만 우리도 희생돼. 나는 아직 덜 죽였으니까 죽을 생각은 없어."

"혈련 동맹이랬나? 걔네한테 시키면 좋다고 받아줄걸? 사교도에게 마물을 보내라는 신탁이 있었다고 하면 한 방에 해결이야."

"옳거니. 어차피 신앙밖에 모르는 녀석들이니까 기꺼이 죽어주겠군."

"그러고 나서 어디 마을을 하나 점거하고 우리끼리 즐기자. 뭘 해도 된다고 했지? 원 없이 죽일 수 있겠네."

그 한마디에 살인자들의 눈에 위험한 빛이 깃들었다.

【사향수】는 마물을 불러 모으는 금단의 비약이지만, 반대로 【마피향(魔避香)】이라는 마물 기피 향수도 있었다. 이것을 이용하면 작은 마을 정도는 안전지대로 이용 가능할 것이다.

그러면 레기온이 발생하는 와중에도 안전지대에서 엽기적인 살육을 자행할 수 있다.

정말로 매력적인 작전이었다.

"군침 도는 제안인데? 요새 통 못 죽였는데 잘됐어."

"크크크…… 그래. 수단은 따지지 않는다고 했지. 이 기회에 실컷 즐겨야겠군."

"아이를…… 또 아이를 죽일 수 있어. 히히히, 생각만 해도 서는구만. 으히히히♪"

"앗, 돈 되는 물건은 나한테 줘야 해? 너희는 사람만 죽이면 그만이잖아?"

"어떻게 그런 생각을 했지? 무서운 여자일세. 금품의 절반은 주마. 살육이다…… 또 죽일 수 있어."

미쳤다.

그들은 살인에 이상하리만큼 쾌락을 느끼는 변태였다. 가끔 혈련 동맹 인간을 고문할 때도 있지만, 기본적으로는 무저항인 일반인을 죽이면서 희열을 느꼈다.

지금은 나라가 망할지도 모르는 비상시였다. 사소한 문제는 넘어가 줄 테고 고문으로 죽은 시체도 마물이 알아서 치워준다.

"가능하면 솔리스테어 마법 왕국으로 보내자. 그쪽 마을이 피해를 본다고 이 나라가 아쉬울 건 없잖아? 마물이 마음대로 간 거니까."

"크하하하하! 좋은 생각이야. 방침이 정해졌으면 바로 행동하자. 즐거운 파티 시간이다."

조스포크가 짐승 같은 얼굴로 소리 높여 지시했다.

악의가 움직이기 시작했다.

솔리스테어 마법 왕국은 아직 그 사실을 모른다.

◇　◇　◇　◇　◇　◇　◇

【오사코 레미】. 유저명【샤란라】.

이 세상에 떨어진 전생자 중 한 명이자 속된 말로 걸레였다.

그녀는 채무 변제를 위해 동생 사토시— 제로스에게 돈을 빌리러 갔지만, 자급자족 생활을 하던 탓에 단념해야만 했다.

그 후, 일수꾼에게 쫓기면서 각지를 전전하거나 가끔씩 동인지 판매회에서 돌아가는 오타쿠를 홀려 얹혀살고는 했다.【소드 앤 소서리스】를 시작한 것도 이 무렵부터였다.

세 치 혀로 집주인을 구워삶고 착한 여성인 척하면서 하루 종일 놀고먹었다. 당연히 그녀가 선택한 캐릭터는 도적이었고 거기서 암살자로 클래스 체인지했다.

별명은【암살자 메구】. PK로 장비와 아이템을 돈 한 푼 들이지 않고 얻는 등 그쪽 방면으로는 굉장히 실력 있는 유저였다.

이 세상으로 오기 전에도 그녀는 어느 상위권 유저를 노리던 중이었다.

그리고 이 이세계에서 그녀는 최악의 존재와 재회했다.

바로 그녀의 동생이자 최상위권 유저.【섬멸자】제로스였다.

제로스는 그녀를 만나자마자 바이크로 치고 다짜고짜 죽이려 들었다. 그것도 웃는 얼굴로.

더 큰 문제는 그녀가【회춘의 비약】으로 젊어진 것이었다.

이 비약에는 사실 결함이 있어서 사용자의 젊음을 돌려주기는 하지만 어느 순간 젊어진 연령의 2~3배로 나이를 먹는 부작용이 있었다. 쉽게 말해 수명이 줄어드는 것이었다.

샤란라는 그 효과를 없애는 아이템을 제로스가 가지고 있다고 맹신하고 동생을 찾고자 각지를 헤맸으나, 공작가의 혈연을 암살하려던 죄로 지명수배 되고 말았다.

그 결과, 그녀는 솔리스테어 마법 왕국에서 도망쳐 나왔다.

지금 그녀는 시한부 인생이며 남은 시간도 많지 않았다.

그리고 현재—

"우후후…… 사토시, 반드시 찾아내고 말겠어."

그녀는 제로스를 원망하고 있었다.

【소드 앤 소서리스】에서 그녀는 【섬멸자】 전원에게 PK 사냥을 당한 적이 있었다.

심지어 저주 아이템을 강제로 장비당해 레이드급 드래곤이 서식하는 구멍에 내던져졌다.

뿐만 아니라 구멍에서 탈출한 뒤에도 저주 아이템은 해제되지 않았고, PK를 할 때마다 게이지가 쌓여 한계치에 달하자 자폭하는 악랄한 기능이 있었다. 【섬멸자】 중 한 명은 그것을 【이데의 저주#12】라고 불렀다.

죽어서 부활해도 저주 효과로 능력치가 초기 레벨까지 떨어지며 헤어스타일이 폭탄 머리로 고정되는 예능 효과까지 달렸다. 참 깨알 같은 능력이었다.

#12 이데의 저주 애니메이션 「전설 거신 이데온」과 관련된 용어. 특정 기체에서 사망자가 자주 나와 붙은 별명.

한눈에 PK 유저라고 판별되는 터라 다른 현상금 사냥꾼 유저에게 쫓기는 것은 덤이다.

현실에서는 일수꾼에게 쫓기고, 게임에서는 현상금 사냥꾼에게 쫓기고, 이세계에서는 저승사자에게 쫓긴다.

인생이 고립무원이지만 이것도 다 자업자득이었다.

그래도 자신에게 한없이 관대한 그녀는 제로스를 원망하며 끈질기게 살아오고 있었다.

"동생은 나한테 이용당하려고 태어난 거야. 그런데 감히 나를 거슬러? 두고 봐. 반드시 복수할 테니까!"

정말로 구제불능이었다.

그녀는 잊고 있었다. 동생이 【섬멸자】란 사실을……

그리고 **어떤 의미로는** 그녀를 가장 잘 이해하는 인물임을.

무엇보다 압도적인 레벨 차이를 알지 못했다. 어차피 그녀는 레벨 업에 매달리는 게임 폐인이 아니었으니까.

성공률이 낮은 무모한 복수극이 시작되려고 하고 있었다.

 ## 제8화 아저씨, 오해를 사다

산토르 앞에서 바이크를 내려 걸어서 도시로 들어간 제로스와 루세이는 여기서 큰 문제에 봉착하고 말았다.

도시 가까이 왔을 때는 이미 저녁이었고 숙소는 거의 상인과 용병이 선점해 묵을 곳이 없었다.

이렇게 된 이상 루세이는 제로스 집에 묵을 수밖에 없지만, 손님용 침구류가 전혀 없었다. 독신이라서 손님을 염두에 두지 않고 산 탓이었다.

"죄송하지만 침구가 하나밖에 없어요. 제가 쓰던 거지만, 루세이 씨가 쓰시죠. 저는 소파에서 잘 테니……."

"흐익?! 어떻게…… 만난 지 얼마 되지도 않은 남녀가 한 지붕 아래에서…… 그것도 그대의 침구로?!"

"아니, 왜 그렇게 과잉반응하세요? 만약 실수로 이상한 마음이 들어도 손을 댄 순간 국제 문제라고요."

제로스 집은 남자가 혼자 살기에는 넓었다.

실생활에 사용하는 곳은 침실과 부엌, 거실 정도라서 빈방도 많았다. 기본적으로는 잠만 자는 곳이었다.

루세이는 얼굴을 가면으로 가렸지만, 마음의 동요까지는 감추지 못했다.

오히려 괜한 말까지 꺼내는 바람에 쓸데없이 의식하고 말았다.

"괜히 의식하니까 나까지 기분이 이상하네……. 어쩔 수 없잖습니까? 이 시간대에 빈 숙소를 어떻게 찾으려고요? 포기하세요."

"포기?! 뭘 포기하라고?!"

뇌가 핑크색으로 절여져 있었다.

이 소심하고 덤벙대는 성격이 루세이의 본성이었다. 안면 홍조에 대인 공포증이 있어서 남들 앞에 나서지도, 남녀교제도 불가능한 중증 환자였다.

민얼굴로 대인 관계를 쌓지 못하고 가면 없이는 완전히 방구석

폐인 체질인 못난 인간이었다. 그리고 양갓집 자식이라서 세상 물정에 어둡기도 했다.

"저는 만난 지 얼마 안 된 여성에게 손을 대는 짐승은 아닙니다. 그 부분은 믿어주시면 좋겠는데요……."

"하, 하지만 『남자는 다 하반신으로 생각한다』라고 아버지가……."

'그 아저씨…… 교육을 어떻게 한 거야? 온실 속 화초 수준을 아득히 넘어섰잖아…….'

어머니가 행방불명되어 남자 홀몸으로 키운 탓인지 이성에 대한 편견이 심각했다. 어디 사는 손녀 바보와 비등했다.

하지만 루세이는 결혼 욕심이 있어서 이성에 대한 관심은 많아 보였다. 때때로 기대에 찬 눈빛을 보내는 것이 참 안쓰러웠다.

너무 나이에 쫓기는 것이 아닌가 싶어서 제로스는 진심으로 한숨이 나왔다.

"합의도 없이 관계를 가질 생각은 없어요. 에휴…… 피곤해."

"무, 무례하지 않나! 꽃다운 처녀에게 그렇게 한숨 쉴 것까지는……."

"이제 와서 근엄한 척해 봤자 늦었습니다. 우리 누나와는 다른 방향으로 겉과 속이 다른 사람이라고 알았으니까……."

"헉?!"

이런 허당이라도 상관은 없지만, 솔직히 조금 걱정됐다. 가면이 없으면 사람과 사귀지도 못하는 불쌍한 사람이 아닌가. 교묘한 사기꾼(특히 결혼 사기꾼)에게 홀랑 속아 버릴 것 같은 예감이 들었다.

'분명히 실력은 있지만, 그와 상반되게 너무 순진해. 이 모양으

로 용케 장군이 될 생각을 했어…… 아무리 그래도 이건 아니지. 르페일 족은 인재가 그렇게도 없나?'

"지금 무례한 생각을 하지 않았나?"

"안 했어요. 지금까지 본 현실을 검증했을 뿐이죠."

"그건…… 왜 더 무례하다는 기분이 들지?"

"에이, 착각이에요, 착각. 피해망상이 심하시네. 혹시 찔려서 그러시나?"

"한 거 맞잖아! 내 이것을 당장!"

루세이는 검을 뽑으려고 했지만, 제로스에게 칼자루를 잡히자 꼼짝도 할 수 없었다.

일단 무인의 긍지는 남아 있나 보지만, 가면을 썼을 때와 벗었을 때의 간극이 너무 컸다. 덤벙 장군님은 가면을 썼을 때는 다혈질이었다.

"하다못해 가면 없이 사람과 대화라도 해 보세요."

"으으…… 가족과는 할 수 있네. 하지만 다른 사람과 말하려면 나도 모르게……."

"때와 장소에 따라서 가면은 결례가 돼요. 조금이라도 사람에게 익숙해지는 편이……."

"못 해! 절대로 못 해!"

"그렇게 칼같이?! 이미 포기하셨구만……."

생각해 보면 제로스가 말하기 전에도 그런 시도쯤이야 수도 없이 했을 것이다.

당연히 그녀의 아버지인 라폰 정무 대관장도 시험했으리라. 그래도 고치지 못했으니까 소심한 성격으로 굳어 버리지 않았을까.

진짜 폐인이 되지 않은 것이 천만다행이었다.

"손님용 이불은 교회에서 빌리죠……. 어쩌면 도착하자마자 가족 상봉을 이룰지도 모르겠네요."

"무슨 말인가?"

"제 집에는 손님용 침구가 하나도 없거든요. 그러면 고아들을 돌보는 이웃집에서 빌릴 수밖에요. 그리고 거기 책임자가 루세리스 씨입니다."

"동생과 이웃에 살고 있다고?! 그런 이야기는 한 적 없잖나!"

"아는 사이라고 했잖습니까? 이웃이라고는 안 했어도."

"그런 건 처음부터 말하게! 난 아직 마음의 준비가 안 됐어!"

"어차피 시간문제 아닌가요? 마음의 준비는 이미 하고 오신 줄 알았는데요."

루세이와 루세리스의 대면은 정해진 수순이었다.

혈육이 맞는지 확인하려면 두 사람은 반드시 만나야 하니까.

솔리스테어 마법 왕국에 오기로 마음먹었으면 이미 각오했으리라고 생각했지만, 아무래도 아직 고민하는 중인가 보다.

"언제까지 여기 있을 수는 없잖습니까? 빨리 가죠. 이불이랑 베개를 빌려야 하니까."

"그건 그렇지만…… 으으."

각오가 되지 않았어도 산토르까지 왔으면 이미 늦었다.

갈등하며 걷는 루세이와 함께 아저씨는 우선 양육원으로 갔다.

◇ ◇ ◇ ◇ ◇ ◇ ◇

"후……."

루세리스는 교회 창으로 바깥을 내다보면서 깊은 한숨을 쉬었다.

주인 없는 이웃집 마당에서는 꼬꼬가 평소처럼 수련하고 있었다.

제로스는 한 달 전에 햄버 토목 공사의 나구리에게 연행된 후로 소식이 뚝 끊겼다.

이렇게 오래 집을 비울 줄은 몰랐던지라 조금 걱정이 들었다.

다행이라고 해도 될지 모르겠으나, 쟈네 파티가 호위 의뢰를 맡은 공사 현장에서 우연히 제로스와 만나서 근황을 전해들을 수 있었다.

듣기로는 공사 현장에서 고대 유적을 발견하고 홀로 마물 대군을 섬멸했다는 등 상상을 초월하는 일이 벌어진 모양이었다.

'무사하다면 다행이지만, 적어도 연락이라도 줬으면…….'

보통 먼 지방까지 공사를 나간 인부는 가족에게 편지를 부치고는 했다. 하지만 이번 공사는 공작가가 추진하는 국가사업이고 모종교 국가가 눈치채지 못하게 극비리에 진행되고 있었다.

가도가 생긴 시점에서 이미 의도는 파악됐겠지만, 그렇다고 국가사업의 내용을 함부로 외부에 발설할 리 없었다. 무엇보다 루세리스는 4신교의 수습 신관. 엄연히 메티스 성법 신국 소속이었다.

물론 그녀는 종교를 맹신하지 않으니까 편지로 안부 정도는 알려도 됐을 것이다. 그러나 첩보원이 어디 숨어 있을지 모르므로 루세리스의 안전을 위해서라도 함구하는 편이 나았다.

쟈네 파티도 일이 있다며 교회를 나갔다. 무슨 일인지는 모르지만, 국가의 의뢰라면 비밀로 하는 것도 이해할 수 있었다.

루세리스가 겨우 소식을 접할 수 있던 것도 개통 공사가 끝난 덕분이었다.

"수녀님…… 아직도 제로스 공을 생각하나? 그 사람은 걱정할 필요 없다고 생각하는데."

"맞아맞아, 아찌는 강하니까~. 이리스 누나도 말했어. 세상에서 제일 강한 마도사라고."

"사랑은 복잡한 거야. 죠니는 여심을 몰라~."

"안제, 네가 할 소리냐? 그래도 수녀님도 이제는 깨달았겠지?"

"라디한테 찬성. 그런데 아찌가 선물을 사 올까? 고기, 고기, 고오기! Gogiiiiiiii!"

"뭐라고~! 나는 이렇게 보여도 여자라고!"

루세리스 주변이 시끄러웠다.

하지만 그 소음조차 귀에 들어오지 않았다. 한 달 넘게 무소식이면 걱정도 되리라.

그래도 이번에는 아이들 말이 맞았다.

아저씨에게 물리적으로 위해를 끼칠 수 있는 상대는 거의 없었다.

'으…… 이미 내 마음은 정리가 됐는데, 막상 발을 내딛으려고 하면…….'

루세리스에게는 첫사랑일뿐더러 상대방은 나이 차이가 큰 연상이었다.

어릴 적부터 친구인 쟈네도 같은 사람을 사랑했고, 홀로 고백하기는 무서워서 끌어들이려고도 했었다. 적극적으로 보여도 루세리스는 겁쟁이였다.

일부다처를 인정받는 세상에서 한 번에 두 아내를 거둔다고 문제 될 것은 없지만, 쟈네의 마음도 확실하지 않고 모호한 위치에 머물러 있었다.

"이러는 사이에 아찌가 다른 여자한테 넘어가면 볼 만하겠네."

"뭐~? 죠니, 아찌는 그럴 능력 없어. 백수잖아."

"돈만 있으면 됐지. 생활하는 데 문제없잖아."

"암. 가족을 부양할 수 있으면 문제없지. 돈 버는 법은 사람마다 다른 법이니까."

"고기만 먹을 수 있으면 행복해. 사치는 적이야."

아이들은 의외로 현실을 직시하고 있었다.

한편, 루세리스는 죠니가 한 말이 마음에 걸렸고—.

'다른 여자? 설마 제로스 씨한테 그럴 능력이?! 그 떠돌이 같은 모습으로 여성을 유혹할 수 있을까? 하지만 만에 하나라도 그러면⋯⋯.'

엄청 동요하고 있었다.

그냥 사귀라고 말하고 싶지만, 둘 다 나이 차이를 신경 쓰느라 과감해지지 못했다.

게다가 연애 증후군의 영향으로 마음이 앞서는 탓에 상대를 원하는 본능만 서서히 커지고 본심을 찬찬히 확인할 여유가 없었다.

감정보다 본능이 앞서는 것은 자연 현상이라서 당사자들의 마음이 본능적인 충동을 따라잡지 못했다. 이런 상태가 절정에 달하면 폭주 현상이 일어나건만, 그 위험성조차 머리에서 사라져 버렸다.

성가시기 짝이 없는 생리 현상이었다.

그나저나 아저씨에 대한 루세리스의 평가가 은근히 모질었다.

"루세리스 씨, 손님이 왔나 봐요. 입구에서 노크 소리가 났어요."

"네? 아, 고맙습니다, 이리스 씨. 누구지?"

"목소리가 아저씨 같았어요. 엎혀사는 제가 나가기도 뭣해서……."

"알겠어요. 제가 나가 볼게요."

서둘러 교회 정문으로 가서 잠금을 풀고 천천히 문을 열어 틈새로 밖을 내다봤다.

익숙한 회색 로브가 눈에 들어온 순간, 루세리스는 자기도 모르게 문을 힘껏 열어젖혔다.

"제로스 씨, 어서 오세요! 한 달이나 안 돌아오셔서 걱정 많이 했어요."

"다녀왔습니다. 본의 아니게 걱정을 끼쳤나 보네요."

"쟈네와 이리스 씨에게 소식은 들었어요. 수고 많으셨다고요."

"정말 고생했습니다. 설마 악마가 나올 줄은 몰랐네요~."

"네? 아, 악마요……?"

쟈네 파티는 이더 란테 문 앞에서 싸워서 아저씨가 안쪽에서 악마와 싸운 사실을 몰랐다. 함께 행동했으면 진작 악마한테 죽었을 것이다.

보고 의무가 있어서 크레스톤에게는 알렸지만, 악마의 존재를 외부에 발설할 수 없는 관계로 이 사실은 은폐하기로 결정됐다.

구시대의 도시를 이용하려는데 악마 때문에 사람이 모이지 않으면 곤란하기 때문이었다.

설사 해치웠다고 해도 악마가 다시 나타나지 않으리라는 보장은 없고 그런 소문은 정치 방침에 지장을 주는 폭탄이 된다.

국가사업을 늦출 수도 없는 노릇이라서 왕도에는 스켈레톤과 사령^{레이스} 뿐이라고만 보고했다.

"아차…… 이놈의 입방정. 기밀 사항이니까 비밀로 해주세요."

"네에에에?! 왜 그런 중요 기밀을 가볍게 누설해요! 입단속 하셔야죠!"

"그러니까 입방정이라니까요. 오랜만에 돌아와서 마음이 들떴나 봅니다. 실수했네, 실수."

아저씨는 힘들게 산토르로 돌아와서 살짝 흥분해 있었다.

그 탓에 무심결에 기밀 정보를 인사말로 까발리고 말았다.

"아무튼 그건 넘어가고, 루세리스 씨에게 부탁이 있습니다."

"부탁이요? 뭐죠? 제가 가능한 일이라면 도와드릴게요."

"사실 손님용 이불과 베개가 없어서 며칠 빌리고 싶습니다. 알톰 황국에서 손님이 오셨거든요."

"손님이요? 네, 물론 빌려드려야죠."

"저도 참, 손님용 이불을 안 사 뒀지 뭡니까. 이 시간대에 여관이 비었을 리도 없고요."

"그럼 바로 가지고 올게요."

침구를 가지러 가려던 그때, 제로스 뒤에서 조금 거리를 두고 선 사람이 보였다. 검은 날개를 가진 가면 쓴 여성이었다.

그 여성이 루세리스의 시선을 깨닫고 가볍게 고개를 꾸벅였다.

"……제로스 씨. 손님이…… 그쪽 여성분인가요?"

"네, 알톰 황국에서 온 루세이 에마라 장군님입니다. 우리 집 빈방을 여관 대신 빌려드리려고요. 이제 모포와 베개만 있으면 됩니다."

"아, 안 돼요! 부부도 아닌 남녀가 한 지붕 아래에서 하룻밤을 보낸다뇨! 무슨 사고라도 있으면 어떡해요!"

"네? 사사사, 사고요?!"

어디서 많이 본 패턴이었다.

'설마 진짜 여자를 데리고 오다니……. 이럴 줄 알았으면 조금 더 빨리…… 아니야, 안 돼! 헤픈 여자로 보이면 죽고 싶을 거야. 그럴 용기도 없고…….'

그리고 상당히 혼란에 빠져 있었다.

"아니, 아무리 그래도 그렇게까지는……. 사고 치기 전에 제가 칼에 찔릴걸요?"

루세리스의 속마음도 모르고 아저씨는 그렇게 변명하지만…….

"무슨 계기로 그런 일이 일어날지도 모르잖아요! 목욕탕에서 우연히 마주친다거나 옷을 갈아입다가 깜빡 문을 연다거나……."

"……전에 그런 일이 있었죠. 분위기가 어색해질까 봐 일부러 말 안 했지만."

"거기서 격렬한 감정이 폭발해서 돌이킬 수 없는 일이 벌어질지도 모른다구요?! 사제님께서 말씀하셨어요. 『남정네들은 하반신으로 생각하니까 절대로 믿지 마』라고!"

'또 이 소리! 이 세상 남자들은 얼마나 믿음을 잃은 거야…….'

변명이 전혀 먹히지 않았다.

그리고 사제가 한 말은 생각에 따라서는 진리였다.

치안이 나쁜 이 세상에서 이성에게는 어느 정도 경계심을 가지는 편이 유리했다. 남녀 간 문제로 발생하는 범죄는 의외로 많았다.

하지만 몸을 지키기에는 유효해도 개인의 성격에 따라서는 이성 교제에 혐오감을 갖게 될지도 모를 사고방식이었다.

무엇이든 적당히가 중요하지만, 해석은 사람에 따라서 달라질 수 있었다.

루세리스와 루세이의 경우 신관과 나라의 요인(要人)이었다. 모두 예법과 계율을 엄격하게 교육받는 과정에서 경계심이 살짝 인간불신으로 변했다.

그 탓에 지조가 있다기보다 단순한 겁쟁이로 커 버린 듯했다.

루세이는 결혼 욕구와 지조를 강조하는 교육 때문에 제로스와 한 지붕 아래에서 잔다는 행동에 공포를 느꼈고, 루세리스는 한 걸음 내디딜 용기는 없으면서 루세이에게 질투를 느꼈다. 이것도 다 연애 증후군의 영향일 것이다.

그러나 그런 속사정을 알 리 없는 아저씨는 단순히 이 둘이 어떤 가정교육을 받았을까, 하는 의문밖에 들지 않았다.

남의 눈치 보지 않고 살아온 탓에 상당히 둔했다.

"하아~, 왜 나를 이리도 못 믿으실까……. 아무리 그래도 나라의 요직에 있는 장군님한테 손대지는 않습니다. 귀찮게시리……."

"말이 너무 심한 거 아닌가?! 나는 이성으로 매력이 없다는 뜻인가?!"

"제로스 씨…… 여성을 보고 귀찮다고 하시는 건 좀…… 예의가 아닌 거 같네요!"

'나더러 어쩌란 거지?'

솔직히 말했는데 비난받았다.

울컥해서 속으로 투덜댈 만큼 불합리함을 느꼈다.

"그렇다고 손님을 내쫓을 수는 없잖습니까? 그냥 이 이야기는 이쯤 하고…… 이불이랑 베개를 빌려주실래요?"

"그런가요……. 예비 침구가 몇 개 있는데 그거라도 괜찮을까요?"

"상관없습니다. 제가 쓰는 침대는 루세이 씨에게 드리고 빌린 건 제가 쓸 테니까요. ……이불 한 번 빌리기 힘드네."

"네? 침대는 손님이 쓰시나요? 제로스 씨가 집을 비운 동안에도 이불을 가끔 말리기는 했지만……."

"뭐라고요? 이불을 말려요? 문단속을 하고 가지 않았나……."

거의 납치되다시피 떠났지만, 집 문은 분명히 잠갔다.

그런데 어떻게 이불을 말렸다는 말일까?

"열쇠는 교회 뒷문에 걸려 있는걸요?『잠시 집을 비우니까 집 관리를 부탁드립니다』라는 편지랑 같이. 제로스 씨가 두고 간 거 아니었나요?"

"저는 강제연행 됐잖습니까? 루세리스 씨도 보셨으면서."

"……어라?"

제로스의 의문은 곧바로 풀렸다.

아마도 햄버 토목 공사의 소행이었다. 그리고 지시한 사람은 강제연행을 뒤에서 조종한 모 공작님이리라. 주도면밀하게 계획된 범행이었다.

'새, 생각해 보면 이건 국가 규모의 납치 아닌가? 워낙 별종들이

라서 그러려니 넘겼지만, 이거 국가 주도의 범죄 아냐?!'

집은 햄버 토목 공사가 지었고 그 의뢰인은 델사시스 공작이었다. 마음만 먹으면 여벌 열쇠는 얼마든지 만들 수 있었고, 토목 공사 의뢰를 받게 된 것도 납치한 후 사후 승낙이었다.

처음에 품었던 의문들도 금방 상황에 적응해 작업에 집중하면서 잊게 됐다. 환경 적응력이 뛰어난 것도 마냥 좋은 일은 아닌가 보다.

"계속 이야기가 제자리걸음인데, 일단 모포라도 있으면 빌려주세요."

"……네. 그런데 식사는 벌써 하셨나요?"

"아뇨, 돌아가서 목욕물부터 데우고 그사이에 만들려고요."

"모, 목욕……."

루세리스가 굳었다.

목욕탕이 있는 집은 잘 없지만, 제로스의 집은 부엌 옆이 욕실로 이어졌다.

경우에 따라서는 『꺄아아?! 노ㅇ구, 이 변태!』 같은 이벤트가 벌어질 가능성이 농후했다.

"제로스 씨……. 목욕은 누가 먼저 하나요……?"

"그야 뭐, 손님부터죠."

"요리할 때 탈의실이 보이지 않나요?"

"문이 있는데 보일 게 있겠습니까? 행여라도 엿보려고 하면 목이 뎅겅 날아갈 겁니다."

"그럼…… 루세이 씨가 목욕한 다음은요?"

"저도 피곤하니까, 들어가야죠?"

루세리스는 석화했다.

제로스의 한마디가 그녀에게 어떤 의구심을 불러일으켰다.

"안 돼요, 안 돼! 절대로 안 돼애애애! 제로스 씨, 그거 범죄예요!"

"아니, 왜요?!"

"사제님이 그러셨어요! 『여자 다음으로 목욕탕에 들어가는 인간은 무조건 냄새와 망상을 즐기려는 변태』라고. 제로스 씨가 그런 비윤리적 만행을 저지르게 둘 수는 없어요!"

"무슨 말 같지도 않은 소리를 가르친 거야! 그 사제님과 한 번 주먹으로 대화해야겠네요……. 뭐, 어차피 조만간 만나겠지만……."

제로스, 변태 의혹 부상. 그런 마음은 전혀 없…… 아주 조금은 있을지도 모르지만, 변태는 터무니없는 누명이었다.

결국 감정이 폭발한 루세리스가 감시하러 따라오기는 했으나, 아저씨는 루세이를 데리고 어렵사리 집으로 돌아왔다.

물론 목욕은 제로스부터. 저녁 준비는 루세리스가 대신 맡았다.

 ## 제9화 아저씨, 루세리스에게 출생의 비밀을 설명하다

이러니저러니 하면서도 제로스와 루세이는 저녁 식사를 마쳤다.

하지만 두 사람을 감시하는 루세리스의 눈이 무서웠다.

평소처럼 성녀 같이 웃고 있지만, 등 뒤로 왠지 검은 독기 같은 것이 피어올랐다. 아저씨가 겁먹을 정도였다.

'무서워……. 저 미소가 무서워. 내가 무슨 잘못이라도 했나?'

'뭐, 뭐지…… 이 엄청난 압박감은? 전장에서도 이런 공포는 느 낀 적이 없거늘.'

인간의 영역을 초월한 두 사람이 루세리스가 뿜는 기운에 기가 꺾였다.

두 사람은 이런 공포를 이제껏 느낀 적이 없었다.

루세리스 본인도 깨닫지 못했나 보지만, 이 기운은 흔히 질투라 고 불린다.

결혼은커녕 사귀는 사이도 아니건만, 지금 아저씨와 루세이는 흡사 바람피우다 걸린 유부남과 불륜녀, 고양이 만난 쥐 꼴이었다.

"그런데 루세이 씨는 이 나라에 일 때문에 오셨나요? 제로스 씨 는 영주님 부탁으로 가도 공사를 간 거로 아는데, 루세이 씨랑은 어디서 만나셨죠?"

"무, 무서워어어어어어어어어어어어어!"

불륜녀를 힐문하는 젊은 사모님.

이상할 정도로 정중한 말투가 이 세계 최강급 인물 둘을 공포의 도가니로 떠밀었다.

말 한 번 잘못하면 사람 잡을 분위기였다. 무의식적 행동이란 것 이 더 무서웠다.

"아, 아니, 그게…… 실은 가도 공사 후에 요인 호위 임무를 맡아서 알톰 황국에 갔어요. 그런데 그쪽에서도 다른 일을 맡는 바람에…….'

"그, 그래……. 이건 우리 일족이 반드시 조사해야 할 일이야. 그래서 제로스 공과 솔리스테어까지 동행했지."

"국가 간 문제라면 영주님 저택으로 가셔야 하지 않나요? 왜 제로스 씨 댁에 머물게 됐는지 모르겠네요."

"이래저래 복잡한 일을 끌어안아서 말이죠. 어디서부터 설명해야 하나……. 이게 꽤 예민한 이야기라서……."

"게다가 이 문제는…… 나랏일은 아니다. 우리 일족의 중대사라고 생각해주게."

사람을 위압하는 박력을 내며 어떤 거짓도 놓치지 않겠다는 위압감을 줬다. 어쭙잖은 변명은 용서하지 않겠다는 분위기였다.

도망칠 곳은 없었다. 제로스는 조용히 숨을 내쉬고 공포에 빠진 마음을 달랬다.

월급쟁이 시절 프레젠테이션에서 이런 중압을 벗어나는 방법을 익혔다.

하지만 여기서부터가 문제였다.

얼버무릴 것인가, 아니면 진솔하게 말할 것인가 정해야만 했다.

왜냐하면 이 문제에는 루세리스도 관련되었으니까.

제로스는 결심을 세웠다.

"후우……. 루세리스 씨, 실은 당신께 묻고 싶은 게 있어요."

"저한테요……? 뭐죠?"

"사실은 루세리스 씨가 관계됐을지도 모를 문제입니다. 진지하게 들어주세요."

"아, 네……."

진지 모드로 전환한 아저씨를 보고 루세리스는 당황했다.

자신과 무슨 관련이 있는지 이해되지 않았다.

"거두절미하고 말씀드리죠. 루세리스 씨를 어릴 적부터 아는 인물…… 방금 이야기에도 나온 사제님과 만나고 싶습니다."

"멜라사 사제님을요? 그건 또 왜……."

제로스는 한 호흡 쉬고 침착한 표정으로 말했다.

"여기 계신 루세이 씨가 루세리스 씨의 친언니일지도 모른다고 하면 이해하시겠죠. 그래서 당시 일을 기억하는 사제님과 만나고 싶은 겁니다."

"……?!"

"제, 제로스 공?! 그건……."

루세리스는 제로스가 하려는 말을 이해했다.

루세이도 가능하면 알리지 않고 은밀히 조사하고 싶었지만, 압박 심문을 받으며 비밀을 지키기는 어려웠다.

그래도 루세이는 아직 고민하는 눈치였다.

루세리스의 과거를 알면 혈연관계는 밝혀진다.

하지만 만약 루세리스가 친동생이라면 이대로 신관으로 남아 고아를 돌보게 둘 수는 없었다. 말단이라고는 해도 엄연한 황족이니까.

한 번 인생이 꼬였는데 또 인생을 뒤틀게 될지도 몰랐다.

"저기…… 루세이 씨가 제 언니라는 게 무슨 뜻이죠? 저는 르페일 족이 아닌데요."

"그게 중요한 겁니다. 루세리스 씨에게는 불쾌한 사실이 될 겁니다. 물론 이 시점에서 혈연관계는 판명되지 않았어요. 그래도 이 이야기를 들을지 말지는 루세리스 씨가 직접 정하셔야 합니다."

"앗, 그래서 사제님과 만나고 싶다고……."

175

"이해하셨나 보군요."

제로스는 루세리스에게 두 가지 선택지를 제시했다.

상처받을지도 모르지만 자신의 출생을 아는 길과 과거를 모른 채 지금까지처럼 아무 일 없이 살아가는 길.

루세리스 본인의 사정이라면 그것을 알 권리도 그녀에게 있었다.

그러나 제로스가 이렇게 이야기를 꺼낸 이상, 자신의 과거에 괴로운 진실이 있다는 것은 짐작할 수 있었다. 그래서 준 선택지였다.

과거를 알고 싶으면 이대로 이야기를 듣고, 알고 싶지 않다면 사제에게 루세이를 소개한다.

자신의 과거 문제라면 선택은 루세리스 본인의 몫이었다.

그리고 그것을 선택지로 제시한 것은 제로스 나름의 배려였다.

"제로스 씨, 이야기해주세요."

루세리스는 조용히 말했다.

"괜찮겠습니까? 듣고 나면 굉장히 화가 나실 수도 있는데……."

"그래도 들을게요. 이게 제 이야기라면 도망치면 안 되겠죠."

"……알겠습니다. 제가 아는 범위에서 말씀드리죠."

"제로스 공!"

루세이는 피를 나눈 동생을 끌어안고 싶었다.

하지만 진실을 알면 상처받을 것은 자명했다.

에마라 가문은 루세리스에게 그럴 만한 짓을 했다.

지금이 행복하다면 과거를 버린다고 하여 비난하지 않을 생각이었다.

그러나 루세리스는 그 길을 선택하지 않았다.

"정말로 괜찮죠? 솔직히 기분만 나빠질 수 있어요. 무식과 인습으로 인한 비극이니까요."

"그래도 저는 외면하고 싶지 않아요. 과거가 있으니까 지금 제가 있는 거예요."

"그렇다고 하네요. 루세이 씨보다 훨씬 강하네요. 바로 결단했어요."

"……강하군. 나는 솔직히 두려워. 18년이란 세월이 지난 지금 진상을 밝히면 루세리스 공도 괴롭겠지. 이 죄는 우리가 짊어져야 해."

"저는 왜 고아가 됐는지…… 쭉 알고 싶었어요. 그래서 옛날부터 이 날을 기다렸고 마주할 각오도 했어요. 도망칠 생각도 없어요."

부모 없이 자란 고아라면 한 번은 자기 부모를 알고 싶어 한다.

루세리스도 그런 고아 중 한 명이었다. 도망친다는 선택지는 처음부터 없었다.

"알겠습니다……. 그럼 여기서부터는 숨김없이 말씀드리겠습니다. 아직 혈연관계인지 아닌지 확실하지 않다는 점을 염두에 두고 들어주십시오."

"네, 들려주세요. 제 과거에…… 무슨 일이 있었는지를."

각오는 했어도 막상 이 순간이 오자 두려움은 있나 보다. 루세리스는 가슴 앞에서 양손을 맞잡고 제로스가 들려주는 진실에 모든 신경을 곤두세웠다.

날개 없는 아이, 불륜을 의심하는 뜬소문과 주변에서 쏟아지는 의혹의 시선, 결백을 주장해도 믿어주지 않고 결국 추방 처분. 그러나 추방 전에 아이와 함께 증발…….

제로스는 차근차근 정성을 들여서 설명해 나갔다.

긴 이야기를 마쳤을 때, 루세리스는 어딘지 모르게 피로한 기색으로 제로스를 바라봤다.

"……그러니까 제가 태어난 탓에 어머니가 있지도 않은 죄를 뒤집어쓰고 알톰 황국에서 추방됐다는 건가요……. 예상 이상으로 잔인한 이야기네요."

"게다가 제로스 공의 이야기로 누명이 벗겨질 가능성이 제기됐네. 격세 유전이라는 현상일 가능성이야. 이게 사실이라면 우리는 돌이킬 수 없는 잘못을 저지른 게 돼."

"그래서 어머니의 행방을 알기 위해서 루세이 씨는 이 나라에 파견됐어요. 과거와 마주하기 위해서."

루세리스도 루세이의 마음은 대충 알았다.

아마도 사람들은 그녀를 불륜을 저지른 죄인의 딸로 봤을 것이다. 그래서 어머니의 행방을 알기 위해 여기까지 온 것이다.

그 죄가 누명이라면 만나러 가야 한다고 결심했으리라.

"아버지는 나라를 떠날 수 없는 신분이야. 사실은 직접 어머니를 찾고 싶으실 테지."

"그런가요……."

"침울한 이야기는 나중으로 미루죠. 아직 결정적인 증거는 없습니다."

제로스는 냉정했다.

이것은 어디까지나 현시점에서 판명된 사항일 뿐이며 무엇 하나 확실한 것은 없었다.

DNA 검사라도 하면 바로 드러나겠지만, 이 세계에 그런 기술은 존재하지 않았다.

결국 증거는 직접 찾아야 했다.

"이상이 현재 상황입니다. 그래서 사제님과 만나려고 루세리스 씨에게 협력을 부탁드린 거죠. 뭐, 이것도 루세리스 씨의 선택이 지만⋯⋯."

"진실을 외면하고 살아갈지, 알고서 앞으로 나아갈지, 고르라는 뜻이네요? 알겠어요. 그런 사정이 있다면 도와드릴게요."

"루세리스 공⋯⋯ 정말로 괜찮겠나?"

"저는 솔직히 가족이 어떤 사람들인지 별로 관심이 없어요. 철 들었을 때부터 주위에는 같은 환경에 놓인 아이들뿐이었고, 함께 시간을 보낸 친구들이 가족이었으니까⋯⋯. 현실감이 없다고 해야 할지, 남일 같다고 해야 할지⋯⋯. 당사자인데 이러면 안 되는 거 겠죠?"

"어려서 기억이 없었을 테니까 그럴 수 있어. 모르는 게 약일지 도 모르지⋯⋯. 그래도 우리나라의 치부— 아니, 경우에 따라서는 혈족의 치부를 말해야 하네. 미리 사과하지⋯⋯ 인생을 휘둘러 놓 고 다시 폐를 끼치게 되어 미안하네."

"아니에요. 아직 진상이 밝혀지지도 않았는걸요⋯⋯."

아직 자매라는 확증은 없지만, 그래도 루세이가 고개를 숙인 것 은 그녀 나름의 성의 표현이었다.

◇　◇　◇　◇　◇　◇　◇

　루세이를 침실로 안내한 뒤, 제로스는 루세리스를 배웅하려고 현관 앞까지 나갔다.

　뒤에서는 표정이 보이지 않지만, 적잖은 동요가 느껴졌다.

　주먹이 파르르 떨리고 있었다.

　'그럴 수밖에……. 나라면 도망쳤어. 귀찮기만 한 이야기니까…….'

　과거와 마주하기로 각오한 루세리스는 강인했다.

　하지만 그 진실에서 그녀가 받은 고통은 어마어마할 것이다. 날개 없이 태어났다는 이유로 어머니가 궁지에 내몰리고 나라에서 쫓겨났으니까.

　루세리스 본인의 잘못은 아니더라도 르페일 족으로 태어났다면 이런 비극은 일어나지 않았다. 심지어 어머니는 행방도 알 수 없었다.

　만약 혈연관계가 판명되면 귀찮은 상속 문제에 휘말릴지도 몰랐다.

　"괜찮냐고 묻는 건 눈치 없는 짓이겠죠. 그런 웃기지도 않은 이야기를 들으면 누구라도 심란할 겁니다."

　"네…… 심란하긴 해요. 제가 태어난 탓에 어머니가 추방당했다니…….."

　"그건 아니에요. 그들의 지식과 기술이 퇴화했고, 사람을 의심하면서 진실을 알려고 하지 않은 짧은 생각이 원인이죠. 무엇보다 태어날 아이는 나라도 모습도 정할 수 없어요."

　"적어도 태어난 게 죄는 아니라는 말씀인가요?"

"애초에 죄가 있기나 합니까? 저는 그것부터가 의문이네요."

격세 유전은 예측할 수 없는 자연현상이었다. 태어나는 아이뿐 아니라 부모도 어쩔 수 없었다.

제로스의 입장에서 보면 사랑해서 태어난 생명에게 죄는 없었다. 처벌은 만부당천부당한 처사였다.

구태여 말하자면 축복받아야 할 생명에 악의를 보내는 환경이 처벌받아야 하지 않은가. 날개의 유무는 표면적인 이야기일 뿐, 천박한 의심과 모욕적인 조소를 보내는 자들이 문제였다.

"어쨌거나 사제님에게 묻지 않으면 모를 문제니까 이야기를 듣고 고민해도 늦지 않습니다. 지레짐작으로 자책해서 좋을 거 없어요. 지나간 과거보다 현재를 보자고요."

"긍정적이시네요. 아까는 그렇게 말했지만, 이제야 실감이 들어요. 만약 루세이 씨와 제가 가족이라고 밝혀지면……."

"밝혀진다고 지금 삶을 포기할 수 있나요? 무가(武家)의 핏줄이라고 거기에 속박될 필요는 없어요."

"자유롭게 살아도 된다는 말씀인가요?"

"당연하잖아요? 루세리스 씨의 삶을 부정할 권리는 아무도 없어요. 정말 위험하면 저도 지켜드리겠습니다. 오히려 오버, 킬……?(웅?)"

여차하면 루세리스를 지키기 위해 알톰 황국 장군과 싸우겠다. 그렇게 생각했을 때, 제로스는 자신의 힘이 얼마나 비상식적인지 새삼스럽게 떠올렸다.

분명히 르페일 족은 강한 종족이고 고레벨을 동시에 여럿 상대하려면 조금 애먹을지도 모른다.

하지만【섬멸자】가 진심을 다하면 어떻게 될까?

그 답은 뻔했다.

아저씨의 등에 식은땀이 흘렀다.

싸움이 벌어지면 제대로 조절할 수 있을까— 그것이 문제였다.

일방적인 유린도 가능은 하겠지만, 그런 짓을 벌이면 오히려 루세리스가 내몰릴 수 있었다. 이타심 강한 그녀가 희생되는 목숨의 무게를 견딜 수 있을 리 없었다.

'이건 생각 이상으로 섬세한 문제야.'

제로스와 알톰 황국의 전사단이 충돌하면 다치는 것은 틀림없이 루세리스다.

몰살하면 루세리스가 책임을 느끼고 알톰 황국에 투항할 가능성도 있었다. 아저씨는 강대한 힘을 어떻게 다루어야 할지 고민스러웠다.

그런 생각을 하는데 불현듯 루세리스가 제로스를 쳐다보는 것을 깨달았다. 공연히 뺨이 붉어졌다.

"왜, 왜 그러시죠?"

"아, 아뇨! 그게 저…… 지금, 지켜주신다고 하셔서……."

"말했죠. 루세리스 씨를 지키기 위해서라면 알톰 황국 정도는 막아 내겠습니다."

그렇게 말한 순간, 루세리스는 그대로 고개를 숙이더니 뜬금없이 제로스에게 안겼다.

"뭣, 뭐, 뭐뭐…… 뭐죠, 갑자기?!"

"죄송해요…… 잠깐이면, 잠깐이면 돼요. 이대로 있어 주세요……."

어깨에 손을 올렸다. 루세리스는 떨고 있었다.

아마도 불안했을 것이다.

하지만 그런 자신을 지켜준다는 제로스의 말에 뛰는 가슴을 억누르지 못하고 충동적으로 안기고 말았다. 제로스도 루세리스의 마음을 짐작했는지, 무의식적이지만 다정하게 감싸 안았다.

'그래. 불안하겠지. 갑자기 나타나서 『당신은 황족의 피를 이은 무가의 일원입니다』라고 말해도 혼란스럽기밖에 더 하겠어? 지금은 이대로 진정될 때까지…… 응?'

시선을 느끼고 주변을 돌아보자 집 옆에 세워진 볏단 뒤에서 이쪽을 훔쳐보는 사람이 보였다. 굉장히 기대에 찬 눈으로 구경하는 파워풀한 아이들이었다.

아마도 인기척을 없애는 【은형(隱形)】 스킬까지 썼다.

"아찌, 지금이야! 뽀뽀해!"

"수녀님은 장래가 유망해. 지금 잡아 둬, 남자잖아!"

"흠…… 내년에는 수녀님의 아이를 보게 될까? 나는 누님이라고 불리고 싶군."

"나도 언니라고 불리고 싶어!"

"오늘 밤은 고기 파티…… 활활 불타고 맛있게 먹히는 거야."

'저것들이……. 너희가 엿보기 상습범이냐? 설마 매일 이러고 다니는 건 아니지?'

기척을 지우는 기술이 이상하게 뛰어났다.

제로스가 보기에는 아직 조잡하고 미숙한 수준이지만, 적어도 어린애가 쓸 수준은 아니었다.

"큰일 났다, 아찌한테 들켰어! 난 도망칠래."

"쳇! 역시 아찌한테는 들키나……. 수련이 부족해."

"들켰다면 당당히 칼을 뽑으면 된다. 숨는 건 명예롭지 못해."

"아니, 뽑으면 안 되지?! 고기가 된다고! 맛있게 잡아먹힌다고!"

"아찌가 구울이냐? 사람을 왜 먹어? 그보다 빨리 이탈해!"

들켰다고 깨달은 아이들은 도망치는 속도도 번개 같았다.

마력으로 신체 강화까지 사용해 전속력으로 달려갔다.

아주 훌륭한 전선 이탈이었다.

"도망치는 속도 한번 겁나게 빠르네. 저걸 칭찬해도 될까……
응? 루세리스 씨, 왜 그러시죠?"

그 후에 남은 것은 어이없어하는 아저씨와 아직 제로스에게 안
긴 루세리스였다.

기분 탓인지 몰라도 떨림이 아까보다 심해졌다.

그리고…….

"흐냐아아아아아아아아아아~!"

수치심 담긴 비명이 밤하늘 아래 울려 퍼졌다.

그 직후, 루세리스가 쏜살같이 달려갔다.

이때 아저씨는 루세리스와 루세이가 혈연이라고 확신했다.

짙은 숙맥의 핏줄이었다.

"……왜, 왜 나한테는 남자가 생기지 않지? 세상은 불공평해……
우우."

2층에서 두 사람을 처음부터 지켜보던 루세이는 동생일지도 모
르는 루세리스가 부러웠다.

22년 차 솔로. 혼기를 놓친 그녀의 결혼 문제는 앞으로도 점점 심각해질 것이다.

그래도 응원 말고는 해줄 수 있는 것이 없었다.

과연 그녀에게 봄날은 올까? 아직은 아무도 모른다.

4신교의 신관에는 여러 파벌이 존재한다.

권력 추구에 빠진 【권력파】, 봉사와 베풂을 가장 중요시하는 【온건파】, 그 외에도 【원리주의파】나 【개혁파】 등 세기 시작하면 끝이 없다.

그중에서 가장 세력이 큰 곳이 【권력파】, 파벌로 인정조차 받지 못하는 곳이 【맹신파】, 즉, 【4신교 혈련 동맹】이라는 집단이었다.

【맹신파】는 【권력파】가 커지면서 함께 성장한 파벌이고 말 그대로 4신을 맹신하는 맛 간 인간들이었다.

그런 이들의 세력이 왜 커지냐면 더러운 일을 떠넘기기 편리하기 때문이었다.

종교를 맹신한다는 것은 그럴싸한 말로 구워삶으면 누구보다 이용하기 쉽다는 말이다. 【권력파】가 그들을 우대하는 이유도 『신의 계시』라며 지시하면 어떤 저열한 짓이라도 수행하기 때문이었다.

예를 들어 고아들을 그들이 모이는 신전에 떠넘겨 써먹기 좋은 부하로 키우거나 정치 정세가 안정되지 않은 타국에 포교라는 명목으로 정보 수집을 보내는 등 귀찮은 일을 모두 맡겼다.

그런 【4신교 혈련 동맹】을 감시하는 부서가 이단 심문부였다.

이단 심문부는 혈련 동맹을 기용해 심문관으로 이용하면서 감시도 병행하는 효율적인 방식으로 운용됐다. 범죄자에게 면죄부를 주고 더러운 일을 처리하는 것 또한 이곳의 관할이었다. 흔히 말하는 어둠의 부서였다.

하지만 이번 작전은 그 성질상 일반 신관으로 잠입했던 혈련 동맹을 소집했다.

현재 이단 심문관 간부들은 숲 속에서 혈련 동맹 맹신자들을 멀리서 감시하고 있었다.

"히히히, 바보들은 이용당하는 줄도 모르는군. 어차피 죽을 텐데 기특하기도 하지~."

"이번 일은 순교니까. 저것들은 기쁘게 신의 곁으로 갈 거야. 죽으면 끝인 줄도 모르나."

혈련 동맹에 소속한 신관들은 작은 병에 담긴 액체를 숲 속에 뿌리고 다녔다.

이 액체가 바로 【사향수】. 마물을 불러 모으는 아이템이며 각국에서 사용이 금지된 약물이었다.

효과는 한 달 이상 지속되며 그 기간 동안 무수한 마물이 모여서로를 죽고 죽인다.

신관들은 【헬즈 레기온】의 위협으로부터 신국을 지키기 위해, 그리고 신에게 거역하는 솔리스테어 마법 왕국에 벌을 내리기 위해 순교를 명받았다.

솔리스테어 마법 왕국까지 가는 긴 길목에 사향수를 뿌려 【그레이트 기브리온)을 유도하는 것이 그들의 사명이었다.

솔리스테어를 노리는 이유는 마도사가 신의 가르침을 부정하는 존재고 그런 마도사의 나라 자체를 용납할 수 없기 때문이었다.

그러나 진짜 이유는 솔리스테어 마법 왕국으로 유도하는 편이 피해가 적어서였다.

솔리스테어 마법 왕국은 메티스 성법 신국의 남동쪽에 위치해 산을 따라서 기브리온을 유도하면 메티스 성법 신국의 도시는 공격받지 않는다. 그러면 피해는 최소한으로 줄고 덤으로 꼴 보기 싫은 정적도 배제된다.

많은 맹신자를 희생하여 가상 적국과 국내 문제를 한 번에 정리하는 계획이었다.

"오, 선봉이 왔나 본데? 그럼 도망칠까."

"그래, 벌레 따위 상대할 마음도 안 드니까 얼른 빠지자고. 우리가 즐기는 건 좀 더 나중이야."

"흐헤헤헤, 그렇고말고. 이제부터 인간을 실컷 죽여야 하는데 여기서 죽을 순 없지."

이단 심문관은 말을 타고 퇴각했다.

그로부터 얼마 지나지 않아 기브리온을 포함한 바퀴벌레 마물들이 맹신자들을 먹이로 인식하고 달려들었다.

산 채로 먹히는 맹신자들의 비명이 숲 이곳저곳에서 울려 퍼졌다.

곧 이 무리는 똑같은 방식으로 유도되어 솔리스테어 마법 왕국으로 접근해 갔다.

하지만 여기서 큰 문제가 발생한다. 원래 마물 폭주나 헬즈 레기온은 강력한 마물에게 쫓기거나 과잉 번식으로 식량이 부족해서 시작되는 경우가 많았다.

【사향수】의 효과는 분명히 강력하지만, 효과 범위가 한정되어서 범위 밖에 있는 거대 바퀴벌레는 의도하지 않은 방향으로 나아갔다. 이렇게 무리는 서서히 확산되어 갔다.

결국 솔리스테어 마법 왕국으로 접근하는 헬즈 레기온은 메티스 성법 신국을 덮쳤을 때보다 오히려 수가 줄어들어 있었다. 이건 처음부터 완벽한 작전이 아니었다.

결국 확산된 부하들, 독일 바퀴와 일본 바퀴 따위가 메티스 성법 신국에 대량으로 남아서 국내로 퍼져 나가게 된다.

계략이 반드시 성공하지는 않는 법이다.

 ## 제10화 아저씨, 멜라사 사제장과 대면하다

이른 아침, 루세리스가 꾸리는 교회 앞에 한 손님이 찾아왔다.

신관 특유의 흰 로브를 입은 초로의 여성은 이곳 산토르에서 여러 방면으로 유명한 인물이었다.

백발이 희끗희끗한 금발을 무성의하게 뒤로 묶고, 장신에 나이를 무색하게 할 만큼 허리가 꼿꼿했다. 길게 찢어진 눈매는 솔직히 말해 무섭지만, 군데군데 후줄근한 차림새가 인상을 제법 바꾸어 놓았다.

어디 사는 대현자님과 풍기는 분위기가 비슷했다.

"기어코 이 날이 왔구먼······. 길었던 것 같기도 하고 짧았던 것 같기도 해······."

그녀의 이름은 멜라사. 성은 없었다.

어릴 적 양육원에 들어왔고 그전에는 어디에나 있는 부랑아였다. 당연히 몇 번이나 탈주를 시도한 문제아이기도 했다. 그녀는 살기 위해서 공갈과 좀도둑질, 소매치기에 구두닦이 등 안 해 본 일이 없었다.

어느샌가 고아들을 통합해 일대 세력의 정점에 섰지만, 성장하면서 언제까지고 뒷골목 항쟁이나 할 수는 없다는 생각에 신관이 되기로 마음먹었다.

그 동기가 『신성 마법이 있으면 굶어 죽지는 않겠다』라는 단순명쾌한 이유로, 신의 가르침 따위는 처음부터 믿지 않았다. 그런 주제에 열여섯 나이에 의기양양하게 메티스 성법 신국으로 수행을 떠났다.

원래부터 리더십이 강하고 남을 잘 돌보며 때때로 상상을 초월하는 말썽을 피워도 사람들에게 사랑받던 그녀는 어느새 사제 총괄관 자리에 앉아 있었다.

마음에 안 드는 점이 있다면 권력에 눈먼 사제들이었다. 평소에는 서로의 발목을 잡기 바쁜 속물들이 그녀를 끌어내리기 위해서 단결하여 포교 활동을 명목으로 사실상 국외 추방으로 몰아넣는 데 성공했다.

그러나 멜라사는 귀찮은 직위에서 해방됐다고 되레 기뻐하며 고향땅 솔리스테어 마법 왕국으로 돌아왔다. 그렇게 시작된 방탕한 생활이 오늘날까지 이어졌다.

그런 과거를 가진 멜라사가 솔리스테어 마법 왕국에서 양육원을 연 것은 『꼬맹이들도 살 권리가 있어. 동냥만으로 사람이 어떻게 살아가겠어? 그건 아무런 해결도 안 돼』라며 선천적인 반골 정신을 발휘해 고아들을 돌본 것이 계기였다.

무료 배식으로 노숙자가 구제되리라고 생각하지 않은 그녀는 일을 알선하거나 고아들에게 직업 경험을 시켜주며 생각나는 방식을 닥치는 대로 행동에 옮겼다.

일은 계획성 따위 없이 막무가내로 진행됐다.

고아 출신인 까닭인지 금방 노숙자와 부랑아들을 하나로 뭉친 그녀는 많은 사람을 갱생시켰다. 억지로라도 시켰다.

대쪽같은— 혹은 불도저 같은 호쾌한 성격은 많은 사람에게 호감을 샀고 사람들은 그녀를 사제장이라고 부르기 시작했다. 협력자는 언제나 끊이지 않았다.

하지만 그런 그녀에게도 치명적인 단점이 있었으니, 바로 술과 도박이었다.

심지어 도박에 무지 강해서 속임수를 간파하거나 혼자 돈을 쓸어 담는 탓에 그쪽 방면 사람에게는 꽤나 원한을 샀다. 몇 번인가 살인 청부를 당하고 그때마다 격퇴하거나 미꾸라지처럼 빠져나와 붙은 별명이 【방탕 사제】.

결국은 그 바닥의 대장에게 인정받아 음지의 인간들도 【큰 누님】이라고 부르며 따르는 거물로 이름을 떨치게 됐다.

노숙자부터 기술자, 더 나아가 범죄자까지. 그녀의 교우관계는 폭넓고 뒤죽박죽이었다.

그런 그녀가 지금 교회를 찾은 이유, 그것은…… 어떤 사실을 전하기 위해서였다.

"루는 일어났으려나."

멜라사 사제장은 교회 문을 난폭하게 두드렸다.

"……루 저 녀석, 왜 아침부터 저렇게 멍해?"

"어제 아저씨가 돌아온 뒤로 쭉 저래……."

쟈네와 이리스는 아침부터 상태가 이상한 루세리스를 걱정스럽게 보고 있었다.

아침 일과인 예배당 청소를 할 때도 마음이 다른 곳에 가 있는지 평소 같은 빠릿빠릿함이 전혀 없었다.

수심에 찬 표정을 짓는가 하면 갑자기 얼굴을 붉히며 몸부림치기도 하고, 그 기묘한 행동이 끝나더니 무거운 한숨을 쉬기도 했다. 보는 사람이 살짝 기분 나쁠 정도였다.

이 태도는 마치―.

"상사병인가?"

""뭐?!""

레나의 말에 두 사람이 일제히 돌아봤다.

"어제까지는 평소랑 똑같았는데?!"

"남자…… 남자는 누구야?!"

"쟈네…… 그거 아빠가 할 대사 아니니? 남자야 한 명밖에 더 있어?"

"'앗…….'"

쟈네와 이리스의 뇌리에 회색 로브 아저씨 마도사가 아하하하하 상쾌하게 웃으며 손을 흔드는 모습이 떠올랐다.

그렇다. 루세리스의 주변에 있는 남자라고 해야 몇 명이나 있겠는가. 소거법으로 아저씨밖에 없었다.

"서, 설마…… 그 아저씨한테 무슨 짓 당했어?!"

"쟈네 씨…… 그것도 아빠가 할 대사."

"우후후…… 루세리스 씨 성격으로 선을 넘으면 얼굴에 티가 날 거야. 엄청 들뜰걸? 혹시 결혼을 전제로 고백이라도 받았나?"

"'겨, 결혼?!'"

결혼. 그 단어는 이리스와 쟈네를 다시 동요시켰다.

현시점에서 교회를 운영하는 사람은 루세리스였다. 그녀들은 숙박비가 없을 때는 교회를 긴급 피난처로 이용했는데 루세리스가 결혼하면 앞으로 교회를 쓸 수 있을지 어떨지 미지수였다.

원래 이곳은 고아 보호 시설이다. 사실 여관 대신 이용하는 것 자체가 문제였다.

지금까지는 루세리스의 선의로 묵었으나, 그녀가 결혼해서 교회 관리자가 바뀌면 지금처럼 이용할 수는 없으리라.

항상 돈에 쪼들리는 용병 세 사람에게는 심각한 사태였다.

"자, 잠깐…… 아직은 추측일 뿐이잖아? 일단 신중하게 생각하자."

"그러게. 확실히 그 아저씨랑 결혼은 좀…….'"

"사실 애들한테 이야기를 들었어. 어젯밤에 둘이 껴안고 있었대."

““뭐, 뭐라고오오오~?!””

충격 특종! 『산토르의 성녀님, 백수 아저씨 마도사와 열애 현장 발각!』. 『연상연하 커플?! 남몰래 지켜보던 루세리스 팬들 오열!』. 그런 가십 기사가 두 사람 머릿속에 저절로 떠올랐다.

“아저씨…… 어느 틈에.”

“루도 어느새 그런 관계가 됐지? 전혀 몰랐어…….”

“루세리스 씨는 쟈네랑 같이 시집갈 생각이던데? 이제는 쟈네만 결심하면 돼.”

“나, 나는 그딴 아저씨한테 별 감정 없거든?!”

““거짓말!””

쟈네가 전에 감기로 앓아누웠을 때 약을 가져다준 사람이 제로스였다.

그 사실을 알려준 사람은 루세리스였다. 교회에서 가끔 여자들끼리 술자리를 가지는데 취기가 올라 그만 입이 가벼워진 탓이었다.

그때 병이 사실은 감기가 아니라 감염증이었고 자칫 잘못하면 죽었을지도 모른다고 들었을 때, 쟈네는 등골이 오싹했다. 그 치료약을 루세리스에게 제공한 사람이 제로스란 것을 알게 된 뒤부터 쟈네는 조금씩 아저씨를 의식하고 있었다.

“레나 씨…… 쟈네 씨랑 루세리스 씨가 결혼하면 우리 파티는 어떻게 돼?”

“으음…… 제로스 씨는 말이 통하는 사람이니까 아내를 묶어 두지 않을 거야. 쟈네는 묶이면 좋아하지만…….”

“뭐?! 쟈네 씨, 그, 그런 거 좋아해?”

"누가 피학 성애자야!"

""괜찮아. 제로스 씨(아저씨)는 사디스트니까 찰떡궁합이네.""

레나의 말은 가정에 묶인다는 의미였다. 절대로 SM에 관한 말이 아니지만, 곡해해서 제 무덤을 파는 불쌍한 쟈네였다.

이렇게 보여도 쟈네는 소녀 같은 취향을 가졌고 요리와 재봉 등 가사에 능했다.

가끔씩 귀여운 인형을 자작하거나 순정 만화에 몰입하기도 했다. 그런 그녀의 소소한 꿈은 행복한 가정을 꾸리는 것이었다.

속은 아직 꿈꾸는 소녀였다.

"너희는 정마아아아알~!"

얼굴이 홍당무가 됐다. 이미 쟈네의 라이프는 0이었다.

세 사람이 그렇게 수다를 떠는 와중, 예배당 쪽에서 문을 똑똑 두드리는 소리가 들렸다.

"쟈네, 손님 왔나 봐."

" 쟈네 씨, 안 나가도 돼?"

"교회에 온 손님이잖아? 루가 나가야지."

—쿵쿵! 쾅쾅! 우득! 콰직!

""".................""

노크가 차차 문을 때려 부수는 소리로 변해 갔다.

성질이 급한지 아니면 단순한 심술인지는 판단이 서지 않았다.

"루세리스 씨, 위험한 곳에서 돈 빌린 거 아니지?"

"그, 글쎄? 그래도 혹시 모르니까…… 함부로 열면 안 되겠어."

"……나, 알아. 이렇게 요란하게 노크하는 사람은…… 그 사람밖에 없어.”

쟈네만이 이 흉악한 노크의 주범이 누구인지 예상했다.

쟈네는 어릴 때 같은 경험을 한 적이 있었으니까.

당시에는 무서워서 침대에서 이불을 뒤집어쓰고 떨고는 했다.

어느 날 갑자기 사라져서 며칠 뒤 아침에 불쑥 돌아오던 사람.

게다가 귀찮은 일을 몰고 와서 대소동으로 발전시키는 일도 왕왕 있었던 극도의 말썽꾼.

쟈네와 루세리스를 키워준 부모이기도 한 【방탕 사제】였다.

『으잉~? 해가 중천인데 아직 자빠져 자? 도끼라도 가져와서 문을 콱 부숴…….』

“으아아아?! 잠깐, 지금 열 테니까 기다려!”

쟈네가 쏜살같이 달려가서 문의 빗장을 벗겼다.

부순다고 하면 정말로 부수는 인간이었다.

문을 열자 낯익은 노사제가 히죽거리며 서 있었다.

“뭐야? 있으면 꾸물대지 말고 빨리 열 것이지. 괜히 힘쓰게 하고 있어.”

“역시 멜라사 사제님……. 뜬금없이 찾아와서 문을 부수려고 하지 마……. 루한테 피해가 가잖아.”

“헹! 그러게 문을 후딱 열었어야지? 나는 늙어서 갈 날도 멀지 않았어. 괜히 시간 낭비하면 수명이 아까워.”

“그렇다고 보통 문을 부수지는 않지…….”

“벽이 있으면 부수고 가는 게 나다. 너 나 하루 이틀 보냐?”

“와아아…… 독불장군 타입이다.”

지나치게 호쾌한 언동에 레나와 이리스는 거부감부터 느꼈다.

앞뒤 생각 없이 그때그때 기분에 따라서 사는 사람 같았다. 곰방대를 물고 뻐끔뻐끔 연기를 내뿜는 모습이 도저히 종교에 몸담은 인간이라고 생각하기 어려웠다. 배교자라면 모를까.

"흥…… 여전히 젖은 크구만. 남자가 주물러주던?"

"뜨, 뜬금없이 무슨 소리야?! 그런 사람 없어!"

"뭐야? 아직도 없어? 너 그러다 노처녀 돼. 빨리 아무 남자나 잡아서 애나 만들어."

"그게 사제가 할 소리야?!"

"당연하지. 남자랑 붙어서 애를 만드는 건 자연의 이치인데 뭐가 문제야! 오히려 나는 처녀를 신성시하는 사상이 소름 끼쳐."

굉장히 직설적인 사람이었다.

"법황도 뒤에서는 성녀랑 뒹구는 판국에 다른 사람이 성욕에 빠지면 안 될 이유가 어디 있어?"

"그런 스캔들은 어떻게 알아?! 세상에 드러나면 위험하잖아!"

"……그 자식은 옛날부터 로리콤 기질의 사디스트였어. 그런 놈이 지금은 법황이라고 설치니 원, 세상 말세야."

"……사제님이 그 나라에서 추방된 이유를 알 거 같아."

"엄청 자유롭게 사는 사람이네. 이단 심문 안 당하나……."

법황도 당당하게 욕하는 여걸. 그것이 멜라사 제사장이었다.

이런 호쾌한 성격이라도 도리는 지켰다. 그래서 그녀를 존경하는 사람은 많았다.

그녀가 이단 심문을 받지 않는 이유는 이단 심문관을 모두 물리

치고 따돌려 버리는 실력자이기 때문이었다.

막아서는 이단 심문관을 모조리 때려눕히고 가로등에 나체로 거꾸로 매단 일화는 아직도 전설로 내려온다. 신관 한 명을 이단으로 처벌하는 것보다 피해가 훨씬 컸다.

아울러 다른 신관들이 숨기고 싶어 하는 뒷사정을 민중에게 폭로해 지위를 박탈당한 자가 부지기수. 적으로 돌리면 무서운 여제였다.

"로리콤 법황 얘기는 넘어가고, 루는 어디 있어?"

"뭘 넘어가. 그런 변태는 빨리 처리하는 게 세상에 이로워!"

"암, 그런 썩어빠진 나라는 확 망해 버리라지. 신이 있으면 그래야 해, 하하하하♪"

"'웃을 일이 아니야……. 희생되는 사람들이 불쌍해.'"

멜라사는 껄껄 웃으며 거침없이 교회 안쪽으로 나아갔다.

이 사제장을 멈출 수 있는 자는 아무도 없었다.

쟈네가 멜라사 사제와 대화하던 무렵, 루세리스는 제로스와 루세이를 만나고 있었다.

아저씨 집이 교회 뒤에 있어서 당연히 뒷문으로 맞아들였다.

목적은 멜라사를 만나기 위한 상담이었다. 이때는 설마 본인이 교회에 와 있는 줄은 모르고 오늘 행동 방침을 의논하고 있었다.

"남쪽에도 양육원이 있나요?"

"네. 그곳 책임자면서 다른 사제님을 감독하는 사람이 멜라사 사제장님이에요. 업무를 다른 사람에게 떠넘기고 놀러 다니기 일쑤지만요."

"그런 사람이 사제라고? 굉장히 무책임한 인물처럼 들리는데……."

"그런 사람 맞아요. 다른 사제님들도 울면서 하소연할 정도예요……."

"어떤 사람이길래?"

제로스와 루세이는 사제장이라는 인물의 윤곽이 잡히지 않았다.

술과 도박에 빠져 살고 일반인부터 범죄자까지 폭넓게 존경받는데 직업은 사제…… 정상적인 인간이 아닌 것만은 확실했다.

"만나러 와줄까요?"

"글쎄요? 다른 사제님들도 사제장님이 어디 계신지 모른다고 하세요. 운이 없으면 옆 나라까지 가셨을지도 몰라요……."

"엄청나게 발이 넓으신가 보네요."

"나쁜 분은 아닌데 행실이 좀……."

쉽게 말해 행동력이 너무 강해서 약속을 잡기도 어렵다는 말이었다.

기분에 따라서 목적지가 휙휙 바뀌는 탓에 심할 때는 두 달 가까이 돌아오지 않는 일도 있어서 붙잡기가 쉽지 않았다.

"마치 세상을 누비는 그 대괴도 같군……. 책으로 조금 봤을 뿐이라 자세히는 모르지만."

"앗, 저도 봤어요. 3대째에 검의 달인에 저격수죠[#13]?"

'……어째 캐릭터 세 명이 하나로 뭉친 것 같은데?'

#13 3대째에 검의 달인에 저격수죠 애니메이션 「루팡 3세」의 패러디.

공통의 화젯거리로 이야기꽃을 피우는 두 사람과 찜찜함을 떨치지 못하는 아저씨.

 새삼 일본 애니메이션 문화의 영향과 짝퉁의 심각함을 알게 됐다. 원작자가 알면 다이너마이트를 가지고 쳐들어올 수준이었다.

 오리지널 요소가 전혀 없이 대충 설정을 가미했을 뿐인 짝퉁 냄새가 코를 찔렀다.

 "히로인이 좋지 않나요? 사연 있는 미술품을 훔치거나 봉인하는……."

 "음, 왠지 의상이 웨딩드레스인 게 이상하지만……."

 "히로인……. 이쪽도 가짜구만. 판본을 싹 다 재검토해야겠어……."

 이러한 책들의 출처는 대부분 메티스 성법 신국의【메티스 성법 출판】이었다.

 최근에는 각국이 규제에 나섰고 거리에서 파는 신문으로도 대대적으로 보도하고 있었다.

 여담이지만 아저씨는 그 신문 네 컷 만화가 마음에 들어 충동적으로 신문을 사기도 했다.

 뭐, 아무튼 제로스는 나라의 대응이 너무 늦다고 한탄했다.

 "만화 이야기는 넘어가죠. 지금은 사제장과 어떻게 만나느냐가 문제예요."

 "그렇죠. 멜라사 사제장님은 신출귀몰하니까 어디에 나타나실지 몰라요."

 "무슨 크립티드도 아니고……. 발견하면 현상금이라도 받아야겠어요."

"응~? 나 찾냐? 그래도 난 도둑질은…… 별로 안 했어. 협박은 늘 하지만."

"""으악?!"""

갑자기 들린 목소리에 놀라 돌아보자 초로의 여성 사제가 서 있었다. 그 뒤에는 머리에 손을 대고 그녀의 행동에 골머리를 앓는 쟈네 일행이 있었다.

너무 갑작스러워서 아무도 깊이 생각하지 않았지만, 멜라사 사제는 분명히 이렇게 말했다. 『도둑질은 별로 안 했다』라고.

그 말은 하긴 했다는 뜻이었다. 상습범이 아닐 뿐이지.

뭐 이런 사제가 다 있나 싶지만, 이때는 아무도 그것을 의문시하지 않았다.

"메, 멜라사 사제님…… 왜 이런 이른 아침에……."

"루, 너한테 할 말이 있어서 왔다. 우선 양육원에서 시작한 약초 재배는 제법 순조롭게 진행되고 있어. 만드라고라는 때려치웠지만."

"그, 그런가요……?"

"그리고 너한테 중요한 이야기가 있어서 왔는데…… 보아하니 수고를 덜겠구먼."

"네? 수고를 덜어요? 그게 무슨 뜻이죠?"

루세리스는 어리둥절했지만, 멜라사의 눈은 루세이에게 향해 있었다.

정확하게는 등에 난 검은 날개였다. 멜라스는 그것을 보고 상황을 대강 짐작한 모양이었다.

그러나 곧 굉장히 음흉한 웃음을 지었다.

"흐흐…… 그 남자가 루의 **이거**냐? 매가리 없게도 생겼구만. 게다가 마도사야? 이단 심문관한테 안 걸리게 조심해라."

"네에에?! 갑자기 무슨 말씀을…….."

"나는 딱히 결혼에 반대하지는 않아. 마도사든 기사든, 누구에게 반하든 참견 안 한다. 그래도 그렇게 생각하지 않는 돌머리도 있지."

초로의 여사제는 새끼손가락을 세워서 히죽댔다.

하지만 그 표정은 왠지 묘하게 진지했다.

놀리는 것인지 경고인지, 아니면 축복하는지 모를 말투였다.

"그래서 이미 할 건 했고? 쟈네는 나이를 먹어도 겁쟁이라서 걱정이야. 그래 가지고 둘 다 시집이나 가겠냐?"

"웨, 웬 결혼 타령이에요?! 저희는 아직 그런 관계가…….."

"사제님?! 나도 남자는 딱히…….."

"이보게…… 나이 차이니 뭐니 세세한 건 안 따지겠네. 이 둘이랑 빨리 결혼하지 않겠나? 이대로 두면 노처녀로 늙어 죽겠어."

"저까지 끌어들여요?! 이 사람, 상상 이상으로 막 나가네."

상대하기 껄끄러운 사람이라고 제로스는 생각했다.

"쟈네 씨, 이제 용병 길드 가야지."

"그래. 좋은 일을 다 뺏기겠어."

"으…… 어쩔 수 없지. 루, 잠깐 용병 길드에 다녀올게."

"쟈네, 숙박비도 제대로 못 벌면 얼른 시집이나 가. 용병처럼 불안정한 직업은 오래 못 가! 무엇보다 너한테 안 맞아."

"내버려 둬! 간신히 생활할 수 있는 수준까지 올라왔어. 게다가 사제님도 독신이잖아!"

잔소리가 반복되니 반항심이 생긴 것일까? 독신은 멜라사 사제장도 마찬가지 아니냐고 쏘아붙이지만, 거기에 예상치 못한 대답이 돌아왔다.

"누가 독신이야? 나는 애가 다섯이야. 식은 안 올렸고 남자도 먼저 가 버렸지만, 애들은 잘 자라서 일하고 있어. 손주도 열한 명이나 있는데 몰랐어?"

""손주?!""

남자와 관계를 맺고 아이와 손주가 있어도 결혼하지 않았으니까 미혼.

말만 놓고 보면 독신과 다를 바 없지만, 사랑하는 사람이 죽었다는 이야기는 쟈네도 루세리스도 금시초문이었다.

그녀가 사랑한 남성이 어떤 사람인지 궁금할 따름이었다.

"쟈네, 충격받은 와중에 미안하지만 길드에 가야 해. 자, 빨리 움직여."

"쟈네 씨, 빨리 와! 돈은 안 기다려줘. 오늘은 반드시 좋은 건수를 물어야지!"

"잠깐, 아직 이야기 못 들었어! 루, 정말이야? 정말로 결혼해?! 아니지?!"

시간이 촉박한지 두 동료가 쟈네를 끌고 나갔다.

용병 의뢰는 이른 아침에 게시된다. 의뢰 수주는 선착순이라서 가능한 한 보수가 높은 일을 고르기 위한 경쟁이 치열해 아침에는 접수처가 미어터졌다.

생활과 직결된 문제라서 1분 1초의 차이가 치명적일 수 있었다.

정말로 불안정한 직업이었다.

"""…………."""

마치 폭풍이 몰아친 것처럼 소란스러운 아침이었다.

아저씨조차 너무 빠른 이야기 전개를 따라가지 못했다.

"흥…… 그 검은 날개, 댁이 루세이구먼? 메이아의 딸…… 맞지?"

"……! 역시 어머니를 아시는군요!"

"그래. 내가 루를 직접 맡았으니까……. 그나저나 댁들도 못 할 짓을 했어."

"그, 그건…… 변명할 여지가 없습니다."

"남편이 직접 찾으러 왔다면 모르겠지만, 딸에게 심부름을 보내? 끝까지 한심하게 구는구먼."

신랄한 말이었다.

"저…… 그렇다면, 저랑 루세이 씨는…… ."

"그래. 피가 섞인 친자매야. 그래도 그게 뭐 어때서? 마음대로 내칠 때는 언제고, 피가 이어졌으니까 돌아오게 하려고? 염치가 있으면 못 그러지."

"으…… 분명히 저는 동생의 안부도 궁금했지만, 그 이상으로 어머니의 행방이…… ."

"알아서 뭐 하게? 이제 와서 엎지른 물을 주워 담게? 현실은 잔인한 거야."

루세이도 그 말을 모르지는 않았다.

어떻게 변명해도 이미 엎질러진 물이었다.

돌이킬 시기를 놓치면 파멸만이 기다린다. 시간이 흐르면 엎지른 물마저 말라 버릴 테니까.

"그래도…… 그래도 저는 어머니의 행방을 알고 싶습니다! 부탁
드립니다. 당시 어머니와 어떻게 만나셨는지, 그리고 지금은 어디
에 계신지 알려주십시오!"

진지한 루세이 앞에서 멜라사 사제장은 땅이 꺼지게 한숨 쉬었다.

"알아서 뭐 하려고? 루는…… 이 아이는 이미 자기 길을 정했어.
이제 와서 알톰 황국으로 돌아갈 거 같아? 이 아이는 이제 서민이
야. 숨 막히는 무가에서는 못 살아."

"그건…… 저도 잘 압니다. 일족으로 돌아와 달라고 말하기에는
너무 늦었단 걸. 사과하라면 하겠습니다. 하지만 그것과는 별개로
어머니의 행방도 알고 싶습니다."

"하이고, 고집불통이구먼. 정말로…… 후회 안 하지?"

"어떤 현실이든 받아들이겠습니다. 우리는 그런 죄를 지었으니
까요……."

"괜찮은 대답이군……. 따라와라. 안내하마. 거기 남정네도 같
이 와!"

이야기가 진행되는 와중에도 아저씨는 꿔다 놓은 보릿자루였다.

하지만 그렇기에 냉정하게 상황을 바라볼 수 있었다.

루세리스가 지금까지 어머니와 만나지 못했다면 이미 세상을 떴
을 가능성이 컸다.

그렇다면 멜라사가 가는 곳은 어머니의 묘라고 생각해야 타당했다.

루세이와 루세리스도 같은 생각을 하는지 표정이 딱딱했다.

사제장은 앞장서서 교회를 나갔다. 생각하면 즉시 행동하는 사

람이었다.

그리고 왠지 제로스도 따라가는 것으로 확정됐다. 이유를 모르겠다.

"죠니 군, 루세리스 씨랑 같이 나갔다 올 테니까 집을 봐주세요."

"오케이, 우리한테 맡겨."

"아찌, 선물 잊지 마."

"우리는 잔케이와 수행하겠습니다. 2, 3일이라면 우리끼리 생활하면 됩니다."

"고기 사서 와, 아찌! 고기야!"

"카이…… 채소도 안 먹으면 살찐다? 너는 다이어트 좀 해야 해."

아이들은 야무졌다.

그러나 제로스는 조금 걱정이 되어 소액의 용돈을 주기로 했다.

왠지 이러는 편이 좋다고 감이 말해줘서 그 예감에 따른 것이었다.

"교회를 잘 지켜야 합니다?"

"""""다녀오세요오오오~ ♪"""""

기운찬 아이들에게 배웅받으며 제로스는 멜라사 사제장을 뒤쫓았다.

 ## 제11화 아저씨, 멜라사 사제장과 동행하다

교회에서 나와 길을 따라가길 세 시간. 루세이와 루세리스, 그리고 제로스는 멜라사 사제장에게 안내받아 가까운 도시로 이동하고 있었다.

　도시 이름은【솔라스】. 산토르에서 가까워 나름대로 상업도 발전했지만, 가는 길은 주요 가도처럼 정비되지 않아서 걷기가 상당히 불편했다.

　세 시간이나 걷기는 힘들었는지, 이미 루세리스는 피로한 기색이었다.

　루세이도 평소에는 날아서 이동하거나 마차를 타는 입장이므로 장시간 도보 이동은 별로 익숙하지 않은 듯했다.

　"새파랗게 젊은것들이 고작 세 시간 걸었다고 빌빌거려? 한심하긴⋯⋯."

　"아니, 설마 정비도 안 된 길을 세 시간이나 걸을 줄은 몰랐죠. 보통은 마차를 이용하거나 배로 이동하잖습니까?"

　"그런 것치고는 댁은 멀쩡하구만. 마도사인데 제법 튼실한데?"

　"⋯⋯칭찬으로 받아들일게요."

　"이러면 루랑 쟈네를 맡겨도 되겠어."

　우스갯소리를 하면서도 멜라사 사제장의 발걸음은 경쾌했다.

　발이 넓다고는 들었지만, 설마 이 정도로 행동력이 넘칠 줄은 몰랐다.

　"멜라사 사제님, 전부터 궁금했는데 왜 양육원 아이들은 그렇게 성숙하죠? 나이에 안 맞게 당차고 때로는 어른보다 지혜로울 때가 있어요. 대체 어떻게 교육하신 겁니까?"

　"하하하! 꼬맹이들을 고생시켜서 자립하도록 떠미는 거지. 언제까지고 어른한테 빌붙으면 쓰나? 반면교사가 있으면 싫어도 똑똑해지게 돼."

제로스는 이 할머니에게 예의를 차릴 필요는 없단 걸 깨우쳤다.

호쾌하다는 말로는 다 표현할 수 없는 성격이었다.

"생각보다 일찍 도착했구먼."

"이 도시에 볼일이 있나요?"

"그래. 이 도시가 목적지야. 조금만 더 참아."

"사전에 목적지를 말했으면 마차라도 준비했을 텐데요. 이렇게 울퉁불퉁한 길을 걸으면 무릎이 일찍 상한다고요."

"그러면 재미가 없잖아? 이런 건 예고 없이 데리고 오는 게 묘미야. 그리고 돈도 아까워. 하하하!"

"에효, 어련하겠습니까……. 근데 도시로 들어오고 덩치 큰 형님들이 지나갈 때마다 머리를 숙이는데…… 이 도시에서 무슨 짓 하셨습니까?"

"그땐 젊었지. 별건 아니야."

대답할 생각이 없는 듯했다.

고개 숙인 우락부락한 남자들은 아마 선원이겠지만, 가끔 일반인으로 보이지 않는 이들도 섞여 있었다. 어떤 조직과 한판 벌인 게 틀림없었다.

지금도 마치 조폭 사무소에 쳐들어가는 기분이었다.

"아마…… 이쪽이었지?"

네 사람이 도착한 곳은 교외에 있는 작은 묘지였다.

이 시점에서 루세이는 어머니가 이미 이 세상 사람이 아니라는 사실을 깨달았다.

묘 사이로 몇 분을 걸어 한 그루 나무 앞에 도착했다. 나무 옆에는 묘비 대신 가공되지 않은 돌만 덩그러니 선 간소한 묘가 있었다. 이곳이 자매의 어머니가 묻힌 곳일 것이다.

"미안하다. 돈이 없어서 비석까지는 못 샀어."

"아닙니다……. 각오는 했지만, 역시…… 어머니는……."

루세리의 가면 안쪽에서 슬픔의 눈물이 흘렀다.

반면 루세리스는 울지 않았다. 처음부터 고아여서 내심 각오했었는지도 몰랐다. 양육원에서 처지가 비슷한 아이도 많이 봤으리라.

"루, 너는 이미 예상했나 보구나."

"네, 양육원에는 부모를 일찍 여읜 사람이 많았으니까요. 저도 그럴지도 모른다고 생각했죠."

"그런 줄 알았으면 더 일찍 데리고 오는 건데 그랬어. 괜한 걱정만 했군."

배려심이라고는 느껴지지 않는 말투였다. 그래도 사제는 사제인지 그녀 나름대로 어린 루세리스에게 마음을 썼던 모양이었다.

다만, 묘비 앞에서 웅크려 우는 루세리의 모습이 보기 안쓰러웠다. 그녀는 어떤 형태로든 어머니가 살아 있기를 바랐겠지. 소망은 결국 이룰 수 없는 꿈이 되었다.

"사소한 의문입니다만, 멜라사 사제님은 어디서 두 분의 어머니와 만나셨죠? 이곳에 묘가 있는 거로 봐서 만났을 때는 살아 계셨을 듯한데……."

"감이 좋구만. 메이아와 만난 건 내가 빚쟁이한테 쫓겨 북쪽 산

기슭으로 도망쳤을 때야. 거기서 우연히 다친 메이아를 발견했지……. 첫 만남은 단순한 우연이었어."

"빚쟁이 얘기는 빼고 들려주시겠습니까? 두 분의 어머니가 무슨 의도로 이 나라에 왔는지. 아마 제 생각에는……."

"그것도 포함해서 말할 거야. 남자가 왜 이리 참을성이 없어? 어쨌든, 그건 19년 전이었지……."

멜라사 사제장은 과거를 회상하며 이야기를 들려주었다.

남자 몇 명이 숲 속을 달리고 있었다.

그들이 찾는 것은 한 중년 여성. 지금까지 수차례나 빚을 떼어먹은 사제였다.

패거리를 이끌고 꽁무니를 쫓았지만, 대부분 역으로 당해 버렸다. 남자들은 속이 부글부글 끓었다.

"그 할망구, 반드시 죽여 버리겠어!"

"형님, 이제 그만두죠? 그 사제랑 엮인 게 실수였어요."

"나도 동감이야. 어느샌가 함정까지 설치했잖아. 자기가 무슨 공작원이야?"

그들은 흔히 말하는 사채업자였다. 부당하게 이자로 폭리를 취해 많은 사람을 자살로 몰아넣은 악질적인 업자로, 물론 자기네 행동에 죄책감은 없었다.

그런 악당들을 어둠 속에서 엿보는 자가 있었다.

"그 할망구에게 돈을 뜯어내지 못하면 우리가 형님들한테 죽어. 너희도 죽기는 싫잖아?"

"그래도 그 할멈은……."

"""'으아아아아아아아아아아아아아아!'"""

갑자기 풀숲에서 튀어나온 흰 그림자가 지나가자 세 남자가 눈을 까뒤집고 쓰러졌다.

"또 당했어……. 젠장! 이제 우리 둘만 남았어."

"돌겠네……. 정말로 사제 맞아? 어디야, 어디 숨었어!"

"여기지."

어느샌가 등 뒤에 남자들이 쫓던 멜라사 사제가 서 있었다.

놀라서 돌아본 순간, 그들은 턱이 깨졌다. 이어서 다른 한 명은 돌려차기를 머리에 맞고 기절했다. 이로써 모든 추적자는 쓰러졌다.

'꽤 멀리 왔구만. 조금 더 일찍 끝날 줄 알았는데 열의가 대단해. 오랜만에 지쳤어.'

사제답지 않은 폭력적인 일상이지만, 옛날부터 그녀는 이렇게 살아왔다.

오늘도 평소처럼 사채업자에게 돈을 떼먹고 그들의 자존심을 짓밟아줬다. 그녀는 옛날부터 이렇게 불법적인 장사꾼을 털어먹고 다녔다. 악당에게는 무슨 짓을 해도 상관없다는 것이 그녀의 지론이었다.

'드디어 돌아가겠구먼. 20대였으면 진작 결판이 났을 텐데 세월에는 장사 없어. 해마다 몸이 둔해지니…… 응?'

바람을 타고 희미하게 안 좋은 냄새가 났다.

그녀에게는 익숙한 냄새. 부상자를 치료할 때면 꼭 맡게 되는 냄새였다.

'피 냄새? 마물에게 공격이라도 받았나. 상황을 보러 갈까?'

피 냄새뿐 아니라 향수 같은 냄새도 섞여 있었다.

하지만 이해할 수 없었다.

멜라사가 지금 있는 곳은 사람이 거의 드나들지 않는 깊은 숲이었고 국경과도 가까웠다. 이런 곳을 찾는 사람은 마물을 잡으려는 용병 정도일 것이다.

무엇보다 이상한 점은 갓난아이의 울음소리가 들린다는 것이었다.

"귀찮아질 예감이 드는데…… 그래도 가 봐야겠지?"

멜라사는 투덜대면서도 아기 울음소리를 더듬어 올라갔다. 그것은 동시에 피 냄새가 나는 방향이기도 했다. 사고 현장이 기다릴 것은 불 보듯 뻔했다.

이윽고 멜라사는 암석 지대에 도착했고 쓰러져 있는 한 여성을 발견했다.

냉큼 곁으로 다가갔으나 상처가 깊어서 가까스로 숨만 붙어 있는 상황이었다. 하지만 상처보다 눈길을 사로잡는 것은 여성의 등에 난 한 쌍의 흰 날개였다.

'르페일 족? 왜 이런 곳에……. 에잉, 쯧. 난 왜 안 해도 될 짓까지 하려는지 몰라. 마력 고갈로 쓰러지면 돌아가는 시간만 늦어지는데.'

생각은 그렇게 하면서도 멜라사는 치료를 시작했다.

상처를 막아도 빠져나간 피는 쉽게 복구되지 않는다. 게다가 여성은 의식을 잃었고 아기까지 안고 있었다.

어떻게 인근 도시까지 데리고 가느냐가 문제였다.

결국 멜라사는 아기는 로브로 감싸서 보자기처럼 목에 걸고, 여성은 등에 업어 숲을 빠져나왔다. 마물과 마주치지 않은 것이 천만다행이었다.

가도로 나왔을 때, 마침 우연히 지나가는 상인 마차에 편승한 것은 지금 와서 생각해도 운이 좋았다고밖에 할 수 없었다.

"제, 제법 극적인 만남이었군……."

"정말 끈질긴 녀석들이었어. 덕분에 그 먼 곳까지 도망쳐야 했지."

"사제님답네요……."

'변호할 여지가 없군……. 그나저나 이 시점에는 살아 있었어. 그렇다면 사인은 뭐지? 억측은 하지 말고 뒷이야기를 들어 보자.'

제로스만이 이야기를 냉정하게 분석하고 있었다.

"계속 이어 하지. 그 뒤에 나는 메이아를 한 달 가까이 간호했어. 그래도 내가 해줄 수 있는 일은 상처를 아물게 하는 것뿐이었어. 끊어진 신경을 살릴 방도는 없었지. 쉽게 말해서 불구가 됐다는 거야. 의사가 아닌 걸 얼마나 후회했는지 몰라……."

"나도 너무 착해서 탈이야. 한 달이나 이 도시에 눌러앉게 되다니……."

"감사하다는 말밖에 못 드리겠네요. 이 나라에는 아는 사람도 없고, 멜라사 님과 만나지 못했다면 꼼짝없이 죽었겠죠."

"나는 넘을 붙일 만큼 잘난 사람이 아냐. 널 발견한 것도 그냥 우연이고 버리고 가기도 찝찝했을 뿐이야."

여성의 이름은 메이아였다.

일어서기도 힘겹지만, 체력은 차츰 회복되고 있었다.

상처는 나아도 신경을 잇는 것은 의사의 일이지 신성 마법의 영역은 아니었다. 심지어 원인은 수많은 마물에게 물어뜯긴 교상. 그 중상에서 목숨을 건진 것만 해도 기적이었다.

"이제 네가 이 나라에 온 이유를 가르쳐주지 않겠나? 이것도 인연이니 가능하다면 도와주지."

"그래요……. 이런 불편한 몸이 됐으니까 다른 사람의 도움을 빌려야겠네요. 하지만 멜라사 님도 대강 눈치채지 않으셨나요?"

"루세리스 말이지? 그 애에게는 너희 종족의 특징인 날개가 없어. 그리고 아마 너는…… 바람피운 명목으로 쫓겨났겠지."

메이아는 성을 말하지 않았지만, 말과 행동에서 기품과 교양이 묻어났다. 그래도 성을 밝히지 않는 이유는 죄인이거나 다른 이유가 있어서라고 생각했다.

그리고 메이아는 호위가 한 명도 없었다. 즉, 루세리스를 데리고 혼자 산을 넘는 무모한 여행을 했다는 것이다. 그래서 마물에게 공격받았다.

멜라사와 만나지 않았다면 루세리스와 함께 마물 밥이 됐을지도 몰랐다.

지체 높은 집안에서 태어나 이런 무모한 행동을 한 이유. 그것은…… 불륜을 의심받아 추방됐기 때문이리라.

"네…… 그래서 저는 목숨을 걸고서 산을 넘어야 했어요. 왜 날개 없는 아이가 태어났는지 알기 위해서요. 요정의 장난이란 말은 안 믿어요. 분명 무슨 이유가 있을 거예요."

"그렇구만. 그걸 조사하려고 왔다고? 그렇다면 이스톨 마법 학교 대도서관으로 가는 길인가? 그곳은 일반인에게 개방됐으니까 반출은 안 돼도 학술 서적을 읽을 수 있지."

"네. 그곳은 알톰 황국에서도 유명해요. 가능성이 있다면 저는 그곳에 희망을 걸 수밖에 없어요. 저는…… 가슴을 펴고 남편 곁으로 돌아가고 싶어요."

"심지가 굳은 여자일세. 좋아, 내가 조사해주마. 시간은 조금 걸리겠지만, 한가한 사람을 많이 아니까 기다려줘."

"멜라사 님…… 감사합니다……."

메이아는 눈물을 흘리며 감사했다.

그녀의 솔직한 말이 당시 멜라사에게는 낯간지러웠다.

"나는 메이아가 고상한 성녀로 보였어. 어지간히도 가족을 사랑했겠지. 그 뒤로 이야기를 나누면서 루세이에 관해서도 들었어. 그래서 나는 일단 산토르로 돌아가서 한가한 녀석들을 모아 조사를 부탁했어. 양육원에서 독립한 아이들부터 깡패들까지 닥치는 대로 동원해서."

"전자는 괜찮지만, 후자는 대체……. 저는 인선이 잘못됐다는 생각만 드네요……. 그런 사람들이 학교를 어슬렁거리면 의심만 살걸요?"

"안 그래도 잡혀서 검문당했어. 나 참, 그 나이 먹고도 도움이 안 돼. 깡패는 쓰는 게 아니라고 절실하게 후회했어."

"멜라사 사제님…… 선의로 도와주신 분들한테 너무하세요……."

여제 그 자체였다. 새삼스럽게 더 할 말도 없지만.

제로스는 루세이를 살펴보았다. 그녀는 말없이 이야기에 귀를 기울이고 있었다.

어머니가 집으로 돌아오려고 끝까지 노력했을 뿐 아니라 부상으로 몸이 불편해지면서까지 절대로 희망을 놓지 않았다는 사실에 충격을 받은 기색이었다.

그토록 필사적으로 행동했다면 메이아의 불륜 의혹은 거짓이고 르페일 황족들이 틀렸다고 확신했다.

동시에 지금 일족의 무지함에 울분마저 치밀었다.

"이야기를 계속하마……. 마침 좋은 정보가 들어왔을 때, 메이아는 병에 걸렸어. 당시 이 근방에서 맹위를 떨치던 병이야."

메이아가 병에 걸렸다는 소식을 듣고 멜라사는 산토르에서 급히 마차를 몰았다.

이때 메이아는 멜라사의 소개로 솔라스에 머물고 있었다.

그곳에는 여행객을 강 건너편으로 옮기는 하족(河族)이라는 뱃사공 집단이 있었고, 메이아는 그 하족 두목의 집에 머물렀다. 물론 두목은 멜라사의 지인이었다.

그는 호방하며 의리가 넘치는 인물로, 인의를 지킨다며 메이아도 흔쾌히 돌봐줬다.

"메이아, 무사하냐!"

저택은 하족이 운영하는 여관 안쪽에 있었다.

거의 문을 부술 기세로 들어온 멜라사는 그곳에서 누워서 숨을 헐떡거리는 메이아를 발견했다. 메이아는 몹시 괴로워 보였다.

"의사한테 보여줬어? 척 봐도 위태롭잖아?"

"보였습죠……. 그런데 이미 아씨는…….."

하족 남자들은 친근함을 담아 메이아를 『아씨』라고 불렀다.

영역 다툼으로 치고받기 바쁜 사내들에게 그녀는 아이돌이나 다름없었다.

그런 메이아가 고통스러워하는 표정을 보고 험상궂은 사내들은 눈물을 참으며 비탄에 잠겨 있었다.

"메이아, 정신 차려! 네가 옳았어. 루세리스는 격세유전이야! 너희 핏줄에 섞여 있던 인간의 피가 깨어난 거뿐이었어. 듣고 있어?!"

"아…… 감사……합니다…… 님……."

"메이아, 이까짓 병은 털어내! 이제 새 시작 해야지. 집으로 돌아가야지!"

메이아는 그 말을 듣고 힘없이 미소 지었다.

"이미…… 늦었나 봐요. ……아쉽네요. 마침내…… 원인을 알았는데…….."

"포기하지 마! 정신 꼭 부여잡아. 네가 가면 루세리스는 어떡해!"

"멜……라사 님…… 그 아이를, 부탁……드려요. 출생은…… 혼자…… 사, 살아갈 힘이 생길 때까지, 비밀로 해주시고요……. 황족의 피는 그 아이에게 부담을 줄 테니까…… 쿨럭."

"메이아!"

기침할 때마다 피를 토하고 체력도 서서히 빼앗겼다.

이 원인 불명의 병에는 의사도 이미 두 손을 들었다. 이 병으로 전국 각지에서 어린아이와 노인이 죽어 나갔고 체력 없는 자는 죽음을 기다릴 수밖에 없는 상황이었다.

그뿐 아니라 메이아는 전에 다친 탓인지 마물에게 감염되는 병도 함께 발병해 더 빠르게 체력을 빼앗겼다.

"천추의 한이네요……. 겨우 돌아가게 됐는데…… 원인을 알았는데……. 왜……. 라폰, 나는…… 먼저 갈게요. ……미안…… 루세이, 루……."

메이아는 눈물을 흘리며 그 말만 남기고 떠났다.

뜻을 이루지 못한 채 맞이한 최후였다.

"……이게 메이아의 마지막이야. 알겠어? 메이아는 투병 중에도 【격세유전】이라는 진실을 거머쥐고 고향으로 돌아가려고 했어. 너희는 추문과 비난을 이유로 일방적으로 쫓아내서 행복하게 살 메이아를 불행하게 만든 거야. 황족이 다 뭐야? 무슨 놈의 불륜이야! 그런 짓을 한 여자가 자기 목숨을 걸어? 그것밖에 안 되는 여자였으면 다른 남자랑 진작 붙어먹었을 거다."

긴 시간을 넘어 마침내 밝혀진 진실.

멜라사 사제장은 오늘까지 삭였던 감정을 게워 냈다.

"나는 말이야, 제대로 알아보지도 않고 추방을 명령한 멍청한 권력자들한테 치가 떨려. 사실은 루에게 말해줄 생각도 없었어. 그래도 메이아와 한 약속이 있으니까 말한 거야. 진실을 전할 의무는 지켰어. 루, 진실을 아니까 어떠냐? 황족으로 돌아가고 싶으냐?"

"……저는 못 하겠어요. 이곳 생활이 저에게 맞고, 이제 와서 황족이라고 말해도 받아들일 생각은 안 들어요. ……뒷골목에서 자란걸요."

"루세이, 넌 이 이야기를 바보들에게 전해라. 평생 후회나 하라고. 체면만 신경 쓰는 너희한테 희생돼서 불행해진 여자가 있었다고. 나는 많은 인간 말종을 봐 왔지만, 알톰 황국 황족이 그중 제일이야. 넌 메이아의 딸이니까 넘어가겠지만, 다른 녀석들은 한평생 죄책감에 시달려야 해. 그러고도 남을 짓을 했으니까 말이야."

멜라사 사제장은 메이아를 나이 차이 나는 친구라고 생각했다.

그래서 처를, 딸을, 손녀를, 혈족을 믿지 않은 다른 친족에게 격렬한 증오를 품었다.

그리고 국외 추방을 내린 알톰 황국에 좋은 감정은 없었다. 메티스 성법 신국과 함께 멸망하라고 생각할 정도로.

"역시 격세유전인가……. 무엇보다도 메이아 씨의 족적이 결백을 증명한다고 봐도 무방하겠네요. 이미 돌이키기에는 늦었지만요."

"역시 마도사라 그런지 무덤덤하구만. 루세이가 이 나라에 온 건 자네가 알톰 황국 녀석들에게 말했기 때문 아닌가? 쓸데없는 짓이나 하고 말이야."

"루세이 씨랑 루세리스 씨 얼굴이 이리도 판박인데 어떻게 안 놀랍니까. 뭐, 이제 와서 황족으로 돌아오라고 일방적으로 말해도 소용없겠죠. 무력행사라도 하겠다면 저도 봐주지 않고 처리하겠습니다. 제가 원인 제공자니까요."

"핫, 배짱은 있구먼그래. 나라 하나를 상대로 싸우겠다고?"

"음…… 뭐, 저도 비상식적인 사람이니까 한 방이면 나라 하나
쯤이야……(응? 나 지금 위험 발언한 거 아냐? 나라 없애겠다고
선언한 거 아냐?)"

상당히 살벌한 말을 했다.

아저씨가 마음만 먹으면 나라 하나쯤은 콧노래를 흥얼거리며 멸망
시킬 힘과 무기를 가졌다. 실제로 저지르면 그날로 마왕 확정이다.

"푸하하! 보기보다 재미있는 남자잖아. 루가 좋아하는 이유를
대강 알겠어. 애도 알고 보면 괴짜니까. 옛날에는 교회에서 탈출
해서 목도를 들고……."

"멜라사 사제님!"

어지간히 들려주기 싫은 내용인지 루세리스가 부리나케 말을 끊
었다.

멜라사 사제장은 그런 그녀를 힐끗 보고는 제로스 옆을 지나쳤다.
『저 애를 불행하게 하면 넌 죽어』라고 속삭이며―.

마흔 살이나 먹고 바지에 지릴 뻔한 순간이었다.

일행은 솔라스에서 산토르로 돌아왔다.

루세이는 충격이 컸는지 방에 틀어박혀 나오지 않았다.

아버지에게 어떻게 사실을 고할지 고민하며 울고 있을지도 모른다.

가면을 벗으면 그녀는 소심한 여자일 뿐이었다.

'루세리스 씨 본인이 원하지 않으니까 황족으로 돌아가지는 않겠지. 애초에 지금 생활…… 아이들을 버리지는 않을 거야, 절대로.'

루세리스가 4신교의 신관이 된 이유는 회복 마법으로 사람들을 치료하기 위해서였다.

그런 마음이 싹튼 것은 키워준 부모나 다름없는 멜라사 사제의 영향일 것이다. 행실은 안 좋지만, 곤란에 처한 사람에게 차별 없이 손을 내미는 모습을 보고 자신도 그런 사람이 되어야겠다고 생각했다.

그런 확고한 신념을 가진 루세리스가 지금 생활을 버릴 리가 없었다.

'앞으로 자매 관계는 어떻게 되려나……. 지금은 따뜻하게 지켜볼 수밖에 없겠지. 앗, 이건 녹이 슬었군……. 깎아서 나중에 미스릴 강선으로 연결하자.'

여러 생각을 하면서도 아저씨는 기계 만지기에 바빴다.

【에어 라이더】 수리였다. 대형 스쿠터 같은 형태지만 바퀴가 없고, 대신 업무용 청소 브러시의 앞부분을 붙인 듯한 형태였다. 타원형 에어 노즐이 앞뒤로 달렸고, 레트로한 차체 라인은 마니아의 마음을 설레게 했다.

원숭이 외계인이 활약하는 모 만화[14]에 나올 법한, 그런 미래 아이템이었다.

"중앙에 있는 블랙박스 빼고는 전부 수리되겠어. 크흐흐…… 군

---

[14] 원숭이 외계인이 활약하는 모 만화 「드래곤볼」의 패러디.

사용은 아니지만, 이건 물건이야."

반중력과 공기압 제트 엔진으로 가동하는 타입 같았다. 이 기계 부품이라면 제로스라도 복제 가능했다.

하지만 내부에 장착된 블랙박스는 어떻게 해체해야 할지도 모를 정육면체 물체로, 솔직히 현재 기술력으로는 건드릴 수가 없었다. 구조를 속속들이 파악하면 취향에 맞는 에어 라이더를 자체 제작할 수 있으리라 생각했는데 몹시 아쉬운 결과였다.

"이거라도 쓸 수 있으면 됐지, 뭐. 보존 상태도 양호하니까 금방 고칠 거야. 동력도 체크했으니까 아마 괜찮…… 응?"

머릿속에 노이즈가 들린 기분이 들었다.

일종의 언어라고 해야 할까? 어떤 의지 같은 것이 직접 전해지는 듯한 기묘한 감각이었다.

『……⊃Å∋@…….』

"으응?"

정신을 집중해서 그 감각이 무엇인지 조사했다.

그러나 잠시 기다려도 그 감각— 감정 같은 파동은 전혀 찾아오지 않았다.

'착각……이었나?'

『Б Г А Ω다∆@Φ…….』

"똑똑히 들렸어……. 설마 **각성**했나? 까맣게 잊고 있었어……."

그것은 작은 목소리였다.

아니, 직접 뇌에 울리는 그것을 목소리라고 부르는 것은 잘못됐다.

엄밀히 말하면 텔레파시에 가까울 것이다. 그리고 제로스는 그

소리를 보내는 존재가 무엇인지 짐작이 갔다.

서둘러 마루에 있는 문을 열고 지하 창고로 내려갔다.

지하 창고 깊숙한 곳에 놓인 거대한 장치. 사신을 재생하기 위한 배양기였다.

제로스가 그 배양기에 유일하게 난 작은 창을 열어서 안을 살펴보자 세 살배기 정도 되는 아이가 액체 속에 떠 있었다.

"이, 이건…… 케모 씨의 저주인가?"

【섬멸자】 중 한 명, 【케모 러뷰】.

동물 귀 수인종을 사랑해마지않고 【던전 크리에이터】로 동물 귀 호문쿨루스 하렘을 차린 별종이었다.

그리고 배양기 안에 있는 아이는 여우 귀와 꼬리를 가진 수인…… 아니다, 날개와 뿔까지 달렸다. 아무리 봐도 정상적인 수인은 아니었다.

굳이 말하자면 【누에#15】일까?

"음…… 인자 선택을 잘못했나?"

설마 자신이 동물 귀 어린아이를 만들게 될 줄은 생각도 못 했다.

사신 소생에는 성공했지만, 육체 구축에 실패한 모양이었다. 어디서부터 잘못됐는지 알기도 힘들었다.

'케모 씨가 기뻐하겠어……. 털 하나는 탐스럽네.'

제로스의 머리에 케모 씨의 『자, 가자! 찬란한 복슬복슬 로드. 우리 앞에는 동물 귀 파라다이스가 기다린다. 동물 귀 하렘이야말로 진정한 엘도라도, 복슬복슬 왕국이야말로 현세의 파라이소!』라

#15 누에 다양한 짐승의 형태가 뒤섞인 일본 요괴

는 목소리가 들렸다.

호문쿨루스 제작을 도울 때마다 이상하게 자기 취향을 불어넣는 통에 하마터면 세뇌될 뻔한 적도 여러 번 있었다. 정말로 정신을 파괴할 정도로 열변을 토하는 인물이었다.

'이거 지금부터 취소할 수는 없겠지? 이걸 숨길 수도 없고 어쩌냐…….'

수인종의 이종 교배라도 이렇게까지 뒤죽박죽 섞인 예는 본 적이 없었다.

수인의 혼인은 대개 부족 내부에서만 이루어져서 타 종족의 특징이 나오는 경우는 드물었다.

『그 마력 기운…… 기억한다. 나를 멸한 자 중 하나로군?』

"아이고, 잘 잤습니까? 오랜만이네요, 사신 아가씨. 깨어난 소감은 어떤가요?"

『좋아할 줄 알았나? 이런 좁아터진 곳에 봉인하다니, 가증스러운 놈.』

"뭐래. 내가 널 소생한 거예요. 그래도 몸이 안정될 때까지는 이 안에 얌전히 있으세요. 지금 꺼내면 어렵게 만든 몸이 소멸합니다?"

『……무슨 수작이냐? 무엇을 원하여 나를 소생하는가?』

"그냥 **심술**을 좀 부리려고요. 『4신 놈들에게』라고 하면 이해하시겠나요?"

그 대답이 예상 밖이었는지, 사신이 놀라는 감정이 제로스의 뇌에 직접 전해졌다.

말 나온 김에 아저씨는 사신에게 궁금했던 것을 물었다.

"그나저나 넌 대체 누구죠? 대충 예상은 하지만, 답을 확인하고 싶네요."

『나는 조물주가 만든 차원 관리 생명체……. 조물주가 다른 차원으로 승화할 때 대행 관리 권한을 부여한 존재. 그대 같은 지적 생명체가 부르는【신】이다…….』

"4신은요?"

『그건 나를 대신하여 이 세상을 관리하는 대행자다. 하지만 바탕이 된 생명체의 특성 때문에 똑바로 관리하지는 않는 것 같군. 애초에 나보다 처리 능력이 떨어져서 성역과 신역이 모두 자동으로 관리하는 듯하다. 나는 이 영역에 접속할 권한이 없어.』

"4신이 그 관리 권한을 가졌다고요? 그런 대단한 것들로는 안 보이는데……."

『실제로 그렇다. 놈들은 접속 권한의 정보 매체인 매트릭스를 네 개로 분할해 나눠 가졌다. 그 힘으로 행성 규모의 관리자로 군림하고 있지. 조물주가 그리했을 거다.』

"그렇다면 사신 전쟁은 이 세계의 관리 권한을 되찾기 위해 일어났고, 당신은 세상을 멸망시킬 생각은 없었다는 건가요?"

『당연하지. 나는 관측자다. 이 세상 외에도 여러 세상을 관리할 역할이 있어. 그래서 스스로 세상을 멸망시키지는 않는다. 조물주에게 봉인되어도 시스템으로는 계속 기능한다. 천 년 만에 자아가 형성되어 눈을 떴을 때가 그대가 말하는 사신 전쟁일 테지. 당시는 아카식 레코드에 접속할 수 없었기에 나도 정보가 부족한 상태로 움직여야 했다. 조물주도 이미 이 세상에서 떠난 뒤였으니까.』

"말이랑 달리 깽판을 부렸던데요…….."

과거 영상 기록에서 본 사신의 힘은 흉악하다는 말로 축약됐다.

이것이 4신을 끌어내기 위한 행동이었다면 4신과 사신의 적대는 필연이었다. 성공적으로 4신을 해치웠다면 모두 원만하게 해결됐을 것이다.

하지만 사신은 신기에 의해 봉인당했다.

"당신을 봉인할 때 사용된 신기는 조물주가 만들었나요?"

『그거 말이군……. 아마 그럴 테지. 3차원 방어 시스템이 탑재된 특수 장비일 거다. 3차원 세계에 이분자가 발생할 경우 다른 세계에서 항체를 소환해 장비로 사용하지. 놈들은 내 부활에 맞춰 몇 가지 연출을 준비한 모양이더군. 예를 들면 이 세계 문명으로 나를 공격해 괴멸적 피해를 입은 것도 의도된 거였어. 그리고 나서 지적 생명체에게 소환 시스템을 줬지. 하지만 왜 그랬는지는 나도 모르겠다.』

"그렇군요. 그게 용사 소환인가요? 그럼 그 항체를 돌려보낼 수는 있나요?"

『가능하다. 원래 소환한 항체는 이 세계에 오래 머물면 암으로 변할 수 있다. 그러한 사태를 막기 위해서 소환과 송환은 함께 존재해야 한다.』

"하지만 소환된 용사…… 방금 말한 그 항체가 지금까지 몇 번이나 소환되고 송환되지 못한 채로 이 세계에서 살해당했는데요?"

『그럴 리가…… 그런 짓을 하면 이 세상의 마력 농도가 계속 줄어들고 이계의 섭리가 이 세상에 잔류한다. 그것이 축적되면 더 큰 이분자를 낳고 결국은 침식돼! 잠깐. 그럼 그때 이 행성 곳곳에서 방대한 마력이 소비된 건 소환 때문이었나? 이럴 수가, 나는 항체를 죽여 버린 것인가?! 병기라고 생각했거늘…….』

"용사— 항체 소환을 병기로 오인해서 날려 버렸어요? 그래서 당신이 봉인된 후로 30년 간격으로 용사가 소환되고 현재의 자연 파괴가 일어나고 있는 거군요. 그것 말고는 어떤 영향이 있죠? 이게 끝이 아니라는 생각이 들거든요. 제 직감이지만."

『항체에는 상시 이 세계의 섭리에 맞춰 힘이 조정되고 부여된다. 대규모 소환을 거듭하면 시스템 자체가 파탄 날 수 있어! 아니, 이미 파탄 났을 가능성이 커. 망가진 시스템에게 힘을 부여받은 이계의 영혼은 이 세계에 머물며 뒤틀리고 힘은 증폭되어 삼라만상의 섭리를 파괴할 테지. 종국에는 세계를 유지하지 못하고 차원 붕괴가 일어날 거다.』

예상 이상으로 심각했다. 컴퓨터 버그를 잡는 프로그램이 바이러스로 변질한 꼴이었다. 지금까지 얼마나 용사 소환이 이루어졌는지는 모르지만, 용사들은 송환되지 않고 이 세계의 섭리 속에서 죽었다.

하지만 영혼은 이계의 섭리에 속한 탓에 뒤틀림이 발생한다.

동질의 뒤틀림이 서로 이끌려 점점 합쳐지면서 더 큰 뒤틀림으로 거듭난다.

"4신 녀석들…… 제대로 하는 일이 없어."

『참으로 그래. 놈들은 세상을 관리한다는 의미를 이해하지 못하고 있다. 조물주는 무슨 연유로 그것들에게 관리 권한을 넘겼지…….』

"조물주가 뭐라고 안 하던가요? 당신이 봉인되기 전에."

『글쎄…… 나는 그때 명확한 의지를…… 잠깐, 그러고 보니 내 가장 오래된 기록에 「으엑, 실패했다……. 쭉쭉빵빵한 누님을 만 들려고 했는데 실수했네. 이걸 우째…… 시간도 없는데」라는 말이 남아 있다. 무슨 의미지?』

"부흡?!"

원인이 판명됐다.

제로스가 【소드 앤 소서리스】에서 본 사신은 내장으로 구성된 흉 측한 생명체였다. 멀리서 봐야 겨우 여성의 머리가 떠오른 형상이 보이지만, 그 모습은 괴물이라고 말해도 과언이 아니었다. 심지어 상황에 따라서 형태도 변했다.

즉, 조물주란 녀석은 자신의 후계자를 만들려다가 생김새가 너 무 흉측해서 봉인한 것이다.

그리고 조물주는 이 세상에서 떠날 시간이 다가오자 급하게 요 정왕을 바탕으로 4신을 만들었다. 왜 하필 요정왕이었는가? 보통 요정으로는 신의 힘을 버티지 못하기 때문이었다.

"이야기를 정리하면……."

조물주, 흉측한 후계자에게 실망. 봉인하고 급하게 요정왕으로 4신 창조. 관리 권한 부여.

그러나 요정은 향락적인 생명체라서 조물주의 명령을 어기고 자 기 내키는 대로 활동하기 시작했다. 당연히 세상을 제대로 관리하 지 않아서 봉인했던 후계자인 사신이 깨어났다.

긴 시간 봉인됐던 사신은 자아를 얻었고 봉인이 깨졌을 때 자신의 대행자인 4신의 존재를 알았다. 그래서 관리 권한 매트릭스를 얻으려다가 당시 마법 문명과 충돌한 것이었다.

이것이 【사신 전쟁】의 시작이었다.

그리고 4신은 문명 붕괴 직전이 되어서야 소환 마법진을 인류에게 전달해 용사를 대량 소환했다. 그것을 마법 병기의 공격으로 오인한 사신은 소환된 용사들과 함께 마법진을 잇따라 파괴, 궁지에 몰린 인류는 유일하게 남은 소환 마법진을 써서 새로운 용사를 소환했다. 그리고 마침내 4신에게 받은 신기로 사신을 봉인하기에 이르렀다.

그러나 최근 사신이 부활할 조짐을 느낀 4신은 어떤 연줄을 썼는지 재봉인이라는 명목으로 사신을 【소드 앤 소서리스】 안에 불법 투기했다.

경전과 옛날이야기에 나오는 『창조신의 명을 받은 4신 강림』이라는 대목은 후대의 창작일 확률이 높았다. 역사 날조는 어느 시대에나 있게 마련이었다.

사신이 깨어났을 때, 이미 조물주가 이 세상에 없었던 것은 자아가 싹튼 사신에게 보복당할까 봐 무서웠기 때문이 틀림없었다. 부조리한 이유로 사신을 봉인했던 터라 부활한 사실을 알자마자 『다른 차원으로 승화할 때가 왔다』라며 헐레벌떡 도망쳤으리라.

웃기지도 않은 이야기였다.

"아니, 무슨 조물주가 일을 그따위로 해?!(그렇다면 【소드 앤 소서리스】 세계는 【다른 이세계】인가? 전부터 의문이었어.)"

용사도 그렇지만 제로스도 이 무책임한 조물주 때문에 죽은 피해자였다. 모든 원인은 조물주의 엉성한 관리에 있었다. 세계를 관리하는 역할에 충실하고자 했던 사신과 달리, 건성으로 만든 4신은 세계를 관리할 마음이 전혀 없었다. 그런 주제에 신의 자리에는 집착했다.

좋지 않은 사태로 발전하리란 것은 어린애라도 알 수 있었다.

"관리 권한을 되찾으려면 어떻게 해야 하죠? 뭔가 특별한 방법이라도 있나요?"

『모른다. 그래서 나는 그 여신들을 흡수하려고 했다. 하지만 신기에 의해 저지당했지.』

"그 신기는 부서졌다던데요?"

『그럴 만도 하지. 나는 조물주와 동격이다. 이분자를 배제하기 위한 신기를 내게 사용하면 파괴되는 것도 당연하다. 한 번이라도 나를 봉인한 것이 용하지.』

"본래 용도가 아니어서 부서졌나…… 민폐덩어리잖아."

어처구니없는 내용에 머리가 아팠다.

뭐가 어찌 됐든 비밀병기가 눈뜬 것은 기쁘기도 했다. 문제도 산재했지만—.

"육체가 안정될 때까지 여기 가만히 있으세요. 때가 되면 자동으로 나오겠지만, 지금 상태로는 4신에게 집니다. 너무 약하니까요."

『달리 방법이 없군. 부활한 것만으로 만족해야지……. 하지만 그 여신들을 이대로 둘 수는 없지 않나?』

"그건 괜찮을 겁니다. 용사 소환은 불가능해졌고 4신을 신봉하는 나라는 현재 하락세입니다. 알아서 자멸의 길을 걷고 있죠."

『어리석군······. 놈들은 그토록 무능한가? 하지만 지금 상태로는 그마저도 승산이······ 으음.』

"그보다 여기서 나가면 이름부터 정하죠. 계속【사신】이라고 부르기도 이상하잖아요."

『뜻대로 되는 일이 없군. 관리 권한의 방벽이 뚫리면 어떻게든 될 텐데······.』

"이것도 다 조물주 잘못이죠. 정말 난감하네요······. 그런데 아까부터 조물주라고 부르던데 옛날 서적에서는 창조신이라고도 하고 창생신이라고도 하고 명칭이 가지각색이더군요. 뭐가 옳은 명칭이죠? 그리고 이름이 있으면 알려주세요."

『나는 조물주, 혹은 창조신이라고 부르지만, 지적 생명체는 창세신이라고 불렀지. 뭐, 어떻게 부르든 별 차이도 없지 않나? 그리고 그분도 이름은 있지만······ 인간은 발음하지 못한다.』

"그럼 창세신이라고 부르도록 하죠. 내친김에 하나만 더, 그 창세신은 어디로 사라졌나요?"

『아마 다른 차원에서 새로운 세계를 창조하고 있겠지. 조물주의 힘은 이 세상이 버티지 못할 만큼 강대해졌다. 그래서 이 세상을 관리할 존재로 내가 만들어졌다.』

"4신 같은 불량품도 만들었지만······. 창세신은 더 심각하지만.(사신한테는 미안하지만, 아마 창세신은 네가 무서워서 도망갔을걸?)"

신은 세계에만 관심이 있고 그 세계에 사는 생명체에게는 무관심했다.

마침내 사건의 전모를 이해했으나 예상 이상의 막장 전개에 제로스는 기가 차서 말문이 막혔다.

마음을 달래기 위해 담배를 물자 입안으로 쓴맛이 퍼졌다.

 ## 제12화 아저씨, 또 생각 없이 의뢰를 받다

제로스는【에어 라이더】수리를 계속하던 중이었다.

원래 전투용이 아니라서 무기를 장비하려면 공간을 증설할 필요가 있었다. 하지만 고위력 무기를 쓰면 공중에서 균형을 잃을 수도 있기 때문에 신경 써야 할 부분은 의외로 많았다.

"난감하네. 하늘을 나는 마물도 있는데 무기가 없으면 불안해. 그렇다면 뒤쪽에 사람을 태워서 직접 무기로 공격하는 수밖에 없나……."

탄약 정도라면 실을 공간이 있지만 문제는 무기였다.

"【건 블레이드】와 별개로 만들던 그거라면…… 아니, 잠깐. 그보다 누가 쏘지? 따로 사격수가 필요하잖아. 이거 생각보다 어려운 문제구만."

【할리 선더스 13세】에 탑재한【벙커 슈터】는 탈락이었다. 수중에 있는 무기도 건 블레이드는 너무 무거워서 중심 잡기가 어려워진다.

남은 마지막 수단, 그것은…….

"M134…… 미니건. 이건 두 손으로 잡아야 하는데……."

영화에서 본 대량의 납탄을 쏟아붓는 무시무시한 총. 전쟁부터 우주인과의 싸움까지 폭넓게 활약하는 소형 벌컨포였다. 물론 아저씨의 총은 모양만 같고 내용물은 완전히 달랐다.

가장 큰 특징으로 화약을 쓰지 않았다. 탄창에서 탄띠로 총알을 옮기고 약실 내에서 마법으로 폭발시켜 발사한다. 그래서 탄피도 종이였다.

총신도 마력 모터로 회전하므로 배터리 충전도 필요 없었다.

"그래도 마력 공급원은 사격수란 말이지……."

단점은 총알 소비가 막심하다는 것이었다. 아저씨 혼자 총알 제작까지 해야 할 바에는 차라리 공격 마법을 쓰는 편이 나았다.

그래도 로망을 추구하는 것이 남자라는 생물의 슬픈 본능.

"정면 라이트 부분에 마도포를 설치할 수 없을까? 마법식만 넣으면 일회성 공격쯤은 견딜 것 같아. 이제 남은 건…… 이름이군……."

아저씨의 작명 솜씨는 최악이었다.

실컷 고민한 끝에 붙인 이름이 하필이면【사이드와인더호】.

미사일처럼 폭발할 것 같은 불길한 이름이었다.

그 후, 다소의 개량을 끝으로【사이드와인더호】의 수리는 완료됐다.

""하아…….""

루세이와 루세리스 자매는 깊은 한숨을 내쉬었다.

원인은 말할 것도 없이 어머니에 관한 일이었다. 루세리스가 앞으로 어떤 입장을 취할지도 포함해 두 명이서 향후 방침을 논의했다.

루세리스의 희망은 현상 유지였고 이제 와서 황족으로 돌아갈 마음은 없었다.

루세이도 하루 방에 틀어박혀 골몰한 끝에 어느 정도 뜻을 굳힌 상태였다.

그러나 알톰 황국이 어떤 판단을 내릴지는 다른 문제였다.

최대의 문제는 두 사람의 어머니인 메이아 에마라가 무죄였다는 것과 이미 타계했다는 것이었다.

이 소식은 이미 외교관을 통해 알톰 황국에 보고됐고 아마 여러 방면에서 파문을 낳을 것이다.

실제로 라폰 에마라는 충격으로 앓아눕고 일족이 발칵 뒤집어졌다는 연락이 있었다. 보고한 지 약 2주가 지났으나, 소란은 오히려 커져 갈 뿐이었다.

"루세리스…… 너는 어떻게 할 거지? 본국에서 한 번 돌아오라고 한다만."

"전에도 말씀드렸다시피 저는 갈 생각이 없어요. 제가 하고 싶은 일을 찾았고 이제 와서 황족이라고 말해도 실감이 안 들어요. 엄격한 규율이 있는 신분은 제 분수에 안 맞아요."

"아버지가 너를 만나고 싶어 하시는데 그마저도 힘들겠군. 아버지라면 아마 곁에 두려고 할 테니까 알톰 황국으로 가면 못 돌아올지도 몰라."

"황족이라는 자각도 없는데 억지로 잡아 둔다고 의미가 있을까요? 솔직히 황실 교육을 강요하면 못 버틸 거 같아요."

"뭐, 그건 그래. 후…… 황실에서는 책임 떠넘기기가 시작돼서 분위기가 험악하다더군. 자업자득이지만 한심하기 짝이 없어. 나도 돌아가고 싶지 않아."

앞으로 벌어질 귀찮은 사건으로 대화를 나누며 두 사람은 의외로 빠르게 친해졌다.

다만, 그녀들이 상담하는 장소는—.

"왜 제 집에서 상담하시죠? 이런 이야기에는 아무 도움도 못 드려요. 상대방이 무력을 행사하면 모를까."

"아뇨, 사소한 거라도 좋으니까 의견을 들려주셨으면 해서요……."

"나도 바로 돌아가면 귀찮은 일에 휘말릴 것 같아서……."

이곳은 제로스의 집 거실이었고 왠지 두 사람은 여기서 의논하고 있었다.

참고로 아저씨는 옆에 딸린 부엌에 있었다.

"……그나저나 정말로 어떻게 될까요? 루세리스 씨 의견을 존중해도 4신교란 부분이 문제가 될 겁니다. 르페일 족은 창세신교니까요."

"개종해야 할까요?"

"그게 나을지도 몰라. 그 나라도 국운이 기울었어. 권력을 내세운 외교로 주변 소국이 모두 돌아선 탓에 이제는 포위당해 말라죽을 판이야."

"4신 자체도 세상이 어떻게 되든 관심 없나 봅니다. 세계를 파멸시키려던 녀석들인데 오죽하겠습니까?"

그렇게 말하면서 아저씨는 볼(bowl)에 넣은 계란을 휘휘 젓고 있었다.

오늘 점심은 오므라이스였다. 갑자기 먹고 싶어진 모양이었다.

옆에는 갓 만든 토마토케첩이 냄비 안에서 끓고 있었다. 금방 상하는 편이지만, 슬라임 소재로 만든 밀봉 팩과 인벤토리로 충분히 커버할 수 있었다.

"소시지는 삶을까요? 아니면 구운 게 좋으세요?"

"저는 구워주세요."

"나도 똑같이 해주게. 지금부터 물을 올리고 만들려면 귀찮지 않나?"

"알겠습니다. 근데 라이스를 케첩으로 볶고 계란에도 케첩을 뿌려야 하나~? 드미글라스 소스라도 만들어 두면 좋았을걸."

독신 생활이 길었던 아저씨는 요리도 제법 할 줄 알았다.

3인분을 만들려면 시간이 걸리므로 식기 전에 먹어줬으면 하지만, 루세리스도 루세이도 의리 있게 기다려주는 성격이었다.

자기 몫을 마지막으로 만드는 아저씨는 기다리게 하는 시간이 무척 미안했다. 소심한 아저씨였다.

"아이들은 어디 있죠? 아침에는 꼬꼬들과 훈련하던데."

"그 아이들은 용병 길드 등록비를 벌러 나갔어요. 요즘은 그 아이들이 일부러 어린 척 연기를 하는 게 아닌가 하는 생각이 들어요."

"모르셨나요? 그 애들은 웬만한 어른보다 어른스러워요. 고아로 뒷골목에서 살면서 배웠겠죠.『사람을 방심시키는 수단』을…….."

"그게 무슨 도움이 되나요? 솔직히 저는 잘 모르겠어요."

"정보 수집에 도움이 되는 기술이죠. 아무것도 모르는 아이인

척하고 잡담 속에서 원하는 정보를 얻는다. 상당히 교활한 방식입니다. 도적이 주로 쓰죠."

용병은 여러모로 위험한 직업이었다. 상위 마물 출현 장소와 소형 마물의 서식지 등 다양한 지식을 활용해 돈을 번다. 하지만 자신들만의 영업 비밀은 절대로 발설하지 않는다.

그래도 강한 마물을 해치우면 흥분한 나머지 무용담으로 그러한 정보를 폭로하는 경우도 있었다. 이런 정보는 미숙한 이들에게 큰 참고가 된다.

특히 천진난만한 아이 같은 태도는 잘난 척 가르치려 드는 용병에게 효과적이다. 칭찬해서 구워삶으면 금방 정보를 까발리게 된다. 물론 입이 무거운 용병도 있기 때문에 사람을 보는 관찰력이 필요하다.

참고로 아이들이 원하는 정보는 용병들이 경험한 실전에 관한 정보였다.

"그 아이들의 목표는 던전이었죠? 던전 정보는 아래층일수록 비밀로 하려는 경우가 많으니까, 정보를 모으는 것이 지금 할 수 있는 최선의 방법이라 생각하고 있겠죠. 전쟁에서도 정보 전달이 빠를수록 전황이 유리해지잖아요? 아이들은 살아남기 위한 지혜를 배웠다고 생각해주세요."

"흠…… 정보란 신선도가 중요하지. 우리 르페일 족은 하늘을 나니까 정보 전달에 걸리는 시간이 짧은 편이야. 하지만 인간족은 그러지 못하지. 그래서 정확한 정보를 얻을 수단이 중요하다는 건가?"

"하루 벌어 하루 먹고사는 용병이라면 더더욱 정보는 소중하니다. 아이들은 그 나이에 그 사실을 깨닫고 행동하고 있어요. 장래가 유망하네요. 다부지고 요령도 있어요."

전에 아이들과 사냥 훈련을 하러 갔을 때 정보 수집을 체험하도록 시킨 적이 있었다.

그때 아이들은 이미 익숙한 수법으로 정보를 캐내고 있었다. 아이들은 잘 배웠고, 잘 생각했고, 잘 실행했다. 그때부터 얼마나 강해졌을지 생각하면 솔직히 무서웠다.

삐딱선을 타고 악용하지 않기만 바랄 뿐이었다.

아저씨는 대화를 나누면서도 요리하는 손을 바삐 놀렸다.

얼마 가지 않아서 3인분의 오므라이스가 완성됐다.

"와인도 있는데 드실래요?"

흔히 말하는 식전주였다.

"낮부터 술을요? 괜찮을까요? 너무 사치를 부리는 게 아닌지……."

"어디 와인인가? 나는 와인에 대해선 조금 깐깐한 편이라."

"직접 만들었습니다. 【리큐르 포션】과 【마나 리큐르 포션】을 만드는 재료예요. 전에 조금 많이 만들었지 뭡니까……."

【리큐르 포션】과 【마나 리큐르 포션】은 이름 그대로 회복 아이템이고 【소드 앤 소서리스】의 제작 아이템이었다.

지금도 제로스의 인벤토리에는 게임 속 아이템이 먼지를 뒤집어쓴 채 산처럼 쌓여 있었다. 회복 아이템 재료도 당연히 대량으로 있었다.

아저씨는 『오므라이스니까 화이트 와인이 좋겠지?』라는 생각으로 대수롭지 않게 와인이 든 백자 병을 꺼내서 간단한 얼음 마법으로 식혔다.

왠지 가지고 있던 와인 잔을 식탁에 놓고 막 완성된 오므라이스를 옮겼다.

"그럼 먹을까요?"

"미안하군. 나는 요리를 한 적이 없어서 돕지도 못하고."

"그러고 보니 저도 앉아만 있었네요. 죄송해요……."

"미안할 것도 많네. 그냥 편하게 드세요. 식으면 맛없습니다."

그러면서 백자 병의 코르크 마개를 뽑고 와인 잔에 화이트 와인을 따랐다.

포도 특유의 향이 두 사람의 코를 간지럽혔다.

"향이 좋네요……."

"음, 이건 상급이군."

루세리스와 루세이는 와인 잔에 따른 화이트 와인의 향을 즐기고 한 모금 머금었다.

""……?!""

이루 말로 표현할 수 없는 극상의 맛이었다.

필설로 다 할 수 없다는 말이 딱 어울렸다. 너무나도 고급스러운 맛에 경악할 수밖에 없었다.

이건 상급이라는 말로는 한참 부족한 최고급품이었다.

"이, 이게 무슨……. 이 와인 한 병으로 나라가 기울겠어!"

"이, 이런 와인을…… 마셔도 괜찮은가요? 이건……."

"호들갑도 심하시지. 그냥 포션 재료로 쓰는 물건이에요."

아저씨는 자신이 무슨 짓을 저질렀는지 이해하지 못했다.

이 세상에는 마력이 존재한다. 오랜 기간 숙성하면 와인 성분이 변질해 맛은 깊어지며 마력도 응축된다.

응축된 마력은 주위 마력을 흡수하고 그 마력이 와인의 풍미를 더욱 더해준다.

이사라스 왕국의 100년산 와인이 이런 사례에 해당하며, 죽은 사람조차 되살린다는 【엘릭서】의 재료 중 하나가 이 100년산 와인이었다. 특히 레드 와인은 효과가 강해서 오래된 약학 서적에서는 【신의 피】라는 별명으로 불릴 정도였다.

화이트 와인도 【엘릭서】의 재료로 쓸 수 있지만, 마력 회복 효과가 높아서 【정령의 눈물】이라는 마력 회복약 재료로 이용되는 경우가 잦았다.

현존하는 물량이 적은 희귀한 재료라서 손에 넣기도 힘들었다.

제로스가 만든 와인은 『마력이 많이 들어갈수록 효과가 강해? 그럼 처음부터 마력을 응축하면 되잖아?』라는 콘셉트로 만들어졌다. 숙성 통의 재료는 【사우전드 엘더 트렌트】, 와인 재료는 【엘리먼트 그레이프】나 【용옥(龍玉) 포도】라는 최고급 재료였다.

더불어 마력을 축적하는 효과도 첨가됐으며 향을 더하기 위해 환상의 꽃 【암브로시아】까지 사용됐다.

그런 것들로 와인을 만들면 신전에서 만드는 【성수】보다 훨씬 진한 마력이 함유된 고품질 와인이 완성된다. 맛을 보면 천국이 보인다고 해도 과언이 아니었다.

암브로시아를 이용하는 시점에서 신의 술 【소마】로 승화되며 그 효과는 마력 완전 회복과 상태 이상 완전 정화, 병 완치에 주술 마법 완전 무효화였다.

의약 효과가 무서우리만큼 강한, 여러모로 정신 나간 술이었다.

""포, 포션 재료? 이게……?""

"반쯤 【소마】가 됐지만, 제법 맛있네요. 다음에 대산림 지대에 가면 재료라도 구해 올까? 재료는 많을수록 좋으니까…….."

"소, 【소마】…… 신이 마신다는 전설의 술. 어떠한 병도 즉시 고친다는…… 그……."

"대, 대체…… 뭘 마시게 한 거냐?! 이걸 맛보면 다른 술을 못 마시잖아?!"

"그냥 집에서 담근 술인데요? 정말로 호들갑도 심하시네~."

와인 맛이 너무 강렬해서 두 사람은 오므라이스의 맛은 느껴지지도 않았다.

그 정도로 기가 막힌 술이었다.

세상에 일반적으로 나돌 리 없는 신주(神酒).

인생에 한 번 마신 것만으로도 행운인 술을 아저씨는 산처럼 쌓아 두고 있었다.

이 사실이 세상에 알려지면 이 술을 구하려고 세계 각국이 전쟁을 벌일지도 몰랐다.

"안 파는 게 나을까요? 두 분 반응을 보니까 위험한 느낌이 드는군요."

"그게 이롭겠지……. 이 와인을 위해서라면 사람은 끝없이 타락할 거야."

"제가 대체 뭘 마신 걸까요……. 【소마】…… 아하, 아하하하……."

241

루세리스가 혼이 나간 것처럼 웃었다. 이런 반응이 보통이었다.

원래 【소마】는 나라의 보물고 안쪽에 엄중하게 관리해야 하는 귀중한 물건이며 메티스 성법 신국에서도 작은 병으로 세 병밖에 보유하지 못했다.

당연히 소국 중에 보유한 나라는 없었고, 만약 보유했어도 왕가가 남몰래 고이고이 모셔 놨을 것이다.

메티스 성법 신국에서는 이 【소마】를 성유물로 여길 정도였다. 소국에 있다고 알려지면 당장 대의명분을 꾸며서 침공할 게 틀림없었다.

설령 엄밀하게는 【소마】가 아니더라도 유사한 능력을 가진 한 전쟁의 불씨라는 사실에는 다름없었다. 그야말로 폭탄이었다.

"나구리 씨한테 나눠주려고 했는데 관둬야 하나? 드워프라서 술을 주면 좋아할 줄 알았는데."

"드워프에게 줄 바에야 내가 마시겠다! 그것들은 술맛도 몰라!"

"루세이 씨, 그건 편견이에요. 아무리 드워프라도 술맛을 모를까 봐요?"

"루세리스…… 드워프는 술 성분만 있으면 공업용 알코올까지 마시는 녀석들이다. 정말 술맛을 알고 마신다고 생각하나?"

"어…… 아뇨."

드워프에게 술은 일생에 단 한 번뿐인 인연.

좋은 술을 얻으면 그 자리에서 전부 마셔 버린다. 그것도 호쾌하게 벌컥벌컥.

고급 와인이든 공업용 에탄올이든 취할 수만 있으면 뭐든 상관없는 술고래 집단이었다. 그들의 인생 모토는 『술은 마시고 또 마셔라』니까.

"그렇게 들으니까 저도 아깝네요. 매일 술판을 벌이는데 굳이 또 술을 줄 필요는 없겠지?"

누구보다 드워프와 친밀하게 지내는 아저씨의 머리에 돼지 목에 진주 목걸이라는 속담이 떠올랐다.

그리고 그 생각은 옳았다.

가도 공사에서 매일 술판을 벌인 탓에 솔직히 이제 진절머리가 났다.

그 광경을 회상하고 한숨 쉰 제로스가 오므라이스를 숟가락으로 떠먹으려는 그때, 밖에서 창문에 달라붙은 아이들이 보였다.

개구쟁이 아이들은 오늘도 배고팠다.

결국 아저씨는 아이들의 오므라이스까지 만들어야 했다.

루세리스와 루세이가 떠난 뒤, 뜬금없이 무슨 생각을 했는지 아저씨는 크레스톤 저택으로 걸음을 옮겼다.

저택 뒤편에는 작은 숲이 있고 그곳 중앙에는 솔리스테어 공작가의 별택이 있었다. 불필요한 장식이 하나도 없는, 정취가 있으면서도 작은 고성이었다.

솔리스테어 마법 왕국이 건국되기 이전, 이 성은 방어의 요체였다. 절벽을 낀 난공불락의 요새는 많은 피가 흘렸던 이 땅의 역사를 말해줬다.

그런 고성을 찾은 제로스를 솔리스테어 공작가의 사용인들이 따뜻하게 맞아줬다.

객실로 안내받은 제로스는 크레스톤이 오기를 조용히 기다렸다.

'그럼 이 와인은 테이블에 둘까? 좋은 건 나눠 먹어야지.'

도기 술병 다섯 병을 주르륵 올려놨다.

물론 주둥이는 코르크와 금속 마개로 밀봉해 놓았다.

드워프에게 주기는 아깝지만, 크레스톤이라면 문제 될 것이 없었다.

무엇보다 전 공작이고 평소 신세도 많이 진 입장이었다. 제로스는 이웃 간 친목 도모에 적극적이었다.

크레스톤은 얼마 안 있어서 나타났지만, 그 모습이 왠지 몹시 초췌했다.

"오오, 제로스 공. 이게 얼마 만인가! 오늘은 어쩐 일로 왔나?"

"좋은 술이 생겨서 크레스톤 씨에게 나눠드리러 왔습니다. 그런데 무슨 일 있었습니까? 어째 수척해지셨는데…….'

"뎰 그 녀석이 왕도에 가서 내가 대신 공무를 맡았다네. 난 은거한 몸인데 말이야…….'

은거한 부모라도 부려먹는다. 뎰사시스 공작은 바쁜 사람이었다.

그와 등등한 능력 있는 부하가 있으면 좋겠지만, 그런 인재는 이미 왕도에서 한자리 꿰차고 있었다.

그래서 은거한 크레스톤에게 불똥이 튀는 것이었다.

"이게 제로스 공이 말한 술인가? 나중에 잘 마시겠네."

"살짝 특수한 와인이지만 맛있을 겁니다."

"후후후, 기대되는구먼. 헌데 제로스 공…… 뭐 하나만 물어봐도 되겠나?"

"뭐죠?"

"혹시 마물이 폭주하는 조건을 아나?"

크레스톤의 표정이 딱딱했다. 무슨 심각한 사태가 일어났을 가능성이 컸다.

"마물이 폭주? 그럴 조짐이라도 있었나요?"

"최근 리바르트 변경백 영지에서 마물이 빈번히 출몰한다고 하네. 상담을 받고 조사해 보니 얼마 전부터 마물 토벌 의뢰가 급증했어."

"흠…… 제가 아는 한—."

마물 폭주【스탬피드】. 특정 마물이 떼로 이동하는 사태를 말한다. 이는 식량난을 해결하거나 번식할 곳을 찾아서, 혹은 강력한 마물에게 쫓기면서 발생한다.

예외로 마물이 던전에서 배출되어 발생하는 경우도 있지만, 어느 것이든 쉽게 일어나는 현상은 아니었다. 드래곤이라도 나타났다면 모를까, 이 근방에서 스탬피드가 일어난 사례는 거의 없었다. 비옥한 땅이 펼쳐진 환경에서는 마물이 굶을 일이 없기 때문이었다.

파프란 대산림 지대 주변에서도 가혹한 생존 경쟁으로 생태계는 언제나 균형을 유지했다.

그렇다면 강력한 마물에게 쫓겨났다고 생각할 수 있겠으나, 그런 이야기는 크레스톤도 들은 적이 없었다.

솔리스테어 공작가의 무서운 정보망으로도 이번에는 어떤 정보도 들어오지 않았다.

"모르겠네요. 남은 건 【헬즈 레기온】 정도일까요? 이건 굶주린 마물 무리가 주위 마물을 먹어 치우며 이동하는 현상인데, 그런 최악의 폭주를 일으키는 마물이 이 근처에 있을 거 같지는 않군요. 만약 있다고 해도 확산돼서 언젠가 잦아들 테고요."

"흠, 그런가……. 그런데 제로스 공……."

"………………뭐죠?(뭔가 안 좋은 예감이 드는데…….)"

"S랭크 용병인 제로스 공에게 의뢰하고 싶네. 마물이 빈번히 출몰하는 원인을 규명해줄 수 없겠나? 안 좋은 예감이 들어…… 아주 안 좋은 예감이."

종류에 따라서 다르지만, 원래 마물은 자주 나타나는 편이 아니었다.

약육강식으로 살아가는 마물은 확실한 생태계를 형성하고 있었다. 토벌 의뢰가 급증하는 사태는 잘 일어나지 않았다.

가령 스탬피드가 일어나더라도 뭔가 전조가 있었다. 평소 보지 못한 마물을 목격하거나 성가신 마물이 여러 마리 확인되는 식으로 말이다.

사람이 많이 사는 영역에서는 【고블린 킹】이라도 큰 위협이 된다. 파프란 대산림 지대에서 살아 나온 아저씨라면 이 임무에 적임이었다.

"최악의 경우…… 이웃 국가에 침범할지도 모릅니다만?"

"상관없네. 용병은 자유롭게 움직일 수 있어. 필요하다면 메티스 성법 신국에 침입해도 아무 말 나오지 않게 해주겠네. 용병 길드 의뢰라면 그 나라도 뭐라고 하지 못해."

용병은 비교적 자유로운 신분이었다. 활동하는 나라가 달라도 용병들의 일은 엄연히 사람을 돕는 일이기 때문이었다.

만약 마도사라도 용병 길드에 등록하면 범죄라도 저지르지 않는 한 국가의 간섭을 받지 않았다. 즉, 당당히 메티스 성법 신국에 발을 들일 수 있었다.

"국가의 울타리를 넘어선 조직인가요? 생각해 보면 위험하네요."

"그 부분은 각국의 법률에 따라서 사정이 다르다네. 그런데도 소란을 일으키는 자는 범죄자거나 문제를 일으켜서 쫓겨난 자들일 테지."

"에효…… 아무리 저라도 이렇게 연속해서 일하면 의욕이 떨어지네요. 이번 일이 끝나면 전 잠시 쉬도록 하겠습니다."

"미안하구먼. 델사시스에게도 전해 두겠네. 하지만 그 녀석은 사람이 말을 안 들으면 듣게 만드는 성격이라서 약속은 못 하겠군……."

"거 성격 참……. 지금까지도 그 손바닥 위에서 놀아난 건가요? …………못 살겠네."

아저씨는 겨우 자기가 부려 먹혔다는 사실을 깨달았다.

하지만 마물 폭주는 남 일이 아니었다. 언젠가는 자신의 생활을 위협할 사안이므로 아저씨는 이 의뢰를 받기로 했다.

스탬피드 피해는 상상 이상으로 번지기도 한다…….

◇ ◇ ◇ ◇ ◇ ◇ ◇

이 세계에 있을 리 없는 물체가 알톰 황국의 가도를 달리고 있었다.

그것은 한마디로 정의하면 【경승합차】였다.

운전하는 사람은 마도사였고 뒷좌석에서는 두 여성 마도사가 창 밖으로 흘러가는 경치를 지루하게 바라보고 있었다.

"이제야 알톰 황국 국경이군. 전에는 메티스 성법 신국 쪽으로 돌아가느라 오래 걸렸는데 알톰 황국이 가도를 뚫어준 덕분에 편해졌어. 조류 마물이 자주 출몰하는 게 흠이지만……."

"아도 씨, 나 심심해 죽겠어……. 어떻게 휴게소도 하나 없어?"

"이 세상에서 그런 거 바라면 안 돼, 리사. 문명이 중세 수준이잖니."

이 경승합차는 아도가 생산직 스킬을 구사해 만들었다.

길에 눈이 쌓여 타이어에 체인을 감았는데 그 탓에 소리가 여간 시끄럽지 않았다. 겨울철 산길을 안전하게 지나려면 어쩔 수 없는 조치였다.

"듣기로는 이 앞에 있는 마을에 온천이 있대. 솔리스테어에서 온 건설업자가 발견했다나?"

"정말?! 게르마늄? 라듐? 아니면 유황인가?"

"리사…… 온천은 있어도 이 세계에서 성분 분석을 어떻게 해? 온천욕을 할 수 있는 것만으로도 고맙게 생각해."

온천에도 여러 종류가 있겠지만, 이 세계에는 완벽한 성분 분석이 가능한 기술이 없었다.

편하게 쉴 수 있다면 그저 감지덕지였다.

"술이라도 마시면서 노천탕에 잠기고 싶다~. 근데 노천탕이 있기는 한가?"

아도의 취향은 아저씨 같았다.

그러나 리사와 샤크티는 아무 말도 하지 않았다. 왜냐면 둘 다 기대되는 건 마찬가지였으니까.

"술이라고 해서 생각났는데, 동맹국에 와인을 보냈다면서?"

"그래. 맛좋은 100년산이었지."

""……100년산?!""

"응?"

차 안에 한순간 침묵이 깔렸다.

"아도 씨…… 100년 된 와인을, 마셔도 돼?"

"보통 30년산을 높게 쳐주지 않던가? 나도 잘 모르지만."

"응? 난 150년산도 마신 적 있는데?"

""어디서?""

"【소드 앤 소서리스】에서. 던전에서 발견한 거…….."

""그걸 마셨다고?!""

"왜?! 마시면 안 되는 거였어?"

아니다. 이 경우에는 아도가 옳았다.

이 세계는 【소드 앤 소서리스】의 세계 설정과 합치하는 점이 많고 마력이 와인 숙성에 영향을 주므로 100년산이 되면 풍미는 지구산 와인과 비교가 되지 않았다. 막대한 마력 회복 효과는 덤이었다.

한편, 샤크티는 지구에 있을 때 뚜껑을 열고 방치한 와인이 신맛으로 산화한 경험 때문에 이런 소리를 하는 것이었다.

그리고 리사는 애초에 술을 마실 수 없는 나이라서 단순히 생각대로 말했을 뿐이었다. 아도도 딱히 와인에 관해 잘 아는 것은 아니어서 혹시 자기가 잘못했나 불안해졌다.

참고로 지구에도 100년산 와인은 존재했다. 과거의 지식과 경험이 계승되고 온도와 습도를 철저히 관리하였기에 이런 귀중한 와인이 남았으리라.

"마, 망했다……. 나, 100년산 와인을 다른 나라에 선물하라고 진언했어……."

"어떡해?! 통에서 100년이나 지난 와인이면 분명히 상했을 거야!"

"잘못하면 전쟁 나겠네. 아도 씨…… 어떻게 수습할래? 동맹도 깨지는 거 아니야?"

"……."

서로의 지식 부족이 동요를 부르고 차츰 혼란으로 바뀌었다.

동맹이 파탄하면 이사라스 왕국은 망한다. 최악의 경우 자신은 역적이 된다.

아니, 그보다도 많은 사람이 죽을지도 몰랐다. 아도의 이마에서 식은땀이 폭포처럼 흘렀다.

세 사람의 마음속에 불안감이 먹구름처럼 퍼져 나갔다.

"어떡해……. 어떡하냐고오오오오오오오오오오오오오! 나 어쩌면 좋아?!"

"앞, 앞을 보고 운전해애애애애애애애애애애애애애!"

"마차, 앞에 마차아아아아아아아아아아아아!"

그리고 혼란은 더 큰 혼란을 불렀다…….

패닉에 빠진 아도의 승합차는 가도를 갈지자로 달려갔다.

 ## 제13화 아저씨, 에어 라이더를 즐기다

이른 아침, 산토르는 아침 안개에 싸였고 시장에서는 좋은 자리를 선점하려는 노점상들이 바삐 돌아다녔다.

그런 아침을 깨우는 소음과는 떨어진 구시가지. 이세계 주민들은 일용할 양식을 얻기 위해 열심히 땀을 흘리며 오늘을 살아간다.

어느 세계에나 있는 일상적인 풍경이겠지만, 제로스는 이세계 특유의 자유와 활력이 있다고 생각했다.

'그나저나 마물 폭주라……. 어디에 던전이라도 생겼나?'

【소드 앤 소서리스】에서는 던전이 출현해 마물 폭주 이벤트가 발생할 때면 마을이나 도시를 진지로 삼은 방어전이 벌어졌다.

제로스에게는 이런저런 사고도 많이 친 그리운 기억이지만, 그건 어디까지나 게임 세계기에 가능했던 행동이었다. 과거 흑역사를 현실에서 재현하면 범죄자 확정이었다.

"뭐가 됐든 가 보지 않으면 모르겠지. 그런데 당신들도 가려고요?"

제로스 옆에는 왠지 검은 꼬꼬 세 마리가 있었다.

"꼬끼!(우리도 함께하겠습니다, 사부.)"

"꼬끼, 꼬꼬.(단련도 좋지만, 슬슬 실전을 경험하고 싶습니다.

소인들의 역량을 알기 위해.)"

"꼬끼오!(우리 힘을 시험하고 싶어. 언젠가는 그 땅에 가야 하니······.)"

"상관은 없지만, 단련도 쉬엄쉬엄하세요······."

와일드 꼬꼬의 변이종인 세 마리는 얼마 전에 또 진화했다. 우케이는【그래플 마스터 꼬꼬】, 잔케이는【사무라이 마스터 꼬꼬】, 센케이는【닌자 마스터 꼬꼬】로 종족명이 바뀌었다. 이 이색적으로 변이한 꼬꼬들은 싸우고 싶어 안달이 나 있었다.

어지간한 용병보다 강하니까 데리고 가면 큰 도움은 될 것이다. 아저씨를 포함하면 전력 과다지만, 무슨 일이 벌어질지 모르는 이상 데리고 가도 문제는 없을 것이다.

세 마리 모두 칠흑처럼 검게 변했고 우케이는 시조새처럼 날개에 손가락이 돋았으며 잔케이는 두 날개의 깃털 한 장이 은색으로 변했다. 그나마 잔케이는 날개 깃털의 질 말고는 그다지 변화가 보이지 않았다.

이제 이 요상한 생물들에 관해서는 더 할 말도 없었다.

'내가 상관할 바는 아니지만, 이 꼬꼬들은 뭐가 되려는 거야? 이미 마왕 클래스에 근접하지 않았나?'

마왕 클래스란 마물이 과잉 진화한 끝에 탄생하는 재앙급 괴물이었다.

종족에 따라서 다르지만, 홀로 일국을 멸망시킬지 모를 힘을 보유했다. 예를 들어 파프란 대산림 지대에서 만난 약 20미터의 기브리온은 요새급이라는 개체였다.

솔리스테어 마법 왕국 주변에서 보이는 기브리온은 5미터 크기에 일반적으로 장군급이라고 불렸다. 그 힘은 오크 제너럴과 등급이었다.

사실 환경과 레벨에 따라서 개체별로 진화의 방향성이 다 달라서 뭉뚱그린 등급 구분은 별 의미가 없지만, 적어도 사람들 사이에서는 이것이 상식이었다.

상식을 갈아엎는 경이적인 존재를 보지 못했고 마물의 진화 과정은 그 어떠한 학자라도 예측이 불가능하기 때문이었다.

'이제 이 녀석들은 감정하지 말자……. 인류의 적을 키운 기분이 들어서 심장에 해로워.'

아저씨는 꼬꼬에 관해 생각하기를 포기했다.

현실 도피처럼 「나는 아무것도 몰라. 우헤헤헤」라고 중얼대며 인벤토리에서 【사이드와인더호】를 꺼냈다. 처음에는 마도 바이크 【할리 선더스 13세】로 갈 예정이었지만, 기왕 수리했으니까 시운전 삼아 타고 가기로 했다.

"그럼 가 볼까? 후아암, 졸려……."

제로스는 사이드와인더호에 앉아서 키를 꽂았다.

압축식 마력 탱크에서 기체 전체로 마력을 보내자 구시대의 시스템이 가동했다.

사이드와인더호 하부에 달린 대형 크리스털에 마력이 주입되고 다양한 기하학무늬가 떠올랐다. 보통은 바퀴가 있을 부분에 탑재된 대형 에어로 스러스터가 공기를 흡입하기 시작했다.

그리고 블랙박스에 내장된 마법식이 크리스털에서 투사되어 반중력장을 형성했다.

"에어로 스러스터, 정상 가동! 방향은…… 북서쪽이면 될까?"

나침반을 확인하면서 사이드와인더호의 방향을 틀고 천천히 하늘로 상승했다.

푸슉! 푸슉! 방향 전환용 서브 스러스터가 공기를 분출하는 소리를 들으며 제로스는 차츰 작아지는 산토르의 전망을 구경했다.

"오오…… 이거 절경인데. 감동했어."

엷은 안개가 낀 성곽 도시의 광경은 가히 환상적이었다.

비행 마법【어둠 까마귀의 날개】를 쓸 때와는 또 다른 기쁨이 밀려 올라왔다.

제로스는 말로 표현하지 못할 흥분을 맛보면서도 아쉬움을 털어내고 스로틀을 돌렸다.

가속한 사이드와인더호가 이세계의 하늘을 미끄러졌다.

『이게 이세계지……』라고 중얼거리는 아저씨를 태우고—.

제로스는 하늘을 나는 자의 특권을 새삼스럽게 실감했다.

의뢰받은 귀찮은 일을 로망으로 덧씌우고 하늘을 누비는 우월감에 잠겼다.

생물은 영양을 섭취해서 살아간다.

소형 동물이라면 나무 열매나 벌레를, 대형 동물이라면 다른 동물의 고기를 먹는다.

그것은 마물도 예외는 아니라서 거구일수록 에너지 섭취량도 늘어난다.

계속 이동하는 【그레이트 기브리온】도 그 섭리에서는 벗어나지 못하고 굶주려 있었다.

너무 거대해진 몸뚱아리는 많은 식량을 요구하지만, 조그마한 먹이로는 간에 기별도 가지 않아 부하의 사체를 먹으며 간신히 버티는 실정이었다.

기브리온이 유린하는 이 지역에 대형 생물은 존재하지 않았다.

이런 상황에서는 보통 굶어 죽어야 하지만, 경이로운 생명력이 그마저도 허용해주지 않았다. 이미 생물의 영역을 초월한 생명력이었다.

많은 마물은 기브리온을 감지하면 도망치고, 뒤쫓는 권속도 굶주림 때문에 차차 낙오했다.

동물은 위험에 민감했다. 이길 수 없는 존재에게서 전력으로 도망치는 것 당연했다. 도망도 하나의 생존 전략이니까.

기브리온은 본능에 따라서 이동하지만, 어떤 시점을 경계로 자신에게 일어나는 이변을 느꼈다. 이동 속도도 떨어지고 움직임도 서서히 둔해져 갔다.

보통 『죽음』이라고 생각하겠지만, 그렇지 않았다.

그것은 새로운 변조였다.

『이 배고픔은 어떻게 하면 해소될까? 어디로 가야 할까?』

항상 이런 의문이 머리를 지배함과 동시에 해방의 시간이 다가온다는 사실도 알고 있었다.

『이제 곧, 이 배를 채울 수 있다…….』

굶주린 거대 생물은 본능에 따라 변화의 때가 오기를 조용히 기다렸다.

땅에 널브러진 부하의 사체를 뜯으며—

◇　◇　◇　◇　◇　◇　◇

리바르트 변경백령. 메티스 성법 신국의 국경에 접한 솔리스테어 마법 왕국의 국토방위의 요충지였다.

이 땅에서 이변이 발생한 것은 약 3주 전이었다.

원래대로라면 개개의 영역을 가지는 마물이 무리 지어 인근 마을을 공격하기 시작했다.

리바르트 변경백도 대처에 나서서 용병과 기사단을 파견했지만, 상황은 악화 일로를 걸었다.

신속한 대처는 훌륭했다. 그렇지만 차차 마물의 수가 늘어나자 인근 주민에게 일시적인 피난을 명할 수밖에 없었다.

불어난 마물 무리를 감당하지 못하게 된 탓이었다.

"알레프 대대장님, 촌민 피난을 완료했습니다!"

"수고했다. 마물의 동태는 어떤가?"

"대단할 것 없는 상대지만, 머릿수가 너무 많습니다. 마치 뭔가를 피해 도망쳐 온 것 같더군요."

"그런가요……. 이건…… 단순한 【스탬피드】는 아닐지도 모르겠군요."

알레프는 파프란 대산림 지대의 호위 임무에서 복귀한 뒤 실력을 인정받아 대대장으로 임명됐다. 예전 부하도 끌어와 아래에 두면서 지금은 특수 유격 기사대로 출세했다.

약육강식의 지옥에서 귀환한 그들의 실력은 여타 기사를 아득히 초월했고, 새롭게 부하가 된 기사들에게 지옥처럼 가혹한 시련을 내리는 것으로도 유명했다.

그렇게 붙은 별명이 【창귀(蒼鬼) 알레프】. 그러나 부하들도 가혹한 훈련 덕분에 현재까지 임무에서 한 사람도 희생되지 않았다. 병력 소모율이 타 부대보다 현저히 낮다는 의미였다.

그 실적으로 지금 그는 기사단을 대표하는 장군 중 한 명이 됐다.

"스탬피드가 아니라면 강력한 마물이 출현한 탓일까요?"

"그게 가장 유력하겠군. 심지어 이 앞에 있는 나라는……."

"메티스 성법 신국……. 녀석들, 무슨 짓을 저지른 걸까요? 그쪽 마물이 이곳으로 흘러들었다고밖에 생각할 수 없어요."

"지금 그 나라는 우리나라가 눈엣가시다. 이유는 알겠지?"

"그야 뭐…… 회복 마법 판매를 시작했기 때문이겠죠. 하위 회복 마법이라면 이미 용병들 사이에도 퍼졌고 신성 마법의 가치가 떨어졌으니까요."

"기술의 진보를 인정하지 못하는 고리타분한 자들이지. 트집을 잡아서 발목을 잡고 싶을 거야."

마도구와 마법약 품질 향상 및 마법 개발을 이유로 메티스 성법 신국은 솔리스테어 마법 왕국과 정면에서 대립하는 관계였다.

메티스 성법 신국은 마법에 편견을 가져 『자연의 섭리를 비트는 사악한 지식을 버려라!』라며 고압적인 태도를 취하고, 솔리스테어 마법 왕국은『기술 진보 없이 발전은 없다! 너희가 입은 신관복도 마법 기술의 산물이 아니냐!』라고 반론하는 식이었다.

신성 마법은 신의 은혜로 쓸 수 있는 신성한 힘이라고 믿는 4신교 신관들은 신성 마법도 다른 마법과 다를 바 없다고 주장하는 마도사들을 전면 부정했다.

신앙과 이론, 비논리와 논리, 환상과 진리, 부덕과 도의, 보수적 사고와 혁신적 사고의 충돌은 무의미한 평행선만 그렸다.

질리도록 논의하고 또 논의하지만, 그 결과는 언제나 실속 없는 쌈박질로 끝났다.

『네놈들이 감히 신의 뜻을 거스르느냐! 이 사악한 마도사 놈들!』

『웃기지 마, 왜 우리가 댁들 말을 들어야 해! 국가 발전에 힘쓰는 건 당연하잖아, 내정 간섭 하지 마!』

『뭐가 어쩌고 어째? 수상한 약으로 사람들을 홀리는 배교자 주제에! 사람은 자연 그대로 사는 것이 행복임을 왜 이해하지 못해!』

『그걸로 득 보는 건 당신들 나라지! 요정 같은 사악한 생물이나 보호하는 주제에 헛소리하지 마!』

『요정은 가장 순수한 종족이다! 더러운 마음이 일절 존재하지 않는 지순한 종족! 너희 주장이야말로 내정 간섭이 아닌가!』

『하! 순수한 종족이 다 얼어 죽었냐? 그 순수한 종족님이 인간과 동물을 토막 내고 낄낄대시던데? 신관님들은 그런 녀석들을 순수하다고 두둔하는군? 백성이 얼마나 희생돼도 상관없다는 말이지? 대단한 성직자 납셨군.』

『이, 이 자식이 신의 권속을 모독해?! 따라 나와!』

『따라오라면 못 갈 줄 아냐?! 덤벼, 인마!』

이렇게 메티스 성법 신국과의 무역은 단절되고, 반대급부로 주변 국가와의 연대가 공고해졌다.

또한, 이 드잡이 외교가 이루어지는 뒤편에서는 드워프 지하 유적의 가도 공사가 차근차근 진행되고 있었다. 교역이 끊기면 솔리스테어가 손해라고 생각한 메티스 성법 신국은 즉시 교역을 중단해 경제 제재에 들어갔다.

그것이 함정이라고 알게 된 것은 지하 가도가 완성됐다는 소식을 들은 뒤였다.

이로써 『광물 자원(이사라스 왕국)』, 『귀찮은 신적(알톰 황국)』, 『배교자(솔리스테어 마법 왕국)』가 연결되고 말았다.

강압적으로 단교를 강행한 입장에서 저자세로 무역 재개를 제안할 수도 없고, 엎친 데 덮친 격으로 3국 외의 소국도 합세해 반기를 들었다.

솔리스테어 마법 왕국에 경제 제재를 한다는 것이 오히려 주변국으로부터 제재를 받을 판국이 됐다.

유례없는 대지진으로 천문학적 피해를 입은 상황인데 이래서는 외부의 원조도 받을 수 없다.

지금까지 국력을 앞세워 협박 외교를 한 탓에 머리를 숙이려야 숙일 수 없는 사태에 빠진 것이다.

"그러니까 놈들이 보복해도 이상할 게 없어."

"그 나라는 바보들만 있나요? 외교가 우습나."

"수인국에 쳐들어갔다가 대패해서 지금은 병력이 없을 거야. 그 래서 마물을 보냈는지도 모르지."

"보복치고는 너무 과하네요."

"어쩌면…… 타국에 떠넘기지 않으면 안 될 괴물이 나타났거나."

억측은 가능하지만, 현시점에서는 아무것도 확신할 수 없었다.

지금은 그저 이 혼란을 수습하기 위해 최선을 다하는 수밖에 없었다.

"알레프 대대장님, 피난민 마차가 마물에게 습격받았다고 합니다! 소대장이 원군을 요청했습니다!"

"머튼 소대를 보내라! 아무도 죽어서는 안 된다!"

"예! 머튼 소대장에게 전령을 보내겠습니다!"

"촌각을 다투는 사태다! 우리는 백성의 방패이자 검이기도 하다. 그 긍지를 잊지 마라!"

"예!"

어쨌든 지금은 피난 유도가 급선무였다.

알레프 대대는 파프란 대산림 지대의 경험을 살려 그 어느 곳보다 혹독한 수련을 쌓았다. 필요하다면 다시 마물이 득실대는 그 숲으로 갈 정도였다.

웬만한 마물이라면 손쉽게 이길 수 있는 실력자가 여러 명 나왔고, 그들 대부분이 소대장을 맡고 있었다. 그 훈련으로 불명예스러운 별명은 생겼지만, 결과에 걸맞은 강자들이 모였다.

그야말로 정예 부대였다.

"과연 피해를 얼마나 줄일 수 있을까……."

"전부 구할 수는 없겠죠. 무력함이 한스럽네요."

기사의 수는 한정돼 있었다.

아무리 신속하게 행동해도 모든 곳을 호위할 수는 없었다. 적잖은 희생이 나올 것이다.

그 희생자 수를 줄이는 것이 기사의 일이지만, 알레프는 인명을 숫자로 헤아리는 자신에게 자기혐오를 느꼈다.

그리고 가능하다면 희생자가 적기만을 간절히 빌었다.

숲 속에서 피난민을 훔쳐보는 그림자가 있었다.

각지 마을에서 대피한 주민들이 마물에게 습격받는 상황을 그림자는 감시하고 있었다.

주민들은 기사들이 호위해주고 있었는데, 그 기사들의 상태가 좀 이상했다.

"덤벼라, 덤벼! 계속 들어와!"

"격이 오른다……. 꽤 짭짤하군, 크크크……."

"잡아도 잡아도 끝이 없어. 최고잖아? 크케케케~♪"

뭐라고 해야 할까…… 미친 것 같았다.

그들에게 마물은 전부 자신이 강해지기 위한 먹잇감이었다.

파프란 대산림 지대에서 힘든 서바이벌 생활을 거친 알레프 부대원은 깨우쳤다. 약하면 아무것도 지킬 수 없다고. 그래서 더 힘든 상황으로 자신을 밀어 넣고 훈련을 쌓았다.

그 결과, 이 근방에 서식하는 마물은 더 이상 그들의 적수가 되지 못했다.

지금 그들에게는 스탬피드로 몰려드는 마물은 단순한 조무래기, 직업 스킬을 올려줄 훈련용 고깃덩이에 불과했다. 경험치가 자동으로 모이는 격이었다.

"어이! 그쪽으로 갔어, 놓치지 마!"

"누구한테 하는 소리야? 내가 그런 실수를 하겠냐!"

"잔말 말고 손이나 움직여! 민간인이 다치면 어쩌려고!"

고함치면서도 정확히 마물을 베어 넘기고 다음 목표를 향해 검을 내리쳤다.

일도양단된 마물을 빠르게 확인하고 또 다음 마물에게 칼끝을 돌린다.

그들에게는 빈틈이 없었다.

'뭐, 뭐야, 저것들…… 말도 안 되게 강하잖아?!'

어둠 속에 숨은 밀정【샤란라】는 기사들의 흉악함에 전율했다.

신성 기사단에도 이토록 무모한 인간들은 없었다. 떼로 밀려드는 마물을 모조리 물리칠 실력은 없었으니까.

하지만 솔리스테어 성기사단은 한 동작만으로 여러 마물을 해치웠고, 백성을 보호하면서도 적을 압도했다.

당초 예정으로는 솔리스테어 마법 왕국에 헬즈 레기온을 떠넘기고 자신들은 금품 물색이나 이단 심문이라는 이름의 살육을 즐길 생각이었다.

그러나 이단 심문관들의 생각과 달리 성기사들의 행동은 신속했고 백성을 지키면서도 선전…… 아니, 농담이나 따먹을 정도로 여유로웠다.

정면에서 싸우면 샤란라에게 승산은 없었다.

'안 좋아……. 병력은 우리가 많아도 기사의 질이 너무 달라…….'

샤란라의 목적은 성법 신국에 나타난 초거대 바퀴벌레를 떠넘기는 것과는 별개로 이 나라 어딘가에 있는 동생을 유인해 내는 것이었다.

【회춘의 비약】으로 젊어진 그녀는 부작용으로 수명이 앞으로 몇 년밖에 남지 않았다.

제로스에게 해독제가 있다는 근거 없는 믿음으로 벌인 행동인 만큼, 제로스와 재회하면 어떻게 될지도 미처 생각하지 못했다. 이미 한 번 겪어 봤으면서 말이다.

"응?"

"왜 그래?"

"어쩐지…… 누가 보는 기분이 들어서……. 아니야, 분명히 보고 있어."

"마물이 숨어 있는지도 몰라. 폭주 상태에 그럴 이성이 있을지 의문이지만……."

'이크?! 무슨 감이 이렇게 좋아? 지금까지 아무도 눈치채지 못했는데!'

샤란라의 실력은 크게 뛰어나지 않았다.

이 세계 주민과 비교하면 위협적이지만, 솔리스테어의 기사들에게는 상대가 되지 않았다. 싸움이 벌어지면 틀림없이 패배한다.

무엇보다 이 나라에서 그녀는 지명 수배자였다. 함부로 모습을 드러낼 수는 없었다.

'지금은…… 도망치는 편이 낫겠어. 사람 귀찮게 하는 나라야!'

샤란라는 불평하면서 냉큼 자리를 떴다.

아직 그녀는 몰랐다. 그 위험한 기사들이 탄생한 배경에 자기가 찾는 동생이 있다는 것을…….

◇　◇　◇　◇　◇　◇　◇

샤란라는 사력을 다해 이단 심문관들의 거점으로 돌아왔다.

현재 그녀는 메티스 성법 신국에 속했다는 증거로 신관복을 입고 있었다.

당연히 다른 범죄자들도 마찬가지였다. 그들은 대국의 면죄부를 등에 업고 욕망을 채우기 위해 이 일에 종사했다.

그 욕망이란 『살인』.

이단 심문부에는 서스펜스 영화에 나올 만한 살인귀 예비군이 존재하며 그들은 남에게 말할 수 없는 더러운 일을 기꺼이 떠맡았다. 그것이 그들 삶의 보람이니까.

샤란라도 돈과 보석을 위해서라면 살인도 주저하지 않으므로 방향성은 달라도 동족이라고 할 수 있겠다.

"후…… 정말로 귀찮아. 이러면 돈도 못 벌잖아. 그 멍청이도 어디 있는지 모르고……."

"샤란라, 왔나? 전선은 어때? 기사들에게 얼마나 피해가 나왔지?"

그녀 옆에 있던 조스포크가 가장 먼저 전황을 물었다.

그들의 목적은 헬즈 레기온 유도였지만, 상황은 썩 좋지 않았다.

보고에 따르면 그레이트 기브리온의 움직임은 서서히 느려지고 있으며 다른 권속도 분산되는 추세였다. 대장을 유도하는 데는 성공했어도 하위종인 바퀴가 이곳에서 흩어지면 의미가 없었다.

"상황이 정말 안 좋아. 폭주한 마물을 모조리 제압하고 있어. 이 나라 기사들, 너무 강해."

"그럴 리가…… 아니, 파프란 대산림 지대 입구를 끼고 있는 나라야. 기사가 강한 것도 당연할지도 몰라. 알톰 황국처럼."

"그러면 상식적으로 못 이긴다는 말이잖아? 유도에는 성공했으니까 그냥 돌아갈래?"

"가긴 어딜 가? 우리는 아직 못 즐겼어! 사람을 고문하고 죽일 수 있으니까 이 자리에 앉은 거라고. 여기서 도망치면 또 당분간 대기해야 해……."

"그래도…… 기사가 너무 강하다니까? 그것들 정상 아니야."

이단 심문관 대부분이 쾌락 살인자였다. 여기서 순순히 나라로 돌아가면 당분간 좁은 방에서 잡무나 맡게 된다.

표면적 신분이 신관이라서 평소 그들은 잡무 담당으로 부려 먹혔다. 고문을 즐기고 싶어도 요즘은 반항 세력이 몸을 사려서 이단 심문관이 나설 차례가 없었다.

"어쩔 수 없군. 스탬피드의 범위를 넓힐까……."

"그것도 괜찮네. 알아서 죽어줄 사람이야 많으니까."

"그래. 이 나라에 있는 신관들도 본국에서는 배신자 취급이야.

놈들을 조금 견제해도 되겠지. 우리가 손해 볼 건 없어."

"어머, 불쌍해라. 성실하게 포교하는 사람들인데. 나쁜 신관님 이네."

"그것들은 이단자야. 그렇다면 죄를 떠넘겨도 괜찮잖아?"

타국을 순회하고 포교하는 신관 대부분이 현재 메티스 성법 신국에 불만을 가졌다고 의심되는 자들이었다.

일반적인 양심과 정의감이 문제시된 것이었다.

권력에 빠진 자들이 꼭 없애고 싶어 하는 부류였다.

어차피 방해되면 타국에서 죽어도 상관없다. 정적은 사라지고 무엇보다 솔리스테어 마법 왕국을 비난할 트집거리도 생긴다.

지금 메티스 성법 신국은 정치적으로 괴로운 입장이었다.

"젠장…… 왜 우리가 윗대가리한테 알랑거려야 해? 그냥 범죄자 였던 시절이 편했어."

"자유롭게 움직일 수 있어서 좋았지? 잡히면 망하지만."

"난 그런 실수 안 해. 붙잡히는 바보들은 증거를 너무 많이 남겨. 머리가 나쁜 거지."

"그건 동감이야. 그럼 경건한 바보들에게 지시하고 올게. 『이대로 가면 신의 위광을 알릴 수 없습니다. 당신들의 목숨을 제게 맡겨주세요』라고 울면서 부탁해 볼게."

샤란라가 말하는 『바보들』이란 이단 심문부에 소속한 혈련 동맹이었다.

그들은 원래부터 도를 넘은 4신 숭배자였는데 이단 심문관이라는 직책을 얻으면서 맹신자가 되었다. 조금이라도 교의에서 벗어난 자를 발견하면 무관용으로 목숨을 거두었고, 반대로 4신을 위한 일이라면 기꺼이 자기 생명을 바치는 정신 나간 인간들이었다.

그들은 사람을 위해 살지 않고 4신교를 위해서만 살아갔다.

그래서 신국을 위해서 죽어달라고 말하면 그들은 당연히 죽는다.

많은 사제들에게는 융통성 없는 껄끄러운 자들이지만, 조스포크 패거리에게는 이용하기 좋은 꼭두각시였다.

"너도 몹쓸 여자야. 자기 이익을 위해서 사람을 죽여?"

"어머, 난 부탁할 뿐인데? 죽음을 선택하는 건 그 사람들이지. 당신도 살인을 하고 싶을 뿐이면서."

"어허, 우리는 죄인을 신의 곁으로 보낼 뿐이야. 이건 **4신의 뜻**이지."

살인을 정당화하는 대의명분. 쾌락 살인자에게 이만큼 고마운 것도 없을 것이다.

대국의 위신이 예전 같지는 않더라도 범죄자에게 이 대의명분은 제법 가치가 있었다.

『신에게 거역하는 자를 단죄한다』. 이 대의를 내걸면 이단 신문관들의 행위는 정당화된다.

만약 잡히더라도 모든 책임을 교황에게 넘길 수 있다.

갈 때 가더라도 혼자 가지 않겠다는 심보였다.

조스포크는 버림받는 경우까지 염두에 두고 있었다.

개인차는 있어도 쾌락 살인에 빠지는 자는 독특한 가치관을 가지고 자신의 죽음마저 쾌락의 하나로 즐겼다.

신념이 있어서 더 악질이라고 하겠다.

그런 자들과도 대등하게 소통하는 샤란라도 어떻게 보면 비슷한 인간이었다.

'돈은 죽여서라도 뺏으면 되지만, 수명은 늘릴 방법이 없어. 기다려, 사토시…… 반드시 찾아내고 말 거야.'

그녀의 사전에 『반성』이라는 두 글자는 없었다.

언제나 자기 좋을 대로 몽상만 하고 최악의 결과를 생각하지 않았다.

그래서 알지 못했다.

이 판타지 세계는 그녀와 굉장히 궁합이 나쁘다는 것을.

 ## 제14화 꼬꼬, 천벌을 내리다

【사이드와인더호】로 드넓은 하늘을 누비는 제로스는 커다란 문제점을 깨달았다.

이 탈것은 예상 이상으로 마력 소비가 심했다.

원인은 노후화로 교환한 에어로 제트였다.

원래부터 순정 부품이 아니라 부서진 부품을 분해해서 복제한 것인 탓에 원재료와 마력 전달률, 중량, 팬 회전수, 공기 압축률 등이 오리지널과 크게 달랐다.

구조가 단순하다고 생각했으나, 실제로는 세세한 부분에 구시대의 기술과 지혜가 반영되어 제로스의 기술력으로는 완전히 흉내낼 수 없었다. 다행히 공중에 뜨기 위한 척력장 발생 장치는 정상

가동해서 적어도 추락하지는 않았다.

비행할 뿐이라면 충분히 실용적이라서 연비를 신경 쓰지 않는다면 괜찮았다.

'바이크로 갈아타야 하나? 아니지, 아니야. 조금만 더 두고 보자. 뭔가 문제가 생긴 뒤에는 늦어. 가동 시간이 얼마나 될지도 알아야 하고.'

에어 라이더는 미지의 아이템이었다.

제로스도 레이드에서 NPC가 원군으로 타고 오는 모습으로밖에 보지 못했다. 직접 만진 것도 이번이 처음이라서 성능을 확실히 알아 두고 싶었다.

특히 가동 시간은 중요했다. 순정 부품이 아니므로 마력이 얼마나 버티는지 모르면 앞으로 쓸 수 없었다.

'그건 그렇고 꼬꼬들 때문에 답답하네…….'

프런트에는 우케이, 뒷좌석에는 잔케이와 센케이가 타고 있었다. 제법 속도가 빨라서 풍압이 만만찮을 텐데…… 꼬꼬들은 미동도 하지 않았다.

어쩌면 이것도 훈련이라고 생각하는지도 몰랐다.

"이 근처부터가 리바르트 변경백령이었지? 어디 보자, 국경과 맞닿은 곳이니까……."

제로스는 지도를 보면서 가도가 아니라 하늘로 변경까지 왔지만, 현재 위치를 확인하려면 가도와 지도를 대조할 필요가 있었다.

이 인근 가도는 산과 습지대를 피하느라 구불구불하게 나 있었다.

길을 낼 때 중요한 점은 안전성이며 많은 상인이 오가므로 이동하기 쉽게 포장도 해야 했다. 교역로라면 정비하기도 쉬운 편이 좋았다.

그래서 대규모 부지 조성 공사처럼 예산이 필요한 공정은 어지간한 이유가 없는 한 넘어가고 가도를 지형에 맞춰서 내는 경우가 많았다.

'비행시간은 세 시간쯤 되나? 그 전에 에어로 제트 출력이 극단적으로 떨어지니까 실제로는 두 시간 남짓……. 공기압으로 갈 텐데 열이 쌓이는 이유가 뭐지? 마력은 새도 공기 중으로 확산될 뿐이야. 그렇다면 열이 나는 원인은…… 모르겠어…….'

구조가 간단한 부품이라면 성능은 떨어져도 복제가 가능했다.

하지만 그 외의 시스템은 두 손 들었다. 애당초 중추가 블랙박스라서 해체할 방법이 없었다. 그냥 검은 상자 모양 부품으로, 나사 구멍도 없거니와 용접 자국도 보이지 않았다.

구조도 모르는데 무턱대고 분해했다가 다시 조립하지 못하면 대참사다.

아저씨는 전생자의 치트 능력으로도 해결되지 않는 일이 있음을 깨달았다.

땅으로 내려가서 마력을 보충하고 날아오르기를 반복하며 리바르트 변경백령의 하늘을 가로질렀다.

사람의 눈을 피하고자 【광학 위장】 마법을 사용해 하늘에서 마물의 동태를 확인하자— 확실히 마물이 많아 보였다.

'이건…… 분명히 도망치고 있어. 무슨 기척에 겁먹었나? 이 앞에 마물을 위협하는 존재가 있어?'

짐승은 주위 기척에 민감하게 반응한다. 게다가 이 세계는 마력으로 차 있어서 강력한 마력을 보유한 마물이 있으면 주위에 파동이 전해진다.

야생에서는 오감이 날카롭지 않으면 살아갈 수 없다. 많은 짐승은 이 파동을 느끼고 사냥을 하든 도망을 치든 한다. 사람처럼 시각 중심으로 사물을 판단하지는 않는다.

사실 인간이나 다른 종족도 이런 기운을 느끼지 못하는 것은 아니지만, 아무래도 짐승보다는 떨어졌다.

'아직 꽤 멀지만…… 강한 기운이 느껴져. 용왕 클래스인가? 아니, 그보다는 약해……. 뭐지? 뭐가 오는 거지?'

기척 감지가 Max인 제로스는 이런 마력 파동에 높은 감지 능력을 가졌다.

저릿저릿한 감각이 피부로 느껴졌다. 상당한 거물이 이 나라로 접근하는 듯했지만, 아직 모습이 보이지 않아 예상만 할 뿐이었다.

"이건…… 기운이라기보다 마력 파동? 마력이 대기로 방출되면서 미약한 진동파를 내나? 어떻게 된 상황이지……?"

기운으로 유추하면 마력을 방출하는 주인은 굉장히 강력한 존재일 가능성이 있었다.

"여기서는 안 보여. 그런데도 피부가 저릿저릿해? 대단한 괴물인가 보군……."

모습이 보이지 않는 이상 억측을 늘어놔도 의미가 없었다.

문제는 다른 곳에도 있었다.

"마물이 이만큼 도망쳐 오면 용병들은 살판났겠어. 해체하기 힘들겠지만....... 이상한 병이 퍼지지는 않겠지?"

【스탬피드】가 일어났을 때 가장 골치 아픈 점은 대응과 뒷수습이었다.

밀려오는 마물을 해치우는 것은 중요하지만, 남은 마물 사체를 처리하려면 엄청난 노동력이 필요했다. 식용 마물이라면 피난민의 식량으로 이용하면 되지만, 식용으로 부적합하거나 소재로도 못 쓸 마물 또한 존재했다.

게다가 작업이 늦어지면 늦어질수록 마물 사체는 부패하고 병을 유발하는 병원균의 온상이 된다. 퍼지면 최악의 2차 피해를 불러온다.

게임처럼 사체가 바로 사라지면 얼마나 좋았을까. 마물의 【스탬피드】는 득이 될 것처럼 보이나 실제로는 뒤처리로 어마어마한 돈이 드는 골칫거리일 뿐이었다.

제로스가 유행병을 걱정하는 것도 현실에서 비슷한 상황을 봤기 때문이었다.

'내가 걱정한다고 어떻게 되는 것도 아니지. 응?'

하늘을 직선으로 날아가는 사이드와인더호 아래로 마물이 도망치고 있었다. 그러나 그 흐름 속에서 마물들이 부자연스럽게 피하는 곳이 있었다.

처음에는 착각이라고 생각했으나, 어느 장소를 경계로 무리를 이룬 마물이 좌우로 갈라져 다른 방향으로 도망치는 움직임이 보였다.

그 중앙에는 작은 농촌이 있는데 그곳에서는 마물이 코빼기도 비치지 않았다. 너무 부자연스러웠다.

'【마피향】이라도 뿌렸나? 그렇지만 마을을 에워쌀 양을 어떻게 구했지? 제법 비싼 물건인데……. 뭔가 느낌이 이상해.'

【마피향】은 만들기는 쉽지만, 재료가 의외로 비쌌다.

국가라면 몰라도 작은 마을의 예산으로 가지기에는 무리가 있었다. 수입이 웬만큼 좋지 않고서는 구할 수 있는 가격이 아니었다.

'만약 마을에서 준비했다고 해도 미리 【스탬피드】를 예측하지 않으면 이렇게 대책을 세우지 못했겠지. 그게 가능한가?'

아무리 생각해도 수상한 점이 많았다.

"우케이, 잔케이, 센케이…… 저 마을을 보고 와줄래요?"

"꼬꼬?(수상한 점이라도 있습니까? 사부.)"

"이상해요. 마을 전체가 무사하다니……. 이미 마물로 흘러넘쳐도 이상하지 않을 곳이에요."

"꼬꼬…… 꼬끼오.(묘한 냄새가 나오. 소인은 속이 조금 메슥거리는군.)"

"꼬끼…….(나도야. 신경 쓰지 않으면 아무렇지 않지만…….)"

꼬꼬들도 불쾌한 느낌을 받는 듯했다.

이쯤 되면 【마피향】이 사용됐다고 거의 확신이 들었다.

"【마피향】은 제법 강한 마물에게는 무력하니까 당신들한테는 효과가 없을 겁니다. 마물을 토벌하는 김에 보고 와줄래요? 저는 이 앞에서 무슨 일이 벌어지나 확인하겠습니다."

"꼬꼬!(예!)"

"꼬끼꼬? 꼬끼꼬꼬.(베어도 되겠지요? 명을 받들겠습니다.)"

"꼬끼…….(실력자가 있으면 좋겠건만…….)"

세 마리는 사이드와인더호에서 뛰어내리고 날개를 펼쳐 곡선으로 낙하해 갔다.

흡사 특수 부대나 모 독수리 형제들 같았다.

이색적인 짐승들이 다시 세상에 풀려났다.

"그럼…… 나도 서둘러 볼까."

제로스는 스로틀을 당겨 사이드와인더호를 더욱 가속시켰다.

목표는 스탬피드가 일어나는 중심지.

그곳에 과연 무엇이 있는지 확인하기 위해서.

◇ ◇ ◇ ◇ ◇ ◇ ◇

지상에 착륙한 꼬꼬 세 마리는 마을에서 흘러나오는 냄새에 눈살을 찌푸렸다.

마물이 싫어하는 특유의 냄새와 희미하게 섞인 쇠 냄새. 피비린내였다.

"꼬끼꼬……?(이건, 피 냄새인가?)"

"꼬끼오, 꼬꼬.(아마도. 뭔가 사건이 터졌나 보군.)"

"꼬꼬, 꼬끼꼬꼬? 꼬꼬.(그렇다면 이 마을을 탐색하는 건 어떻소? 다행히 소인들은 하위종과 구분이 가지 않소.)"

보통 와일드 꼬꼬는 하얀색 닭이지만, 이 세 마리는 새까맸다. 손가락이나 은색 깃털이 난 것을 빼면 겉모습도 거의 변화가 없었다. 굳이 말하자면 덩치가 커진 정도일까?

더불어 주인이 있다는 증거로 개 목걸이도 아닌 닭 목걸이를 했기 때문에 마을을 돌아다녀도 의심받지 않을 것이다.

"꼬꼬댁.(좋은 방법이야. 그래도 우선은 무슨 일인지 확인하는 게 먼저다.)"

"꼬끼꼬끼…….(나도 그건 동의하지만, 만약 악당이 있다면…….)"

"꼬끼오, 꼬꼬!(처단해야 하오. 소인은 불의는 절대로 넘어갈 수 없소!)"

"""꼬꼬꼬꼬!(악당에게 아파할 양심은 없다!)"""

세 마리의 의견이 일치했다.

사실상 『악당이라면 죽여도 되지?』라는 말이므로 따지고 보면 잔인한 소리였다.

그들에게 악당은 기술을 시험할 좋은 사냥감이었다. 나쁜 놈일수록 패기 좋은 고깃덩이였다. 그들에게 망설임이란 단어는 존재하지 않았다.

이런 부분은 과연 마물다웠다. 인간이라면 설령 악당이라도 살인은 꺼림칙하게 마련이었다.

고삐 풀린 야수들은 입꼬리를 씩 찢으며 제각기 행동을 개시했다.

죽여도 될 사냥감을 찾아서.

이단 심문관인 조스포크 일당은 평소 쌓였던 살인 욕구를 채우기 위해 사람의 눈을 피해 숲 속을 이동해 왔다.

국경에 위치한 마을 주민들은 이미 솔리스테어 마법 왕국의 기사들이 대피시켜 그들이 즐길 대상은 없는 상태였다.

그래서 더 왕국 안쪽으로 침투해 국경에서 떨어진 마을에 포교를 명목으로 잠입했다.

밤중에 【사향수】를 뿌리고 마을 주위에는 【마피향】을 뿌려 외부로부터 격리된 뒤, 그들은 뒤틀린 욕망을 드러냈다.

어제까지 평화롭던 마을은 지옥으로 변했다.

치료와 상담을 핑계로 휘발성 강한 마비 독이 든 병을 마을 곳곳에 배치하고, 그것을 깨서 주민들은 무력화했다.

건장한 남자들은 그 자리에서 죽이고(몇 명은 반응을 즐기기 위해 살려 뒀다) 여자와 아이들은 밧줄로 묶은 뒤 그들은 그 끔찍한 본성을 표출했다.

도망친 자는 밖에서 폭주한 마물의 먹이가 됐다. 이단 심문관들은 구조도 오지 않고 도망칠 수도 없는 마을에서 사람들에게 가축 사료를 먹이거나 내키는 대로 살육을 자행했다.

그렇게 3일이 흘렀다.

"야, 사도라. 어젯밤에 재미 좀 봤냐? 재밌는 소리가 들리던데."

"크~, 애가 제법 귀염성이 있어서 시간 가는 줄도 몰랐어요. 엄마한테 살려달려고 어찌나 열심히 울부짖던지, 저도 모르게 흥분했지 뭡니까."

"여전히 남자애 죽이는 게 취향이야? 뭐, 나도 듣긴 좋았지만."

"조스포크 신관장님도 잘 즐기시던데요, 뭘. 비명 소리 끝내줍디다? 하여간 변태라니까."

"모르는 소리 말아. 나는 신에게 거역하는 자들을 천국으로 보내줬을 뿐이야. 말하자면 자비지."

"제가 할 소리는 아니지만, 성격 참 고약하십니다."

킬킬거리는 두 사람의 몸에는 어마어마한 양의 핏자국이 남아 있었다.

그들 대부분이 사소한 호기심으로, 혹은 지독한 가정환경 탓에 타락한 자들이었다.

작은 동물부터 시작해 사람으로, 혹은 비뚤어진 애정으로 손에 피를 묻히고 살인의 쾌락에 빠졌다. 그들은 그것을 이상하게 생각하지 않고 인간의 본질이라고 믿었다.

그들에게는 같은 생각을 가진 사람이 곧 가족이며 그렇지 않은 사람은 사냥감이었다.

그러나 그들도 간과하는 사실이 있었다.

강자가 약자를 잡아먹는다. 그렇다면 그들 또한 사냥감이 될 수 있다는 것을.

"으아아아아아아아아아아아아아아아아!"

"음? 보로스트 목소리 아니냐?"

"그 사람은 일을 대충 하니까요. 방심하다가 반격당한 거 아닐까요?"

"아~, 그렇지. 살을 맞대는 게 취미니까."

보로스트는 전과 26범인 성범죄자였다.

강간 살인으로 사형 선고를 받았지만, 노예로 예속되어 이단 심문관이 된 경력을 가졌다.

조스포크 일행은 이때 이변을 깨닫지 못했다.

지금 막 동포 한 명이 두 동강 나서 처형됐다는 것을—.

사냥은 이미 시작되었다.

◇　◇　◇　◇　◇　◇　◇

『꼬꼬…….(쓰레기들이 점거했군…….)』

성범죄자를 처단한 잔케이는 부리에 문 나뭇잎을 까딱까딱 움직이며 생각했다.

처음에는 염탐할 작정으로 창밖에서 건물 안을 엿봤는데 너무나도 악독한 행위에 그만 의분을 참지 못하고 창을 깨고 침입해 그 자리에서 베어 죽였다.

교회에 있는 인간 암컷과 비슷한 옷차림이지만, 아무리 봐도 정상적인 인간은 아니었다. 그래서 죽여 버렸는데 동료가 더 있을 가능성이 컸다.

잔케이의 눈앞에는 두 동강 난 남자의 시체와 침대 위에서 공포에 떠는 여성이 있었다. 사지는 예리한 칼날로 난도당했고, 출혈로 죽지 않도록 조절했음을 알 수 있었다.

하지만 이대로 방치하면 출혈로 이 여성도 죽을 확률이 높았다.

『꼬꼬댁.(그냥 두면 같은 인간족인 사부의 얼굴에 먹칠을 하는 꼴. 응급처치라도 해야겠군.)』

잔케이가 날개를 퍼덕여 침대 위로 올라가자 여자가 약한 비명을 질렀다.

그러거나 말거나 잔케이는 자기 다리로 여성의 팔을 붙잡았다.

『꼬꼬!(【명기(命氣)】!)』

【명기】는 신선술의 치료 마법 중 하나로 체내 마력을 활성화해 재생 능력을 높인다.

여성은 금세 치료되어 곧 아무 일도 없었던 것처럼 상처가 사라졌다.

『꼬끼꼬꼬.(이제 됐겠지. 남은 건…….)』

치료가 끝났다고 확인하고 들어왔던 창으로 도로 나가서 상황을 살폈다.

그러자 방금 죽인 남자와 같은 차림새인 자들과 마주쳤다.

둘 다 적잖게 피 냄새를 풍겼다.

잔케이의 눈에 사나운 빛이 깃들었다.

『꼬끽!(단죄!)』

은색 깃털이 섬광처럼 번뜩이고 두 사람의 목을 순식간에 날려 버렸다. 피가 간헐천처럼 치솟았다.

그 광경을 확인하지도 않고 잔케이는 모습을 감추었다. 새로운 사냥감을 찾아서—.

남은 여성은 뒤늦게 살았다고 안도했다. 자신을 구해준 꼬꼬가 신처럼 보였는지 『아아…… 신이시여……』라며 기쁨의 눈물을 흘리며 기도했다.

곧 마을 곳곳에서 단말마의 비명이 터져 나왔다.

◇ ◇ ◇ ◇ ◇ ◇ ◇

어느 민가에서는 한 중년 남성이 쾌락에 젖어 있었다.

옆에는 어린 소녀들이 두 팔을 묶이고 발가벗은 채로 방치되어 있었다.

지금 남자를 상대하는 사람도 성인이 되지 않은 소녀였다. 이미 저항할 기력도 없어 몸을 맡기고 있었다.

"후히! 너, 너희는 내 인형이라구. 내내내, 내가 주인님이라구. 후히히히 ♪"

남자의 이름은 바비 데지. 전과 7범인 범죄자였다.

주된 죄목은 소녀 유괴, 폭행, 성폭행과 살해였다.

이 남자는 어린 소녀에게 이상할 정도로 집착하는 이상 성욕애자였다.

그러나 그는 아직 눈치채지 못했다. 그의 뒤에서 날개에 있는 손톱을 교묘하게 움직여 창문을 조용히 들어 방으로 침입하는 사신을……

생김새는 와일드 꼬꼬라도 색은 칠흑에 기이한 투기를 내뿜었다.

그리고 그 사나운 암살자는 빠르게 행동에 나섰다.

『꼬꼬!(죽어라!)』

배후에서 날아든 우케이는 바비의 뒤통수에 강력한 발차기를 선사했다.

그 충격은 경추를 으깨고 뒤룩뒤룩 살찐 돼지 같은 몸으로 머리를 묻어 버렸다. 틀림없이 즉사였다.

『꼬꼬…….(좋아, 다음…….)』

악을 응징한 우케이는 소녀들을 풀어주고 다음 사냥감을 찾아서 걸어 나갔다.

그 모습은 마치 한 마리 사자처럼 당당했다.

이단 심문관 잽 아르가는 미쳤다.

이상하리만큼 강한 집착 때문에 아내가 도망갔는데, 시간을 들여서 기어코 찾아내 죽인 뒤 그 시체와 3년을 함께 보냈을 정도였다. 심지어 부패한 시체를 뜯어 먹으면서.

그 정신 상태는 이미 사람이라고 부르기 어려웠다.

그는 편집증적으로 아내를 닮은 여성을 찾으며 자신이 소유하기 위해 혈안이 됐다.

"아아…… 제세카~! 기뻐. 설마 세 명이나 있다니…… 날 이토록 사랑해주는구나. 행복해."

황홀한 표정으로 떠드는 잽 앞에는 이 가정의 어머니와 아이(자매)로 보이는 사람이 포박되어 있었다.

그녀들의 불행은 이 남자가 죽인 전처와 닮았다는 점이었다.

잽에게 피해자들의 목소리는 들리지 않았다. 자기만의 세계에 갇혀 외부의 개입을 받지 않았다. 현실 감각이 희박한 것이었다.

저항하면 폭력을 휘두르고 순종하면 사랑을 속삭인다. 이 남자에게는 잃어버린 아내밖에 보이지 않았다.

하지만 그런 그의 인생도 끝이 다가오고 있었다.

머리 위에 있는 들보에 소리도 없이 검은 그림자가 나타났다.

거꾸로 매달린 칠흑색 꼬꼬, 센케이였다.

『…….』

특수하게 진화한 센케이는 깃털과 체모를 함께 가졌다.

센케이가 말없이 자신의 체모 한 가닥에 마력을 불어넣자 그 털은 순식간에 길게 늘어났다.

그리고 그 털로 잽의 목을 감아 들보에 걸쳐 잡아당겼다.

"케엑?!"

예고 없이 찾아온 고통에 잽은 손톱을 세워 목에 감긴 털을 끊으려고 발버둥쳤다.

하지만 강철처럼 단단해진 털은 끊어지지 않았다.

날개를 퍼덕이며 바닥으로 내려온 센케이와 대조적으로 공중에 매달린 죄인. 그것을 잇는 것은 단 한 가닥의 털뿐.

센케이는 날개에 난 작은 손톱으로 그 털을 마치 현처럼 튕겼다.

『……꼬꼬.(악당, 죽어 마땅하다.)』

—피이이이이이이잉!

맑은 소리와 함께 죄인은 어둠으로 떨어졌다. 두 번 다시 눈을 뜨지 못하는 곳으로.

그것을 확인하지도 않고 센케이는 털을 잘라 버리고 그림자 속으로 사라졌다.

그 후에는 경악하는 어머니와 자매, 바닥에 떨어진 한 남자의 시체만 남았다.

◇　◇　◇　◇　◇　◇　◇

마을 도처에서 비명이 울렸다.

처음은 동료인 이단 심문관들이 마을 사람을 과격하게 고문하는 소리라고 생각했으나, 밖으로 나와 보자 처참한 시체가 된 자들이 눈에 들어왔다.

조스포크는 적이 내부로 들어왔다는 걸 깨달았다.

그러나 도망치고 싶어도 마을 주변 숲은 마물로 들끓어 도망칠 곳 따위는 어디에도 없었다. 게다가 마을 사람들이 농기구나 도끼를 들고 반격에 나선 것도 문제였다.

고립된 마을 안에서 이단 심문관들은 사냥당하는 사냥감으로 전락했다.

입장이 완전히 역전됐다.

"젠장, 어쩌다 이렇게 됐지……. 잘 풀리고 있었잖아?"

"두목, 이제 우리 어쩝니까……? 도망치긴 글렀는데요."

"닥쳐! 생각하는 중이니까."

이단 심문관 대부분이 살인자이기는 해도 능력은 일반인과 별반 다르지 않았다.

신성 마법을 조금 쓸 줄 알지만, 이 고립무원에서 빠져나갈 실력은 없었다.

이미 동료 절반이 누군가에게 도륙 나고, 붙잡혔던 주민은 자유를 되찾았으며, 마을 주위는 마물 스탬피드가 한창이었다.

남은 길은 마물 속으로 뛰어들거나 마을 사람에게 죽거나 정체

모를 적에게 죽거나, 삼자 택일이었다.

어느 것이고 절망적인 선택지였다.

"찾았다! 여기야!"

"감히 내 딸을…… 죽여 버리겠어!"

"동생을…… 내 동생을 그딴 식으로…… 살인자!"

"엄마의 원수다!"

"할아버지는…… 살날이 얼마 남지도 않았었다고! 그런데 그걸……."

살아남은 주민의 살의가 이단 심문관들에게 쏟아졌다.

오랜만에 고문을 즐기려고 사람을 많이 남긴 것이 화근이었다.

풀려난 주민의 수가 자신들을 웃돌았다.

"크헤엑!"

"뭐, 뭐야?!"

한 이단 심문관이 집의 벽을 뚫고 조스포크 앞으로 날아들었다.

온몸이 퉁퉁 불어터진 비참한 모습이었다.

그리고 방금 벽에 난 구멍으로 큼지막한 칠흑색 꼬꼬가 나왔다. 보통 꼬꼬에게 없는 손톱에서는 피가 뚝뚝 떨어졌다.

그 꼬꼬— 우케이는 조스포크를 보고는 날개를 앞으로 내밀어 손톱을 까딱거렸다. 덤비라는 도발이었다.

"와, 와일드 꼬꼬……?! 설마 이 짓을 벌인 게 이런 하급 마물이라고?"

"사, 살려줘!"

"""""……?!"""""

돌아보자 한 이단 심문관이 죽기 살기로 도망쳐 오고 있었다.

그러나 그 직후, 은색 섬광이 그를 앞지르자 그의 몸은 상하로 균등하게 갈라졌다.

이단 심문관을 죽인 것은 마찬가지로 칠흑색 꼬꼬였다. 다만, 날개에 난 깃털 하나가 은색으로 빛나고 있었다. 이 깃털이 검처럼 사용됐는지 날개를 털자 피가 튀었다.

그리고 풀잎을 물고 마치 평가하듯 조스포크 주위를 빙글빙글 돌았다.

센케이의 날카로운 눈빛이 이단 심문관들을 얼어붙게 했다. 어떻게 보나 비상식적인 종이었다.

"이것들은 뭐야……."

"두, 두목…… 뒤에, 뒤에……."

"뒤? 설마?!"

퍼뜩 돌아보자 등 뒤에 어느샌가 다른 꼬꼬가 서 있었다. 겉모습은 다른 두 마리에 비해 특징적이지 않았다.

그러나 그곳에 있다는 사실조차 깨닫지 못할 정도로 고도의 은신 능력을 갖췄다.

"꼬꼬…….(이 녀석들, 악당이군…….)"

"꼬꼬, 꼬꼬댁.(그래, 쓰레기군. 사부와 같은 인간족이란 걸 믿을 수 없어.)"

"꼬끼꼬꼬, 꼬끼오.(이자들은 인간족인 사부의 명예를 더럽힐 것이오. 소인은 지금 당장 처리해야 한다고 생각하오.)"

""꼬꼬.(동감이다.)""

무시무시한 살의가 이단 심문관들을 향했다.

그들은 공포로 몸이 움직이지 않았다.

애초에 와일드 꼬꼬는 민첩하지만 다른 마물에 비해 약했다. 은신하거나 참격으로 적을 베어 죽이거나 주먹(손톱)으로 타격하는 마물이 아니었다.

그러나 상식이란 깨지는 법.

그들의 공통점은 강자에게 경의를 표하고 함부로 목숨을 빼앗는 작자를 절대로 보고 넘기지 못하는 습성.

약육강식의 세계에도 그 나름의 규칙이 존재한다.

많은 마물이 살기 위해 본능에 따라서 움직이며, 그렇기에 강자의 식량이 되는 약자를 모조리 먹어 치운다. 그것은 생존본능에 각인된 자연의 섭리다.

살아가는 가혹함을 알기 때문에 그들은 장난으로 타인을 죽이는 자를 격렬하게 혐오했다. 자연계에서 살아남기 위해 아이에게 사냥을 가르치고자 약자를 잡아주는 것과는 달랐다.

그래서 꼬꼬들은 쾌락 살인자를 용납할 수 없었다. 그들의 살육은 그 누구의 피와 살로도 환원되지 않으니까.

변이종 꼬꼬들은 의외로 힘에 관한 신념이 강한 편이었다.

"꼬끼꼬!(우리는 지고한 무예가에게 가르침을 얻는 마수!)"

"꼬끼꼬끼꼬!(생명의 섭리를 모독하는 어리석은 자에게 파멸을 가져올 화살!)"

"꼬꼬, 꼬끼오!(죄를 죄로 여기지 않는 오만함을 죽음으로 단죄하리라!)"

""""꼬꼬꼬꼬꼬!(후회해라, 모독자들아. 공포에 떨며 멸하라! 변신!)""""

방대한 마력이 치솟음과 동시에 꼬꼬들의 모습이 변하기 시작했다.

몸은 3미터의 거구에, 꼬리털이 난 자리에 뱀 꼬리가 자라고, 각자 특기인 마력을 띠고 번쩍이며 외친다.

"키야오오오오오오!(샤이닝 코카트리스 모드!)"

"쿠아아아아아아아!(라이징 코카트리스 모드!)"

"크오와아아아아아!(다크니스 코카트리스 모드!)"

지금 이곳에서 파프란 대산림 지대에 서식하는 마물에 필적하는 괴물이 탄생했다.

타오르는 화염을 두르고 온몸을 심홍색으로 물들인 코카트리스 우케이. 강력한 플라즈마를 두르고 온몸이 황금색으로 빛나는 코카트리스 잔케이. 사악한 어둠을 두른 칠흑색 코카트리스 센케이. 의외로 이 세 마리는 금방 폭발했다.

""""크아아아아아아아!(힘의 논리로 그대들에게 죽음을 내리노라!)""""

이단 심문관들의 행동은 약육강식의 세계에서 사는 꼬꼬들의 진노를 샀다.

그래서 그 분노는 섬멸이라는 폭력이 되어 단죄가 이루어졌다.

그러나 그 광경을 보던 사람들은—.

"지, 진화했어……. 그것도 변이종이잖아?!"

"코카트리스라고……?! 말도 안 돼, 이 엄청난 마력은…….."

"괴물이다…… 사, 살려줘……. 누가 살려줘어어어어어어어어어어어어!"

—존재감만으로 죄인들은 공포에 떨었고—.

"아아…… 이리도 신성할 수가. 신의 사도님이다아아아아!"

"신께서…… 신께서 구해주셨어……. 4신교 따위 이제 못 믿어!"

"악을 벌하는 단죄의 영조(靈鳥)…… 전설이다. 우리는 지금 전설의 시작을 목도한 거야……."

"신수님이 우리를 구해주셨다아아아아아아아아아아아!"

—주민들은 새로운 종교를 창설했다.

그렇게 꼬꼬들의 일방적인 유린이 시작됐다.

그것은 단순한 괴롭힘이라고 하는 편이 옳을지도 모를 폭력의 폭풍이었다.

조스포크 일당은 이때 중상을 입고 결국 경비대에게 연행될 운명이었다.

그 후 재판을 받고 처형대에 올라, 후회 속에서 생을 갈구하며 인생의 막을 내릴 것이다.

참고로 꼬꼬들은 이단 심문관들을 실컷 팬 뒤 신나게 마물이 득시글대는 숲으로 뛰어들었다. 끓어오르는 혈기를 주체하지 못한 모양이었다.

이렇게 희생자는 나왔으나 작은 마을은 구원받았다.

신이 아닌 괴생명체에게.

◇ ◇ ◇ ◇ ◇ ◇ ◇

"제대로 되는 일이 없어! 사토시가 올 줄 알았는데 왜 또 저 괴물이 나와?"

금품을 물색하던 샤란라는 도중에 꼬꼬들을 발견하고 퍼뜩 몸을 숨겼다.

저 꼬꼬와는 한 번 싸운 적이 있었다. 그렇다면 주인인 제로스가 가까이 있을지도 몰랐다.

그러나 적이 우케이뿐 아니라 세 마리란 걸 알고, 허둥지둥【새도 다이브】로 그림자에 숨어 있기로 했다.

그러나 이단 심문관은 모조리 응징당해 움직일 수 없는 상태였다.

'당분간 잠복해서 타이밍을 보고 도망치자. 보아하니 사토시도 없는 거 같으니까…….'

【회춘의 비약】 효과를 없애고 싶은 샤란라는 무슨 일이 있어도 동생 제로스와 만나야 했다.

그런 마법약은 없다고 본인이 말하는데도 그 사실을 믿지 않는 사람에게 말해 봤자 쇠귀에 경 읽기다.

무엇보다 그녀는 자신이 믿고 싶은 것만 믿는 인간이었다.

그런 성격 때문에 쾌락 살인자인 이단 심문관과 마음이 맞았을 것이다.

방향성은 달라도 범죄자라는 점에서는 그 나물에 그 밥이니까.

'어이가 없어, 무슨 심보가 그래! 마나 포션이 한두 푼 하는 줄 알아? 그런데 누나를 버리는 것도 모자라 죽이려고 해? 반드시 후

회하게 할 거야!'

늘 이런 식으로 점점 애먼 원한이 쌓여 갔다.

피해망상이 심각한 수준이었다.

정말로 구제할 방법이 없는 이기적인 여자였다.

그리고 그런 여자일수록 이상하게 악운이 강했다.

샤란라는 당분간 목숨 걸고 숨을 죽였다.

 제15화 아저씨, 아도와 재회하다

여행은 함께해야 즐거운 법.

하지만 차에 탄 아도 일행의 분위기는 썩 좋지 않았다.

그 이유는 바로—

"아도 씨…… 이미 산토르에 도착했어야 하지 않아? 큰 성곽 도시는 코빼기도 못 봤는데?"

"그러게 말이야~. 벌써 나흘이나 달렸는데……. 정말 이 길 맞아?"

"……."

—길을 잃었다.

가도는 교역의 대동맥으로 혈관이 다른 신체 조직으로 이어진 것처럼 길과 길, 도시와 도시를 잇는다.

절대로 외길이 아니라 도중부터 교차로나 삼거리, 각 도시로 이어지는 길로 갈라진다. 아도 일행은 어딘가에서 길을 잘못 든 것이다.

문제는 어디서부터 잘못됐는지도 모르겠다는 점이었다.

"이상하네……. 지도대로 따라왔는데 왜 산토르가 안 나오지? 방향도 맞을 텐데 길은 왠지 북서쪽으로 이어지고……."

"그 지도, 정말로 맞아? 첩보부가 작성한 지도라고는 해도 척 보기에도 낡아 보여."

"그러게. 아도 씨, 잠깐 보여줘."

"그래, 자……."

아도에게서 지도를 받은 리사는 할 말을 잃었다.

분명히 지도는 지도지만, 내용은 빈말로도 정확함과는 거리가 멀었다. 오히려 어린아이 낙서 수준이었다.

방향 자체는 맞아도 정확히 측량하고 그린 지도가 아니라서 모든 정보가 제멋대로였다.

애초에 이 세계는 문명이 한 번 붕괴하여 문화 수준이 극단적으로 떨어진 종말 이후의 세계였다. 측량 기술도 원시적으로 돌아가 버렸다.

옛 지리학자처럼 직접 전국을 돌며 측량한 것보다 인류가 처음 대해를 항해하며 그린 애매모호한 지도에 가까웠다. 대륙의 크기나 섬의 위치가 불확실한 그것 말이다.

북극성을 기준으로 방향을 알 수는 있겠으나, 애석하게도 이곳은 이세계였다. 북극성에 해당하는 별이 무엇인지 아도 일행은 아무도 몰랐다.

어쩌면 아예 없을지도 몰랐다.

"……아도 씨. 이 지도를 정말로 믿었어? 엄청 조잡하잖아."

"응....... 이 지도를 보고 용케 타국까지 가려고 했네? 이러니까 길을 잃지."

"......역시 좀 그런가?"

""......""

지금 한마디로 샤크티와 리사의 눈이 싸늘하게 식었다.

아도도 지도에 불안감은 가졌다. 그러나 그의 성격상 두 사람에게 같은 불안을 주지 않으려고 자기 속에만 담아두고 여기까지 와 버렸다.

상담이라도 했으면 좋았을 것을, 불필요한 배려로 바보 같이 일만 늘린 셈이었다. 사고를 친 뒤 뭐라고 말한들 구차한 변명일 뿐이었다.

아도는 미련한 남자였다.

"아도 씨, 아무리 그래도 이런 지도로는 길을 못 찾아! 왜 상담 안 했어!"

"아니, 나는 괜찮을 줄 알았지......."

"그런데 왜 헤매! 아까 이 길이 맞냐고 물었을 때 『바람에게 물어봐~♪』라는 둥 콧노래 불렀지? 그거 사실 길 잃어서 숨기려고 그런 거지?!"

"응, 사실 맞아. 흐하하하! 용케 알아챘구나, 아케치[#16]. 역시 이 이십면상의 호적수다운 멋진 추리였다."

""장난치지 마! 잘못했으면 반성이나 해!""

#16 아케치 일본의 추리 소설가 에도가와 란포의 창작 인물 아케치 코고로. 「소년탐정단」 시리즈 등에서 명탐정으로서 활약하며, 때론 작가의 또 다른 창작 인물인 대괴도 '괴인 이십면상'과 대치하기도 한다.

"네……."

반성이라면 원숭이라도 할 수 있다.

이제 와서 반성해 봤자 미아가 된 사실은 사라지지 않았다. 사라진 것은 아도에 대한 믿음뿐이었다.

리사와 샤크티는 몰랐지만, 사실 아도는 심각한 방향치였다.

어릴 적부터 유이카가 없으면 시외에서 나오기만 해도 길을 헤맸다.

옛날 초등학교 소풍으로 산에 갔을 때, 등산 전에 산기슭에서 조난당할 정도의 인재였다.

전에 솔리스테어 마법 왕국에 갈 때도, 수인들을 찾아갈 때도 자자 같은 안내인이 있었기 때문에 헤매지 않았다.

아이템 실험 후에도 도중에 상인 마차를 얻어 타서 편하게 이스톨 마법 학교로 간 것이지, 혼자였으면 틀림없이 지금도 헤매고 있었으리라.

그런 점에서 운 하나는 좋았다.

"왜 지금까지 눈치채지 못했지……."

"내 말이. 아도 씨한테 이런 약점이 있었다니……."

이세계에서는 치명적인 약점이었다.

정말로 지금까지 살아남은 것이 용했다. 그는 주변 사람한테 감사해야 한다.

"그래, 나 길치다. 그건 인정해. 하지만 그거 말고도 문제는 있어."

"예를 들면 뭐?"

"저걸 봐."

리사와 샤크티가 창밖을 보자 오벨리스크 같은 것이 가도 옆에 서 있었다.

거기에는 누가 다스리는 영지라거나 현재 위치를 나타내는 번호 따위가 적혀 있었다. 즉, 여행자용 이정표였다. 민가가 있는 곳에 는 도시나 마을 이름도 파여 있었다.

"아까부터 저기에 같은 도시 이름이 적혀 있는데 아무리 가도 도 시가 안 나와."

"아하…… 이정표가 정확하지 않구나. 오래된 이정표가 철거되 지 않고 남아 있나?"

"아마도. 산토르라고 적혀 있어서 따라가면【산토르 베스타】라 는 이름으로 바뀌어 있다고. 산토르는 어디 간 거야!"

가도의 이정표, 오벨리스크. 이것은 해당 영지를 다스리는 귀족 이 관리해야 하지만, 정보를 새로 파려면 예산이 만만치 않게 필 요했다. 영지 전체로 석공을 파견해야 하기 때문이었다.

오래된 것은 100년도 전부터 방치된 경우도 있어, 처음 솔리스 테어 마법 왕국을 찾는 상인은 길을 헤맬 수밖에 없었다. 정말 불 친절하기 그지없었다.

지도는 더 믿을 게 못 됐다. 애초에 자국의 정확한 지도를 다른 나라에 넘기는 나라가 어디 있겠는가? 잘못하면 전쟁에 이용될 수 있는 탓도 있어 정확도가 그리 높지 않았다.

"아도 씨…… 그런 건 빨리 말해."

"미안……."

"허세 부리지 말고 그냥 물어. 사모님은 어떻게 참았나 몰라. 보통은 화내."

"그렇지? 아도 씨, 사모님 없이는 아무것도 못 하는 거 아니야?"

"너무하네. 내가 못난 놈은 맞지만, 그렇게까지 직설적으로 말해야 해? 뭐, 걔가 천성부터 보모 체질이긴 했지. 시외로 데이트하러 갈 때는 손을 꼭 잡아줬어."

""유치원생이야?! 그리고 못난 놈은 인정해?!""

모르는 사람에게는 뜨거운 커플로 보였을 것이다. 하지만 실상은 어디로 갈지 모를 길치 남자친구가 미아가 되지 않게 감시하는 유능한 사모님이었다.

지금까지 이 길치가 문제 되지 않은 것이 미스터리였다.

"그나저나…… 이상하군."

"무게 잡아도 못난 건 못난 거야, 아도 씨……."

"가만히 있으면 미남인데……. 설마 이렇게 깨는 사람인 줄 몰랐어."

"아니, 그 이야기는 넘어가! 정말로 이상하다고. 숲 주위에 소형 마물이 유난히 많아. 뭔가 위험한 일이 일어난 거 아니야?"

승합차 창밖으로 지나치는 숲에는 정말로 마물들이 보였다.

혼 래빗 같은 소형 마물부터 고블린과 오크까지, 그 수는 앞으로 갈수록 불어났다. 하마터면 지나가던 오크를 칠 뻔했을 정도였다.

"이건 마물이 폭주할 전조인가? 어디서 많이 보던 전개야."

"안 좋은 예감이 들어……."

"응……. 성가신 사건에 휘말릴 느낌이야. 돌아가는 편이 좋지 않겠어?"

아도도 그 제안을 따르고 싶었다. 그러나 현실은 녹록지 않았다.

"안 좋은 소식이야. 마력 탱크가 거의 비었어. 마력을 충전하려면 어디서 쉬어야 해."

"그거…… 못 돌아간다는 말이야? 아도 씨, 어떻게든 안 돼?"

"못 해. 마력은 다섯 시간 전에 보충했지만, 예비 탱크 충전에도 시간이 걸려. 리사의 제안은 탈락이야."

"그럼 이대로 갈 데까지 갈 수밖에 없겠네? 여기서 야영하면 마물이랑 싸워야 하니까."

아도가 만든 경승합차는 아저씨의 바이크와 같은 마력 모터가 동력이었다.

후륜 두 곳에 강력한 모터를 설치하고 전방 보닛 아래에 마력 탱크가 내장됐다. 변속 기어는 【소드 앤 소서리스】 시절 제로스와 공동 개발한 기술을 이용했고, 브레이크에도 디스크 브레이크가 사용됐다.

페달을 얼마나 밟느냐에 따라 마력 사용량이 달라져서 속도 조정도 간단했다.

단, 에어컨 같은 자잘한 기능은 없었다.

"모터도 언제 타 버릴지 몰라. 갈 수 있는 데까지 가고 도보로 이동해야 해."

"악몽 같아. 거짓말이라고 해줘……."

"포기하자, 샤크티 씨. 이럴 때 아도 씨는 거짓말 안 하잖아."

"그 솔직함을 길 잃기 전에 발휘했으면 오죽 좋았을까……."

"……."

사고 친 아도는 끝없이 물어뜯겼다. 자업자득이었다.

그 후 경승합차는 가도를 달리고 사람이 사라진 마을을 넘어 언덕배기에 오른 시점에서 마력이 떨어졌다.

어쩔 수 없이 차에서 내려 인벤토리에 넣고 일행은 서둘러 걸어갔다.

그러나 언덕을 내려온 곳에서 마물에게 습격받는 사람들을 발견했다.

"야…… 저거 위험하지 않아?"

"도우러 가자!"

"돕고 싶어도 수가 좀 많은걸? 게다가 왠지 기사들이 호위하고 있어."

"아니, 잠깐만…….."

아도는 리사와 샤크티를 제지했다.

마물에게 공격받아 고전하는가 싶었지만, 자세히 보니 여유가 있어 보였다.

기사들은 용병과 협력해 확실하게 마물만 처치했다. 게다가 눈이 기이하게 번들거렸다. 뭔~가 위험한 분위기였다.

"히하하하하하! 덤벼, 덤벼! 너희는 우리 거름이 되는 거야!"

"부족해…… 아직 격이 오르려면 부족해…….."

"벌써 끝이냐~? 깡다구 없는 겁쟁이들! 약해 빠졌으면서 뭐가 마물이야? 썩을 것들아!"

"히히히…… 격이 올랐어. 더 와라~. 날 즐겁게 해줘!"

마치 수상한 약이라도 한 중독자 같았다.

아드레날린이 넘쳐흘러 완전히 맛이 갔다. 그런데도 피난민 호위는 똑바로 했다.

어떤 의미로는 기사의 귀감이었다.

"대단해······. 이게 기사구나. 정말 믿음직해."

"우리도 질 수 없다! 정신 바짝 차려!"

""""우오오오오오오오오오오오오오오오오오오오!""""

호위하던 용병들도 영향을 받아 이해할 수 없는 사태로 번지고 있었다. 힘은 정의라는 말은 옳았나 보다. 용병 모두가 기사들의 힘에 선망의 눈길을 보냈다.

소재 확보는 뒷전이고 그저 마물만 살육하는 집단으로 바뀌었다. 더불어 용병들의 레벨도 올랐다.

이 순환 덕분에 피난민은 안전이 보장되고, 백성들의 자발적 제공으로 포션을 받아 점점 전사들은 기세를 올렸다.

바로 그들이 알레프 부대의 전투력 강화 훈련에 참가한 이들이었다. 약육강식을 교육받은 그들은 마물 앞에서 광전사로 돌변했다.

『죽기 전에 죽여라』였다. 그들이 이렇게 된 원인의 배후에는 아도가 잘 아는 인물의 그림자가 있었지만, 그 사실을 모르는 아도 일행의 감상은―

""""무, 무서워······. 미친 거 같아.""""

―였다. 솔직히 가까이 가고 싶지 않았다.

"······아도 씨, 어떻게 해?"

"난 개인적으로 접촉하기 싫어. 잘못하면 안 좋은 꼴 당할 거 같아······."

"아니, 호위는 제대로 하잖아? 이대로 가면 우리가 고립돼."

""……누구 때문인데?""

"미안……."

아도 물어뜯기는 끝나지 않았다.

처음부터 길을 헤매지 않았으면 이런 상황에 휘말릴 일도 없었다.

"그래도 우리도 가세하자. 피난민이 있다는 건 안전한 도시가 있다는 뜻이니까."

"하아…… 다른 방법이 없네. 하는 수 없지……."

"으으…… 나 저 사람들 싫은데……. 무서워~."

이리하여 아도 일행은 피난민 호위에 협력하고 나섰다.

세 사람이 가세하면서 피난은 수월해졌고, 세 시간 후 성곽 도시 【스라이스트】에 도착했다.

여담으로 광전사로 변한 기사들은 의외로 신사적이었다고 한다.

◇ ◇ ◇ ◇ ◇ ◇ ◇

"그대들에게 큰 도움을 받았네. 다시 한 번 감사하겠네."

"아닙니다. 당연한 일을 했을 뿐이죠."

껄끄러운 마음은 있었지만, 아도는 억지로 영업용 미소를 지으며 대답했다.

어떻게 된 까닭인지 평상시엔 전투와는 딴사람이 되는 기사들에게 오한을 느꼈다.

예의 바르게 대응하는 기사가 솔직히 무서웠다.

"우리는 지금부터 대대장님께 보고하러 갈 거라네. 그대들에 관해서도 그때 이야기하지. 마도사 중에서도 도리를 아는 사람이 있어서 기쁠 따름이네."

"……아닙니다. 저희도 덕분에 살았습니다. 마물에게 둘러싸여 곤란했거든요."

"그런가? 그런데…… 호위도 받아줬으니까 보수도 줘야 하지 않겠나?"

"그런 건 안 바랍니다. 이 도시까지 데리고 와주신 것만으로도 감사합니다. 정말로요……. 우리가 무슨 대단한 사람도 아니고."

"겸손하군그래. 정말로 우리나라 마도사도 그대들 같았으면 얼마나 좋았을까……. 아차, 미안하네. 나도 모르게 푸념을 했군."

"……고생이 많으신가 보네요. 그보다 저희는 숙소를 찾아야 해서 이만 가보겠습니다. 아무래도 여성이 두 명이나 있어서……."

"그래, 여성을 길거리에서 잠들게 할 수는 없지. 붙잡아서 미안했네. 무슨 일이 있으면 본진으로 와주게."

기사는 상쾌하게 미소 짓고는 떠났다.

아도는 어찌어찌 기사들과 헤어졌지만, 정신은 이미 지칠 대로 지쳤다.

기사의 갭이 너무 심해서 머리가 따라가지 못했다.

지친 등을 구부리고 무거운 걸음걸이로 리사와 샤크티에게 돌아갔다.

이럴 때 리더는 손해 보는 입장이었다.

"수고했어. 기분은 이해하지만, 너무 깊이 생각하지 마."

"내 생각도 그래. 그 기사들은 좀 이상했지만, 어차피 앞으로 볼 일도 없잖아."

"나도 그랬으면 좋겠어. 솔직히 무섭다고. 굶주린 맹수랑 한 우리에 있는 기분이었어……."

너무한 평가지만, 모두 마음은 같았다.

아무튼 현재 일어나는 일에 관해 어느 정도 정보를 얻었다.

약 보름 전부터 마물이 늘어났는데 차츰 규모가 커지니 위험하다고 판단한 영주가 대피 명령을 내렸다.

최근 시작된 군사 개혁으로 집단 대피 훈련이 시행되던 도중 벌어진 사건이었다. 미리 정해진 순서에 따라서 백성의 피해를 최소화하는 데 성공했다.

본래 전시를 가정한 훈련이었으나 성과는 확실했다.

덕분에 마물로 인한 사상자는 놀라울 만큼 적었다.

"레벨이 전부인 세계는 뭔가 이상해."

"정말이야. 묘하게 물리 법칙을 무시한다니까……. 나 같은 상식인은 이 현실을 못 따라가겠어."

"물리 법칙을 무시한다는 게 혹시 저런 거야?"

리사가 하늘로 손가락을 치켜들었다. 그곳에서 믿을 수 없는 물체가 상공을 가로지르고 있었다.

"바, 바이크가 하늘을 날아……."

"저건…… 【에어 라이더】?! 저런 멋진 아이템이 이 세계에 있어?!"

"아도 씨, 기뻐 보이네? 갖고 싶어?"

"갖고 싶어! 악마에게 혼을 팔아서라도 갖고 싶어!"

콜렉터 기질을 드러내며 아도는 【에어 라이더】를 잡아먹을 듯이 눈으로 쫓았다.

어쩌면 소년 같은 순수한 눈이라고 해야 할지도 모르겠다.

그리고 이 【에어 라이더】에 탄 사람이 아도를 뛰어넘는 비상식적 지인이란 사실은 생각지도 못했다.

【현자】와 【대현자】의 해후는 머지않았다.

하늘을 달리는 아저씨는 리바르트 변경백령의 성곽 도시 【스라이스트】를 통과했다.

마력 탱크를 도중에 새것으로 교체하고 지금은 국경을 향해 날고 있었다.

그곳에서 본 것은 마물이 혼비백산 도망치는 혼란스러운 상황이었다.

게다가 마물들은 통솔되지 않았고, 흥분한 강한 마물끼리 서로 싸우며 더 큰 혼란을 야기하고 있었다.

'대체 뭐한테서 도망치는 거지? 수가 너무 많아……. 쓸어버려야 하나?'

광범위 섬멸 마법을 쓰면 처리되겠지만, 그러면 이 인근 토지에 큰 피해가 발생한다. 생각 없이 벌일 일이 아니었다.

"장난이 아니야……. 이것들이 전부 스라이스트를 덮치면 대참사야."

이미 폭주한 마물 일부가 마을을 공격해 완전히 고립된 상태였다.

꼬꼬들에게 맡기고 왔지만, 상황이 어떻게 굴러갈지는 아무도 몰랐다.

'사건의 근원만이라도 조사할까? 그다음에는 용병 길드에 알리기만 하면 되니까. 제발 별일 아니길……'

이미 최악의 사태가 발생했고 쉽게 수습될 것 같지도 않았다.

무엇보다 피부로 느껴지는 마력 파동이 신경 쓰였다. 아무리 생각해도 재앙급 마물이 접근 중이었다. 【소드 앤 소서리스】에서 몇 번이나 느낀 감각이었다.

얼마간 날아가자 초원이 보였다. 아마 국경을 넘었다.

하지만 그 초원 대부분이 어떤 물체로 검게 물들어 있었다.

아니, 검은 물체는 움직이고 있었다.

"Oh…… JESUS, 맙소사……."

그 검은 생물은 바 선생이었다.

폭력적인 수의 바퀴 무리. 굶어 죽은 동족을 먹어 치워 수는 줄었으나 강력하게 성장했다. 게다가 후방에는 무시무시한 괴물까지 존재했다.

"그, 그레이트…… 기브리온……?! 두 번 다시 보기 싫었어."

트라우마가 될 것 같은 경치였다. 심지어 【그레이트 기브리온】도 상태가 이상했다.

검게 빛나는 표면이 군데군데 희게 변색했다. 그리고 방대한 마력이 집중되는 느낌도 들었다. 제로스는 그 변화가 뭔지 알 것 같았다.

'설마…… 마왕 클래스로 진화하려는 건가?!'

강한 힘을 가진 마물이 더 강력하게 진화하는 현상.

만약 마왕 클래스로 변했다가는 더 이상 손쓸 방도가 없었다.

'안 좋아……. 그게 태어나려 하고 있어! 빨리 알려야 해, 긴급 사태다!'

눈앞의 상황에 초조해진 아저씨는 【사이드와인더호】를 돌렸다.

"켁?!"

그 순간, 지상에서 바퀴가 떼 지어 제로스에게 날아올랐다.

하늘 또한 놈들의 지배권이었다. 날아다니는 물체도 물론 포식한다.

스로틀을 확 당겨 에어로 스러스터의 출력을 최대로 끌어올렸다. 동시에 제로스의 마법이 발동했다.

"【휘몰아치는 연옥의 광염(狂炎)】."

순간적으로 발동한 광범위 섬멸 마법.

강대한 파이어 스톰을 일으키는 마법이지만, 보통 파이어 스톰의 위력을 아득히 뛰어넘었다.

불로 뛰어드는 나방이라는 말이 있지만, 지금은 연옥의 불길로 뛰어드는 바퀴라고 해야 하리라.

그야말로 지옥 같은 광경이었다.

아저씨가 이 마법을 쓴 이유는 단순히 바퀴벌레가 싫어서였다. 상상도 하기 싫지만, 잡아먹힐 수는 없는 노릇이었다.

그러나 굶주린 바퀴들은 공복 때문에 마지막 힘을 쥐어짜서 제로스를 포식하려고 꼬리를 물고 날아들었다. 악몽이었다.

"Oh, NO―――――!!"

아저씨의 국적이 또 바뀌었다.

절규하면서도 제로스는 필사적으로 전선을 탈출했다. 징그러워서……

어떤 의미로는 최대급 강적이었다.

식겁하고 도망친 제로스는 【사이드와인더호】의 마력이 급속도로 줄어드는 것도 확인하지 않고 그대로 스라이스트까지 후퇴했다.

급한 마음에 누가 보건 말건 용병 길드 간판을 확인하자마자 급강하했다.

그리고 속도를 늦추지 못하고 길드 안으로 냅다 돌진했다.

이미 엔진이 나가기 직전에 호버링이나 간신히 가능한 상태였다.

조금만 늦었어도 고고도에서 곤두박질쳤을 것이다.

아저씨가 또 사고를 쳤다.

아도 일행은 용병 길드에 와 있었다.

용병 길드는 각지를 전전하는 용병을 위해 다양한 서비스를 제공했다. 그중에는 저렴한 숙소 소개도 포함되어 있었다.

용병들은 웬만큼 랭크가 높으면 대부분 빈곤층에 속했다.

일에 따라서는 마차를 타고 다른 도시까지 나가야 하는데, 그 이동 비용만 해도 만만치 않으니 평소부터 돈을 함부로 쓸 수 없었다.

요령 좋은 사람은 호위 의뢰를 받아 비용을 절약하지만, 그마저도 모든 용병이 쓸 수 있는 방법은 아니었다. 호위 의뢰는 실적을 제법 쌓은 사람이 아니면 받지도 못하니까.

그렇다고 용병이 길거리에 나앉으면 용병 길드의 체면이 서겠는가? 그래서 길드가 시작한 것이 숙소 소개 서비스였다. 덕분에 폐업할 뻔한 여관이 살아나기도 하여 의외의 호평을 사기도 했다.

참고로 이 서비스는 용병이 아니어도 이용할 수 있어서 여행객이나 행상인도 요긴하게 써먹었다.

"지금은 어디나 붐비니까 서구에 있는 【소풍정(少風亭)】을 추천 드릴게요. 누가 당일 예약을 하지 않았다면 방이 있을 거예요."

"서구라…… 저기 붙은 지도에서 봤는데 꽤 멀던데요?"

"지금은 피난민을 수용하느라 이 근처 여관은 어디나 만원이에요. 마물 대처로 기사님들도 오실 테니까 앞으로는 이런 서비스도 어려울 거예요."

"후우…… 잡으려면 지금 잡으란 건가. 어쩔 수 없지. 자세한 위치가 나온 지도를 주세요."

직원에게 여관 지도를 받은 아도는 동료들에게 돌아갔다.

용병 길드는 많은 용병과 기사들로 혼잡했다.

이런 긴급 상황에는 기사단과 용병 길드는 협력 체제에 돌입한다. 마도사단만 참가 유무가 불확실한데, 그 불성실한 태도가 마도사의 사회적 지위를 낮추는 요인이었다.

그러나 그것도 옛날이야기가 되어 지금은 각지 성곽 도시에 마도사들이 배치됐다. 국왕이 은근히 던진 푸념에 마도사단 중추에 있는 궁정 마도사가 겁을 집어먹은 탓이었다.

간접적이지만 츠베이트를 필두로 한 차세대의 공적이었다.

임시 대책 본부의 거점으로 용병 길드가 사용된 것도 『긴급 시 일일이 영사관을 오가는 게 귀찮다』라는 의견 때문이었다.

"……혹시 우리 엄청 귀찮은 일에 휘말린 거 아냐?"

"혹시가 아니라 확실히겠지! 아도 씨는 너무 태평해!"

"역시 상위 플레이어야. 이런 상황에도 동요하지 않다니……."

리사와 샤크티는 어이가 없었다.

아도에게는 『적은 압도적인 화력으로 밀어 버리면 그만』이라고 생각이 너무 당연해서 이렇게 당황하는 쪽이 이상해 보였다. 그만큼 레이드 경험이 많다는 뜻이니까 동료로서는 든든할 따름이었다.

그러나 이곳은 게임이 아니라 현실이었다. 무슨 실수로 동료가 죽을지도 몰랐다.

절대로 방심할 수 없는 상황이었다.

"오, 저 사람…… 딱 보니까 제법 지위가 높겠어. 지휘관급인가?"

"우와, 잘생겼다~. 100퍼센트 애인이나 아내가 있을 거야."

"리사…… 마음대로 판단하지 마. 실례야."

아도 일행이 바라보는 곳에는 풀 플레이트 메일을 입은 기사가 부하를 이끌고 용병 길드의 중진으로 보이는 인물과 대화하고 있었다.

아도는 조금이라도 현 상황에 관한 정보를 얻고 싶어 기척을 지우고 그들 곁으로 접근했다.

다행히 의뢰 게시판이 있어서 근처에 있어도 의뢰서를 보는 용병처럼 보일 것이다. 만약 들켜도 변명의 여지는 있었다.

"······알레프 대대장, 도시 바깥은 어떻던가요?"

"틀림없이 【스탬피드】입니다. 하지만 원인을 규명하지 못했습니다. 뭔가 안 좋은 예감이 드는군요······."

"실전으로 쌓은 감인가요? 경험에서 나오는 감은 무시할 수 없죠."

"압박감이 피부로 느껴집니다. 강력한 마물이 다가온다는 예감이 드는군요."

"역시 마커스 기사단장의 애제자답습니다. 왕국 최강의 기사라는 소문이 자자하더군요."

"당치도 않습니다. 저는 그냥 애송이일 뿐이죠. 진짜 강자란 절대로 힘을 내보이지 않는 사람을 말합니다. 무엇보다 자기 자신과 타인에게 엄격하지요."

이야기만 들어도 사태가 좋지 않았다.

이제 와서야 아도는 완전히 사건에 휘말렸다고 확신했다.

"역시 농성해서 폭풍이 지나가기를 기다려야 할까요?"

"아마 그게 좋지 싶습니다. 우리 대대라도 고전은 면치 못하겠지요. 방어를 위해서 용병분들에게 협력을 구하고 싶군요."

"긴급 상황이니까 물론 그리해야죠. 하지만 발리스타에 쓸 화살은 조달할 수 있어도 마도사가 너무 부족합니다."

"우리 마법은 아직 초급 단계입니다. 대인 전투에서 견제는 되어도 마물 떼에게 얼마나 통할지는 모르겠군요."

아무래도 농성전을 벌일 생각 같았다.

아도는 눈에 띄고 싶지 않았지만, 휘말린 이상은 싸울 수밖에 없었다.

성곽은 몰라도 도시의 정문은 목제였다. 방어력은 돌 벽에 비해 훨씬 약했다. 밀려드는 마물 앞에서는 있으나 마나였다.

'난감하네……. 여기서 레이드라고? 마물 자체는 약하지만, 수가 너무 많은데…….'

아도라면 잔챙이는 손쉽게 쓸어버릴 수 있었다.

하지만 마법을 계속 쏘면 마력이 남아나질 않는다. 제아무리 전생자라도 마력 고갈은 피할 수 없었다.

무엇보다 이 세계의 마도사는 약했다. 살아남으려면 전력을 다해 적을 소탕해야 하는데, 그랬다가 마력 고갈에 빠지면 근접 전투를 할 수 있는 것도 아니었다.

희생자를 내고 싶지는 않지만, 그렇다고 자기만 고생하는 것도 아니꼬웠다.

'살아남으면 영웅…… 아, 귀찮아~! 그렇다고 도망칠 수도 없…… 응?'

아도가 지금 상황을 고찰하는데 어디선가 높고 날카로운 소리가 급속도로 접근하는 것을 느꼈다.

그것은 원래 세계에서 들었던 비행지의 제트 엔진 소음에 가까웠다.

—위이이이이이이이이이이이이이이이이이이이이잉————!

불길한 예감이 들었다.

여기 서 있으면 큰일 난다는 생각에 반사적으로 뛰었다.

용병과 기사에게 부딪치며 구르다시피 자리를 피하자마자─.

─콰아아아아아아아아아아아아아아아아아아아앙!

─용병 길드 건물을 파괴하고 뭔가가 날아들었다.

"뭐, 뭐야?! 무슨 일이냐?!"

"벌써 마물이 쳐들어왔어?!"

"부상자는…… 응? 저게 뭐야?"

"마도구인가?! 게다가 사람이 탈 수 있는 크기야……."

머리를 흔든 아도가 몸을 일으키자 그곳에는 멋진 아이템이 공중에서 호버링하고 있었다.

혼을 팔아서라도 갖고 싶다고 했던 남자의 로망이었다.

"……【에어 라이더】야. 설마 방금 본 그거? 이게 진짜로…… 응?"

그 직후, 아도는 굳었다. 왜냐면 에어 라이더에 탄 사람은 솔리스테어 마법 왕국에서 비밀 작전을 하던 때 우연히 만나서 진심으로 싸웠던 아저씨였으니까.

'으, 낭패다……. 그때 그 마도사잖아…….'

전생자인 자신과 호각으로 싸운 정체불명의 아저씨. 아마 같은 전생자라고 생각하지만, 설마 이런 곳에서 만날 줄은 생각도 하지 못했다.

"제, 제로스 공…… 이건 대체……."

"아니, 알레프 씨 아닌가요? 마침 잘됐습니다. 긴급 사태예요! 지금 이 도시로 【그레이트 기브리온】이 접근 중이에요. 주민 피난은…… 이미 늦었나?"

"그, 그레이트 기브리온?! 그래서 크기는……."

"약 30미터…… 최대급입니다. 게다가 지금 【마왕】 클래스로 진화 중이에요."

"""""뭐라고―――――――?!"""""

이 보고는 길드 전체를 뒤흔들었다.

마왕 클래스를 해치울 수 있는 자는 존재하지 않았다. 【용사】라면 희망이 있겠으나, 만약 있다고 해도 한두 명으로는 절대로 승산이 없었다.

"최악인 건 그 기브리온…… 대산림 지대에서 온 녀석이에요. 틀림없습니다."

"""""최악이야―――――――!"""""

절망적 상황이었다.

성곽 도시 스라이스트는 지금 미증유의 대재난에 휘말리려 하고 있었다.

마물이 폭주해서 주민들이 도망칠 곳은 없었다. 용병 길드는 혼란의 도가니가 됐다.

"……제로스 공? 제로스…… 제로스 멀린? 설마 【섬멸자】?!"

"응? ……넌…… 누구? 그 이름을 아는 걸 보면 동향 사람인가요……?"

"저 아도예요! 【돈코츠 차슈】!"

"엥, 아도 군?!"

얼빠진 두 사람이 이곳에서 재회했다.

주위의 혼란을 무시한 채―

제16화 아저씨, 아도를 끌어들이다

용병 길드 안쪽에 있는 응접실.

그곳에서 제로스와 알레프, 그리고 용병 길드의 길드 마스터【돈 사크】노인이 얼굴을 마주했다.

세 사람은 하나같이 심각한 표정을 짓고【그레이트 기브리온】대책을 의논했지만, 아무리 머리를 쥐어짜도 이길 방법이 없었다.

주된 이유는 기브리온이【마왕】클래스로 진화 직전이라는 점이었다.

보통 그레이트 기브리온도 감당하기 어려운 존재인데【마왕】으로 진화하면 이기기는커녕 전멸도 불가피했다.

진화 전이라서 몸이 둔한 지금이 대피할 절호의 기회지만, 마물 폭주 때문에 그러지도 못했다.

그야말로 진퇴양난. 리바르트 변경백령, 스라이스트의 운명은 풍전등화였다.

"【마왕】…… 대체 얼마나 강할지 짐작이 안 돼. 하지만 재앙급 피해가 날 건 예상되는군."

"그러게요……. 가뜩이나【스탬피드】가 일어나서 바쁜데 마왕급이라니…… 심지어 도망칠 곳도 없어요."

"주민을 피난시켜도 큰 희생이 따를 겁니다. 그 거구가 와도 방어하기 힘든데【마왕】이 되면 배로 힘들어져요."

진화란 마물에게 일어나는 특유의 변이 현상이었다.

원래 별 볼 일 없는 마물이라도 레벨이 오르면 다른 모습으로 변한다.

능력도 껑충 뛰어오르며, 경우에 따라서는 가혹한 환경에 맞춰 진화한다. 예를 들어 화산이라면 용암에 내성을 가지거나 빙산이라면 얼음을 둘러 방어력을 올리는 식이었다.

그렇다면 마왕 진화란 무엇인가? 간략하게 말하면 용사가 제로스 수준으로 능력이 오르는 현상이었다. 떼 지어 요새를 함락할 정도였던 마물이 혼자서 나라를 멸망시킬 힘을 얻는다.

더구나 능력이 효율적으로 바뀌어 거구가 단숨에 작아지기도 했다. 어떻게 변할지는 진화하기 전까지 아무도 모르고 어떤 능력을 얻을지도 미지수였다.

그러나 제로스와 아도는 【소드 앤 소서리스】에서 기브리온이 진화한 모습을 보았다.

"놈이 진화하면 인간 사이즈가 돼요. 그런데도 보유 마력은 그대로에 지능도 현격히 높아집니다. 본능이 아니라 이성적으로 학습하죠."

"최악이네요. 사람 사이즈의 괴물이라…… 딱 옛날이야기에 나오는 마왕이군요."

"지금 마력량이 무슨 상관인가? 진짜 문제는 얼마나 강해지느냐지……."

정신적으로 궁지에 내몰렸는지, 돈사크는 짜증스럽게 말을 뱉었다. 재앙급 마물 출현도 전대미문인데 그것이 마왕으로 진화하는 도중이었다. 경천동지를 넘어섰다.

"음…… 레벨 900대 용사 열 명을 모으면 이길 수 있을지도 모르겠네요. 무기도 희귀 소재를 듬뿍 쓴 최강 장비여야겠지만…….

아무튼 메티스 성법 신국의 용사로는 어림도 없습니다. 최대 레벨이 500이고 더 강해지지 못하게 감시까지 한다니까요.”

““……불가능해.””

알레프도 현재 레벨은 303에 불과했다. 레벨 500대 기사도 있지만, 그것만으로는 승산이 없었다.

참고로 제로스 혼자라면 이길 공산이 있지만, 문제는 그레이트 기브리온의 레벨을 모른다는 점이었다.

최근 감정 스킬을 꼬꼬에게만 썼고 사용법도 감정보다는 관측이었다.

애초에 감정 스킬 자체를 믿지 않는 편이지만, 지금은 긴급 사태니까 시험은 해 봤어야 했다.

아저씨는 실수했다고 후회했다.

“사실 여기로 오기 전에 진로를 바꾸면 그만입니다. 예를 들어 메티스 성법 신국으로 보낸다거나. 아마 녀석들도 같은 생각을 했겠죠.”

“설마?!”

애초에 그레이트 기브리온이 메티스 성법 신국 방면에서 솔리스테어 마법 왕국으로 오는 것 자체가 이상했다.

상식 있는 나라라면 이런 천재지변이나 마물 피해가 발생할 경우 타국에 피해가 가지 않게 최대한 힘쓴다.

그러나 그레이트 기브리온은 메티스 성법 신국과의 국경을 넘어 솔리스테어로 침범했다. 심지어 메티스 성법 신국이 이를 저지하려는 정황도 포착되지 않았다.

그렇다면 메티스 성법 신국이 의도적으로 그레이트 기브리온을 유도했다고밖에 생각할 수 없었다. 그 나라의 현재 상황으로 판단하면 그렇게 나오는 것도 충분히 이해됐다.

"메티스 성법 신국의 동기야 다 헤아리기 어려울 정도입니다. 뭐가 됐든 【사향수】를 쓰면 마물 유도는 가능하고요."

"그렇게까지 할까? 아니, 놈들이라면 하겠지……."

알레프와 돈사크는 할 말을 잃었다.

설마 그렇게까지 자신들에게 악의를 내비칠 줄은 생각하지 못했다. 이건 사실상 선전포고라고 해도 과언이 아니었다.

뭐, 현시점에서 메티스 성법 신국이 했다는 확증은 없지만.

"문제는 2차 피해입니다. 그레이트 기브리온이 마왕으로 변하면 피해가 확대돼요. 바로 방어 준비에 들어가지 않으면 스라이스트가 함락됩니다!"

"알레프 씨, 진정하시……라고 말해도 어렵겠죠. 이 성곽 도시에 비축된 물자로 전황이 변할 거예요. 화살은 아끼고 포션도 가능한 한 많이 모아야겠죠. 게다가 투석용 돌에 발리스타에…… 우와, 돈이 어마어마하게 깨지겠는데요? 혹시 경제적 혼란도 노렸나?"

"망할 사이비 국가아아아!"

돈사크는 과거 병치레가 잦은 어머니를 위해서 신관에게 치료를 부탁했는데, 바가지를 씌운 것도 모자라 병도 못 고치고 어머니를 잃었다.

그래서 그는 메티스 성법 신국을 격렬하게 증오하고 신관을 혐오했지만, 정상적인 신관도 있어서 평소에는 절대로 표정에 드러내지 않았다.

그러나 이번에는 분노를 차마 숨기지 못했다.

덧붙이자면 몇 년 뒤 같은 병을 앓은 아버지는 마도사가 만든 마법약으로 목숨을 건졌다.

"전 개인적으로 기브리온을 소수 정예에게 맡기고 폭주한 마물에 중점을 두는 게 좋다고 봅니다. 살아남는 게 싸움이에요."

"미안하네……. 내가 조금 감정적이었군."

"하지만 누가 기브리온을 상대합니까? 우리 중에는 그럴 인재가 없습니다."

"그건 저랑 다른 한 사람이 맡죠. 솔직히 싸우기 싫지만, 물불 가릴 때가 아니니까요. 운이 없었다고 생각하고 포기하죠. 그리고 포기하게 할 겁니다."

""……누구를?""

아저씨는 적당한 인재를 우연히 만났다는 사실을 상기하며 씩 웃었다.

악랄해도 너무 악랄한 미소였다.

거기에는 『바퀴벌레를 나 혼자 상대하는 건 불공평해. 너도 같이 가줘야겠다』라는 상당히 개인적인 의도가 섞여 있었다. 이런 점이 실로 【섬멸자】다웠다.

아저씨는 혼자 기브리온을 상대할 마음은 추호도 없었다.

그리하여 아도의 운명은 본인의 의지와 관계없이 정해졌다.

해도 해도 너무했다.

◇　◇　◇　◇　◇　◇　◇

"그런 고로 아도 군. 바퀴벌레 잡으러 같이 가줘야겠어. 이 세계 인간으로는 못 이기거든. 그러니까 부탁 좀 할게."

"아니, 갑자기 무슨……. 제로스 씨, 내 의지는 무시해?"

"후후후, 당연하지. 왜 나 혼자 그거랑 싸워야 해? 나 혼자는 못 죽지~."

"왜 그렇게 기뻐 보여?"

"그건…… 훗, 길동무가 생겼으니까. 혼자 싸우면 외롭잖아."

"물귀신이야?! 성격 여전하시네. 【소드 앤 소서리스】 때랑 달라진 게 하나도 없어!"

아도 입장에서는 강제 연행이나 다름없었다. 난색을 표하는 게 당연했다.

하지만 여기서 제로스가 비장의 카드를 꺼냈다.

"아도 군…… 제수씨, 예쁘시더라? 지금 남편이 여자 두 명이랑 다니는 줄 알면 뭐라고 생각하려나~?"

"왜, 왜 여기서 유이카 이야기가…… 설마?!"

"본명은 유이카 씨야? 뭐, 아무튼 그건 넘어가고…… 어떤 곳에서 우연히 만났지~. 바퀴벌레랑 싸워주면 어디 있는지 알려줄게. 이건 정당한 거래야, 거.래."

"비겁하게……. 그 나이 먹고 안 부끄러워?!"

"안 그래도 철없다는 소리 많이 들어. 이제 와서 부끄러울 게 뭐

있나?"

"와, 성격 쓰레기 같다……. 더럽고 졸렬해."

리사와 샤크티는 너무나도 치사하게 구는 아저씨를 경멸스럽게
바라봤다.

아도의 아내— 정확하게는 약혼자인 유이와 제로스는 하삼 마을
에서 우연히 만났다. 아도를 만나면 안부를 전하기로 약속했지만,
교섭 재료로 쓰지 말라는 말은 없었다.

"크크크…… 그래서? 받을래, 말래? 너 혼자 싸우라는 건 아니
야. 나도 싸울 테니까."

"당신…… 역시【섬멸자】야. 하는 짓이 그 인간들이랑 똑같아!"

"뭐 어때서? 이래 봬도 나는 친절한 편이야. 제수씨뿐 아니라 하
나 더 재미있는 정보도 얹어줄 거니까 말이야~. 너도 궁금하지?
네 아이에 관해서."

"뭐?!"

"맞아. 그 사람은 임신한 상태로 이 세계로 왔어. 이것이 무엇을
의미하는가……. 아도 군은 어떻게 생각해?"

갑자기 진지한 이야기가 나와서 아도도 당혹감을 숨기지 못했다.

아도도 유이는 찾고 있었다. 제로스와 먼저 만난 것은 예상밖이
었지만, 설마 유이가 임신한 채 이 세계에 왔을 줄은 몰랐다.

그것이 의미하는 바는—.

"설마, 전생이 아니라…… **전이**?!"

"다행이지? 아바타를 바탕으로 전생했으면 아이는 여기 없었을
거야. 하지만……."

319

"이상해…… 어떻게 된 거야? 4신이 거짓말을 쳤거나, 아니면……."

"전생을 시켜준 건 지구의 신들이라고 해. 그렇다면 4신을 엿 먹이려던 걸까? 아니면 단순한 친절일지도 모르지. 하지만…… 이유가 뭐가 됐건 너는 이제 곧 아빠가 돼, 아도 군."

"하하하…… 그래도 제로스 씨는 어디 있는지 말해줄 생각이 없지?"

"도와주면 말해준다니까? 정 불만이면 안내도 해줄게. 나는 서비스 정신이 투철하다고 자부하거든."

아도의 머릿속 천칭이 무서운 속도로 오르락내리락했다.

'유이카~, 왜 하필 이 사람이랑 먼저 만났어? 거대 바퀴를 해치워도 제로스 씨랑 같이 이동해야 하잖아~. 전에 싸웠던 게 나란 걸 들키면 그걸 빌미로 무슨 짓을 시킬 줄 알고~!'

이것이 불행이 될지, 신의 안배가 될지, 아도의 마음은 격렬하게 흔들렸다.

"이대로 가면 이 도시는 잡아먹혀. 도망치기는 쉽지만, 성가신 녀석이 뒤에서 쫓아와서 말이야. 나 혼자는 힘들어."

"……【그레이트 기브리온】. 좋은 기억이 없는데……. 마왕화한 녀석한테 죽은 적도 있어."

"그 【그레이트 기브리온】이 이제 곧 【마왕】이 될 거야."

"그게 마왕화하면, 그거지……?"

"맞아…… 그거."

"아, 가기 싫어어어어어어~!"

3년 전, 【소드 앤 소서리스】에서 【그레이트 기브리온의 진격】이라는 레이드 이벤트가 발생했다.

주된 내용은 성곽 도시로 몰려오는 바퀴벌레 대군을 격퇴하는 방어 이벤트였는데 참가자수가 유난히 적었다. 그 주된 이유가 『징그러워서』였다.

해일처럼 밀려드는 바퀴벌레에게 도시는 함락되고 참가자도 전멸해 이벤트가 그대로 종료되는가 했으나…… 사실 그게 끝이 아니었다.

도시를 함락한 기브리온은 그곳을 거점으로 군단을 불려 조직적인 침략을 개시했다. 플레이어의 항의가 운영진에게 쇄도했으나 답변은 없었다.

그리고 많은 플레이어는 알게 됐다.

【그레이트 기브리온】이【마왕】으로 진화한다는 사실을—.

무섭도록 자유도가 높은【소드 앤 소서리스】에서 재앙급 몬스터를 방치하는 것은 자기들의 목을 죄는 행위라고 깨달았다.

그리고 마왕화한 기브리온은 일종의 버그 캐릭터였다.

"그, 그 악몽이 다시……. 그 녀석이랑 다시 싸워야 해……?"

"마왕이 돼도 이제는 우리만으로 어떻게 될 거야. 그 무렵에는【극한 돌파】스킬이 없었잖아."

"아니, 나도【극한 돌파】는 했지만, 힘들지 않으려나. 다른 것도 아니고 마왕 클래스야."

"오? 정말? 잘됐네! 그럼 이길 수…… 있겠지? 아무튼 사신 정도는 아닐 거 아냐. 먼저 잔챙이를 소탕하고 싶어. 기브리온 말고는 전부 잡몹이야."

"그 비극의 전철을 밟고 싶진 않아. 끔찍한 이벤트에 걸렸어……."

"더 끔찍한 건 이게 현실이라는 거지. 나라고 싸우고 싶어 싸우나?"

마왕화한 기브리온은 거구를 잃으면서 압도적인 방어력도 잃는다. 대신 위력적인 기술들을 배우고 학습 능력도 무섭도록 높아진다.

"그래서 잔챙이들은 어떻게 처리해? 섬멸 마법이라도 난발하게?"

"그거밖에 방법이 없겠지만, 일단 기사단과 상담부터 하고. 잘 못하면 지형이 바뀌거든."

"그럼 영주랑 상담해야 하지 않아? 난 권력자랑 이야기 나누기 싫은데."

"기브리온이 있는 한 대규모 무리는 계속 남아. 잔챙이가 아무리 퍼져도 본대가 남아 있으면 밑 없는 독에 물 붓기지. 국경을 넘어오면 바로 소탕하는 게 정답이야."

"아, 이웃인 망할 신국이 트집 잡지 못하게……. 잠깐, 혹시 기브리온을 일부러 보낸 거 아니야?"

"내 생각도 그래. 장담은 못 하겠지만, 어쩌면 부려먹기 쉬운 인간을 썼는지도 모르지. 혈련 동맹인가 뭔가 하는……."

"아~, 맹신자? 자폭 테러를 일삼는 녀석들이라면 기꺼이 죽겠지. 내가 보기에는 생명에 대한 모독 같지만."

"그런 녀석들을 거느리고 일을 꾸미는 인간은 절대로 전선에 안 나와. 안전한 곳에서 적당히 바람 넣으면서 선동하겠지. 신의 세계를 만든다면서 결국 세상에는 혼란만 이어져. 태어난 사실에 감사하고 살아 있는 동안 삶을 만끽하는 편이 훨씬 건설적일 텐데 말이야."

"제로스 씨…… 그 말, 종교 국가에서는 안 하는 게 좋아. 바로 이단 심문관에게 잡힐걸."

"평온한 나날을 바라는 사람을 이단 취급이라니, 세상도 말세야. 나라가 다르다는 이유만으로 성실하게 살아가는 사람에게 죄를 씌우고, 교의를 입맛대로 해석해서 횡포를 부리니까 이 지경이 됐단 걸 전혀 깨닫지 못하나?"

"메티스 성법 신국은 신관 우위의 사회니까. 지위가 높으면 주위에도 영향을 주고 무엇보다 봉급이 좋아. 거기 백성은 모두 교회나 신전에 아이를 맡기지만, 신관이 되는 건 극히 일부뿐이래."

"위에 있는 사제나 주교도 자기들 지위를 위협하는 사람은 거슬리겠지. 노후 자금을 벌고 대우가 좋은 곳으로 낙하산을 타는 거 아니겠어?"

"아니, 그건…… 그럴싸해. 결국 세상은 신분이 곧 힘인가?"

세상사 다 그런 법이었다.

지위와 명예가 우선되는 세상에서 작은 행복에 만족하는 사람은 호구 잡힐 뿐이었다. 특권 계급일수록 권위의 용도를 착각하는 자가 많으니까.

이 착각이 도를 넘으면 주위에 불행을 뿌리는 독재자가 된다. 그것은 귀족이든 신관이든 다를 바 없었다.

그 권위를 타국에도 내세우면 메티스 성법 신국처럼 국제 왕따가 되는 것이다.

성실한 사람에게는 이런 민폐가 없었다.

"왜 바퀴벌레 이야기에서 종교 국가 내정 비판으로 변했지? 레이드 안 해? 마왕이 쳐들어온다며?"

리사와 샤크티는 남자들의 대화를 따라오지 못했다.

그리고 두 사람은 알지 못했다. 자기들도 이 방어전에 강제로 참가하게 된 것을—.

폭주하는 마물과 아저씨에게 아도 일행의 퇴로는 이미 막혀 버렸다.

부조리한 현실은 언제나 갑자기 들이닥친다.

◇　◇　◇　◇　◇　◇　◇

길드에서 여관 위치를 들은 아도 일행은 여독을 풀기 위해 서구로 향했다.

당연히 도시 외곽의 낡고 작은 여관으로, 주위에는 척 봐도 품성이 좋지 못한 사람들이 일행을 빤히 바라보고 있었다. 방심하는 순간 사건에 휘말릴 것 같은 그런 장소였다.

그리고 그들의 뒤로 왠지 아저씨가 따라가고 있었다.

사실 제로스도 숙박할 곳이 필요하던 차였다.

참고로 꼬꼬들은 지금도 이름 모를 마을에서 기운차게 마물을 사냥하며 멸망할 뻔했던 마을을 몇 군데 구했다.

"제로스 씨라고 하셨나요? 왜 우리 뒤를 따라오시죠?"

"사실 저도 여관을 찾는 중이거든요. 따라가면 여관이 나올 것 같아서요."

"의외로 영악하네, 이 아저씨……. 어딜 가도 끈질기게 살아남겠어."

리사의 의견은 옳았다.

제로스는 서바이벌 생활만 해도 살아갈 수 있었다. 그러지 않는 이유는 단순히 원시적인 생활이 싫기 때문이었다.

여관이 있으면 당연히 묵고 맛이 없어도 식사가 나오면 더 바랄 것도 없었다.

애초에 도시 외곽의 여관에 고급 레스토랑이나 호텔 같은 대우는 바라지 않았다. 잘 곳만 있으면 충분했다.

"제법 분위기가 있는데요~? 어떤 나라에서 실수로 뒷골목으로 들어간 적이 있었던 게 생각나네요. 여기도 갱이 영역 다툼을 할 것 같아요."

"……정말 알고 싶지 않은 정보네요."

"내 말이. 밤에 봉변당할까 봐 무서워……."

"왜 그렇게 여유가 넘쳐? 제로스 씨도 같은 곳에 가면서."

"아도 군…… 넌 남자를 덮치고 싶어? 상식적으로 노린다면 여자들부터 아니겠어?"

불량배들의 눈에 실속 있는 먹잇감은 리사와 샤크티였다. 제로스와 아도는 돈만 빼앗으면 더 볼 일이 없었다.

요컨대 금전적인 의미와 성적인 의미로 가치가 극단적으로 변했다.

남자는 설령 약해 보여도 방심할 수 없지만, 여성은 체격 차이로 눌러 버릴 수도 있었다.

리사와 샤크티는 어지간한 용병보다 강하지만, 겉으로는 가냘프고 거친 일과 연이 없어 보였다.

만약 강하더라도 정신은 약해 보였다.

"여기야? 와…… 빈말로도 좋은 곳은 아니구만."

"하하하, 잘 때도 방심하면 안 되겠네요~. 밤중에 덮칠 가능성이 커요. 정말로……."

""진짜 여기 머물 거야?""

다 쓰러져 가는 여관, 【소풍정】. 심지어 이름이 한자로 적혀 있었다.

어쩌면 전 용사가 시작한 여관일지도 모르지만, 연식이 꽤 오래된 건물이었다.

보수는 하나 보지만, 주변 새 건물과 비교하면 지은 지 100년은 넘어 보였다. 원형을 유지하는 것이 용했다.

"오오, 아래는 술집이네요? 자기 전에 한잔 걸칠까?"

"정말 괜찮겠지? 돈을 도둑맞으면 큰일인데……."

"샤크티 씨, 지갑은 인벤토리에 넣어 두자. 소매치기당하지 않게."

"그래야겠어. 그리고 잘 때는 머리맡에 나이프도 두고."

"숙면 중에 덮치면 의미 없지만요~."

""…….""

타당한 판단이지만, 무슨 일에든 절대란 없었다.

"아무리 그래도 도둑과 손잡은 여관은…… 거의 없겠죠~."

"왜 잠시 망설였어? 그럴 수도 있다는 뜻 아냐?"

"내 기분 탓이야? 이 아저씨, 불안을 부추기면서 즐기는 거 같지 않아?"

"제로스 씨…… 혹시 사디스트야?"

"무슨 소리야? 【검은 섬멸자】니까 당연히 사디스트지. 그쪽으로 제법 유명해."

""못 들었어, 아도 씨!""

제로스의 평소 행동에서는 알기 힘들지만, 【소드 앤 소서리스】에서는 상당히 사람을 괴롭히고 놀았다.

아저씨는 오랜만에 게임 유저와 만나서 무심결에 본성이 튀어나오고 말았다.

그런 제로스가 갑자기 진지한 얼굴로 생각에 빠지더니 헉하며 고개를 들었다.

"아도 군…… 방은 어떻게 나눌 거야?"

"응? 제로스 씨는 따로 잡을 거 아냐? 그럼 내가 한방, 리사랑 샤크티가 한방을 써야겠지."

"……지금까지 한방에서 세 명이 잔 적은?"

""그런 적 없어!""

"세 명이 이구동성으로…… 즉, 있다는 말이군요? 이거…… 유이 씨에게 보고해야겠어…… ."

"하지 마아아아아! 우리 사이를 찢으려고 작정했어?!"

아도가 당황하는 모습을 보고 제로스는 싱긋 웃었다.

"제수씨가 없는 곳에서 여성 두 명과 동침. 젊음을 주체하지 못하고 사고를 쳤어도 이상하지 않아. 그 부분은 부부끼리 대화로 해결해. 유이 씨에게는 내가 **보고할** 테니까 알아서들 합의 보십쇼. 나는 아도 군이 이 세계에 있는지 확인해달라고만 부탁받았으니까."

"진짜 하지 마! 걔는 질투하면 무섭다고, 나 죽어!"

"아도 씨…… 꽉 잡혀 사는구나. 의외네……."

연하 아내에게 잡혀 사는 아도는 땀으로 이마를 흥건히 적셨다.

제로스가 본 유이는 차분한 분위기가 인상적인 여성이었다. 질투로 활활 타오를 사람 같지는 않았다.

"안심해. 이 세상은 하렘도 가능해~."

"전혀 안심 안 돼! 수틀리면 저 둘도 죽는다고!"

"그렇게 질투가 심해?! 우리 목숨까지 위험할 정도로?!"

제로스까지 순간 『엥, 정말로?!』라고 생각했을 정도로 과격한 대답이었다.

아무래도 아내에게 얀데레 기질이 있는 듯했다.

"……혹시 제수씨, 얀데레야?"

"그래. 평소에는 곱게 자란 아가씨 같지만, 머리카락 하나로 내 위치를 알아내는 애야. 추적 능력이 소름 돋아……."

"그건 대단하네……. 다른 나라에서 스카우트할 만한 인재야. 24시간에 사건을 해결하겠어."

"나를 찾기 위해서라면 걔는 언제라도 잭 바우어[17]가 될 거야."

"임신 중이라 살았네? 그러지 않았으면 지금쯤……."

"우리는 차가운 땅속에 있었겠지. 천사 같은 얼굴로 악마로 변하는 애야……. 화나게 하면 안 돼."

그러면서 용케 약혼까지 했다며 제로스는 감탄했지만, 아도의 말로는 주변 사람을 구워삶아 사귈 수밖에 없는 환경을 조성했다고 한다.

#17 잭 바우어 미국 드라마 『24』의 등장 인물. 대테러조직 CTU의 요원.

그래도 평소에는 헌신적인 성격이라서 아도도 싫지만은 않았다.

한편, 애인 자랑을 들은 아저씨는 속으로『걸려서 확 터져 버려라! 퉷!』하며 욕하고 있었다. 질투하는 남자는 추했다.

"여관에 들어갈까? 제수씨한테는 말 안 할게."

"진짜 부탁합니다……. 만약 들키면 난 30년 동안 매일 남들 앞에서 개한테『사랑해』라고 말해야 해. 하루라도 빼먹으면 칼 맞아."

"나이 먹고 그러기는 힘들지. 상상 이상으로 여인 천하였군……."

아도의 신혼 생활은 눈물겨웠다.

독신 아저씨는 이해하지 못할 부부 문제는 깊이 추궁하지 않기로 했다.

무심한 말 한마디에『널 죽이고 나도 죽을래!』같은 막장 전개가 펼쳐지는 것은 피하고 싶었다.

이 경우 죽는 사람은 아도 일행이겠지만—.

"어라? 우리 안전은?"

"남자들이 지켜줄 거 같지는 않네. 어차피 판타지 세계는 약육강식이구나……."

두 사람은 이세계의 가혹함을 새색시의 질투에서 배웠다.

이 검과 마법의 세계에서는 마음만 먹으면 완전 범죄도 꿈은 아니니까…….

제로스 일행은 여관으로 들어갔다.

1층은 덩치 좋은 남자들이 모인 술집이었다. 우락부락한 마초맨이 와일드하게 술잔을 부딪치거나 테이블에서 내기 팔씨름을 벌이는 등 분위기가 판타지에서 서부극으로 바뀌었다.

그리고 카운터에서 잔을 닦는 사람은 근육질 스킨헤드에 앞치마와 비키니 팬티만 입은 마스터였다. 임팩트가 강렬했다.

일단 평범한 여관이 아닌 것은 확실했다.

"""…………."""

뭔가 잘못됐다. 하지만 입 밖으로 꺼내기 꺼려지는 분위기였다.

술집에 있는 손님들도 신경 쓰지 않는 눈치라서 따지면 자신들이 창피해진다고 쉽게 예상할 수 있었다. 감당하지 못할 때는 잠자코 따르는 것도 때로는 현명한 방법이었다.

"어서 오게나. 술인가? 아니면 숙박? 아니, 프로틴이군?"

""웬 프로틴?! 뭐 하는 여관이야!""

마초 마스터가 프로틴을 권해 왔다. 예상 이상으로 개성적인 여관이었다.

"아니, 그냥 숙박이야."

"방은 있습니까? 최소 두 개는 있으면 좋겠는데."

"2층에 두 방 비었소. 침대도 충분하지. 그리고 프로틴도."

"아니, 프로틴은 됐다니까."

"그래? 그렇다면 서비스로 아령과 스프링 익스펜더를 준비하지. 용병은 몸이 재산이니까."

""무슨 서비스?!""

이 마스터는 긴 여행으로 지친 투숙객에게 프로틴과 운동 기구를 건네려고 했다.

예상을 초월하는 괴상한 여관이었다.

"이게 방과 승리의 열쇠요."

"".......""

무슨 까닭인지 열쇠고리에 악력기가 달렸다. 방으로 가는 짬짬이 악력이라도 단련하라는 의도인가?

"난 지쳤으니까 빨리 쉴게……."

"응, 왠지 식욕이 없어……. 참 여러모로 지친다, 여기."

"그래? 일단 푹 쉬고…… 쉴 수 있을까?"

"정신적인 부담이 큰가 보군요. 이 여관은 첫 임팩트가 굉장히 충격적이네요."

터덜터덜 계단을 오르는 샤크티와 리사를 배웅하고, 제로스와 아도는 한숨을 푹 쉬었다.

"아도 군, 우리는 일단 한잔할까? 가볍게 식사도 해야겠고, 조금 진지하게 할 이야기도 있어."

"……알았어. 그런데 이 여관, 식사는 괜찮은 거야?"

"설마 손님한테 이상한 걸 내놓으려고?"

"오자마자 프로틴부터 권하는 여관인데?"

"……안 괜찮을지도 몰라."

일말의 불안을 느끼면서 아도와 제로스는 카운터 앞에 앉았다.

그리고 전생했을 때부터 지금까지 있었던 일, 그리고 손에 넣은 정보를 공유했다.

포즈를 잡는 근육 마초 마스터 앞에서 술잔을 나누는 사이, 성곽 도시 스라이스트의 밤은 깊어갔다.

아라포 현자의 이세계 생활 일기 8

초판 1쇄 발행 2021년 5월 10일

지은이_ Kotobuki Yasukiyo
일러스트_ JohnDee
옮긴이_ 김장준

발행인_ 신현호
편집부장_ 윤영천
편집진행_ 김기준 · 김승신 · 원현선 · 권세라 · 유재슬
편집디자인_ 양우연
관리 · 영업_ 김민원 · 조인희

펴낸곳_ (주)디앤씨미디어
등록_ 2002년 4월 25일 제20-260호
주소_ 서울시 구로구 디지털로 26길 111 JnK디지털타워 503호
전화_ 02-333-2513(대표)
팩시밀리_ 02-333-2514
이메일_ lnovelpiya@naver.com
L노벨 공식 카페_ http://cafe.naver.com/lnovel11

ARAFO KENJA NO ISEKAI SEIKATSU NIKKI Vol. 8
ⓒKotobuki Yasukiyo 2018
First published in Japan in 2018 by KADOKAWA CORPORATION, Tokyo.
Korean translation rights arranged with KADOKAWA CORPORATION, Tokyo.

ISBN 979-11-278-5965-7 04830
ISBN 979-11-278-4453-0 (세트)

값 9,500원

© Nagato Yamata 2018
Illustration Sisoo

스테이터스 올 인피니티 1권

야마타 나가토 지음 | 시소 일러스트 | 박경용 옮김

고교생인 유메사키 토모야는, 어느 날 갑자기 동급생 네 명과
이세계로 소환되어 버린다.
토모야 일행을 불러낸 국왕은 이렇게 고했다.
"마왕을 토벌해줬으면 한다."
방금 전까지 평범한 고교생이었던 토모야 일행이 마왕을 토벌할 수 있을까?
이 이세계에서는 소환된 자에게 신이 내리는 강력한 은혜— 스테이터스가 생긴다.
토모야가 아닌 일행들의 스테이터스는 100을 넘는 숫자가 적혀있고,
강력한 스킬까지도 가지고 있었다.
그런데 토모야의 스테이터스는 모두 00. 스킬란에도 「올 00」이라고 적혀 있었다.
신이 내려주는 은혜를 받지 못했기 때문에, 토모야는
마왕 토벌의 파티에서 제외되어 버리는데—.

곰 곰 곰 베어 1~14권

쿠마나노 지음 | 029 일러스트 | 김보라 옮김

게임이 현실보다 재밌습니까?—YES
현실 세계에 소중한 사람이 있습니까?—NO

……온라인 게임 설문 조사에 대답했을 뿐인데
말도 안 되는 이세계(아마도)로 내던져진 나, 유나.
은톨이 경력 3년의 폐인 게이머.
맨 처음 장착하게 된 장비템이 『곰 세트』라니……
이게 무어야—!?
하지만 세고 편하니까 뭐, 괜찮으려나?
울프를 쓰러드리고, 고블린을 쓰러드리고
극강 곰 모험가로서 일단 해볼까요.

은둔형 외톨이 소녀, 이세계에서 무적의 곰 모험가가 되다!

© Yomu Mishima 2018
Illustration Tomozo

세븐스 1~6권

미시마 요무 지음 | 토모조 일러스트 | 이경인 옮김

여신을 숭배하고, 검과 마법이 존재하는 세계에서
영주 귀족의 장남으로 태어난 라이엘은 15세에 집에서 쫓겨난다.
이유는— 여동생 세레스에게 패했기 때문에.
과거에는 천재, 기린아라 칭송을 받던 라이엘은
세레스의 영향으로 서서히 냉대를 받으며 연금 생활을 보냈다.
상처 받은 라이엘은 저택 뜰에 살던 노인에게
구조를 받아 보옥이 달린 목걸이를 받는다.
노인이 선대— 라이엘의 조부에게서 맡아놓은,
【아츠】가 기록된 푸른 옥은 월트가의 가보라고 할 수 있는 것이었다.
역대 당주 7인의 아츠가 기록된 보옥을 받은 라이엘은
그것을 갖고 저택을 나서는데—.

©Kou Yatsuhashi/OVERLAP
Illustration Mito Nagishiro

왕녀 전하는 화가 나셨나 봅니다 1~2권

야츠하시 코우 지음 | 나기시로 미토 일러스트 | 이진주 옮김

왕녀이자 최강의 마술사인 레티시엘은
전쟁으로 목숨을 잃고 천 년 뒤의 세계에 전생한다.
그녀는 마력이 없다는 이유로 무능영애로 취급 당하지만,
레티시엘로서 익힌 「마술」은 사용할 수가 있었다.
그 뒤, 학원에서 레티시엘은 천년 뒤의 「마술」을 직접 목격하고―
그 조잡함에 격노한다!
레티시엘이 선보인 「마술」은 학원을 경악시키고,
이윽고 국왕에게까지 알려지기에 이른다.
정작 레티시엘은 「마술」 연구에 몰두하느라
그 사실을 전혀 알아차리지 못하는데―?!

전생 왕녀가 자신의 길을 걷는
최강 마술담, 개막!!

라이트노벨의 새로운 빛! 노벨의 신간은 매월 10일에 발매됩니다. http://cafe.naver.com/lnovel11

데이트 어 불릿 1~7권

히가시데 유이치로 지음 | 타치바나 코우시 원안·감수 | NOCO 일러스트 | 이승원 옮김

"……저는 이름이 없어요. 빈껍데기예요. 당신은 이름이 뭐죠?"
"제 이름은 토키사키 쿠루미랍니다."
기억을 잃은 채 인계라 불리는 장소에서 눈을 뜬 소녀,
엠프티는 토키사키 쿠루미와 만난다.
그녀의 안내를 받아 도착한 학교에는 준정령이라 불리는 소녀들이 있었다.
서로를 죽이기 위해 모인 열 명의 소녀들.
그리고 비정상적인 존재이자 빈껍데기인 소녀.
"저는 쿠루미 씨의 일행이자 미끼…… 미끼인가요?!"
"아, 미끼가 싫다면 디코이라고……."
"똑같은 의미잖아요!"

이것은 토키사키 쿠루미의 알려지지 않은 이야기.
자— 저희의 새로운 전쟁을 시작하죠

라이트노벨의 새로운 빛! 노벨의 신간은 매월 10일에 발매됩니다. http://cafe.naver.com/lnovel11

Copyright © 2020 mikawaghost
Illustrations copyright © 2020 tomari
SB Creative Corp.

친구 여동생이 나한테만 짜증나게 군다 1~4권

미카와 고스트 지음 | 토마리 일러스트 | 이승원 옮김

교우 관계 사절, 남녀 교제 거부, 친구라고는 진정으로 가치 있는 단 한 사람 뿐.
청춘의 모든 것을 「비효율」적이라 여기며 거절하는
나, 오오보시 아키테루의 방에 눌러앉아있는 녀석이 있다.
내 여동생도, 친구도 아니다.
짜증나고 성가신 후배이자 내 절친의 여동생인 코히나타 이로하다.
"선배~, 데이트해요! ……라고 말할 줄 알았어요~?"
혈관에 에너지 음료가 흐르고 있는 듯한 이 녀석은
내 침대를 점거하고, 미인계로 나를 놀리는 등, 나한테 엄청 짜증나게 군다.
그런데 왜 다들 나를 부러워하는 거지?
알고 보니 이로하 녀석도 남들 앞에서는 밝고 청초한 우등생인 척하기 때문에
엄청 인기가 좋은 모양이다.
이봐…… 너는 왜 나한테만 짜증나게 구는 거냐고.

끝내주는 짜증귀염 청춘 러브코미디, 스타트!!

라이트노벨의 새로운 빛! 노벨의 신간은 매월 10일에 발매됩니다. http://cafe.naver.com/lnovel11